SORTILÈGE

ALEX FLINN

SORTILÈGE

Traduit de l'anglais (États-Unis)
par Luc Rigoureau

hachette

L'édition originale de cet ouvrage a paru en langue anglaise
chez HarperCollins Publishers sous le titre :

BEASTLY

Hachette Livre, 43 quai de Grenelle, 75015 Paris.

À ma fille Katherine, qui est enfin assez grande pour lire un de mes livres !

Se lancer dans un projet nouveau est difficile. J'aimerais remercier les personnes suivantes pour l'aide qu'elles m'ont apportée et leurs assurances quant au bien-fondé de mon idée : Joyce Sweeny (et les autres membres de son groupe du vendredi), Marjetta Geerling, George Nicholson, Phoebe Yeh, Catherine Onder, Savina Kim et Antonia Markiet.

Une pensée toute particulière pour ma fille Meredith, qui a écouté d'innombrables versions de *La Belle et la Bête*, la plupart du temps sans images.

M. Anderson : Bienvenue à la première session du forum de discussion « Avatars inattendus ».

M. Anderson : Il y a quelqu'un ? Quelqu'un d'assez courageux pour se manifester, du moins ?

Monsterkid vient de se connecter.

M. Anderson : Bonjour, Monsterkid.

M. Anderson : Hello ? Je te vois, Monsterkid. Tu te présentes ?

Monsterkid : Ne veux pas parler le 1er... il y en a d'autres ?

M. Anderson : J'ai l'impression, oui. Des lâches qui sont arrivés avant toi et se cachent.

Monsterkid : Qu'eux parlent, alors.

M. Anderson : Quelqu'un a envie de saluer Monsterkid ?

Mutique : Salut Monsterkid. On peut t'appeler Monster ?

Monsterkid : Comme tu veux, aucune importance.

M. Anderson : Merci d'avoir pris la parole, Mutique... hum, désolé pour le calembour. Quelle créature es-tu ?

Mutique : Une sirène, rien qu'une petite sirène.

M. Anderson : Tu as été changée en sirène ?

Mutique : Non, je suis née sirène. J'envisage de me transformer. J'ai pensé que ce forum m'aiderait à me décider.

M. Anderson : C'est notre sujet de ce soir, justement : l'expérience de la mutation, ou comment vous êtes devenus ceux que vous êtes.

Froggie : Et toi Andy, changé aussi ?

M. Anderson : Non, mais j'ai créé ce groupe afin de vous soutenir.

Monsterkid : Tu es une fille, Mutique ? Je veux dire un poisson femelle ?

Froggie : Comt ns soutenir qd tu ignores ce que c ?

Mutique : Oui Monster, je suis de sexe féminin. Je songe à devenir humaine.

M. Anderson : J'ai étudié des cas comme le tien, Froggie. J'ai rédigé une thèse intitulée « Effets de la transformation sur le grand amour », en référence aux œuvres de Grimm, de Mme Leprince de Beaumont, d'Aksakov, de Quiller-Couch et de Walt Disney...

Monsterkid : Où es-tu Mutique ?

Mutique : Je suis certaine que tu es parfaitement qualifié Andy et c'est très gentil de ta part d'avoir lancé ce forum :)

M. Anderson : Merci, Mutique.

Mutique : Au Danemark Monster, enfin dans l'océan Atlantique près du Danemark. Et toi ?

Monsterkid : New York. Le Danemark ?

Froggie : C dur taper avec doigts plamés.

Mutique : En Europe.

Froggie : Palmés, dsl.

M. Anderson : On avait compris, Froggie. Je pense que discuter entre vous vous fera du bien, mes amis.

GrizzlyGuy vient de se connecter.

GrizzlyGuy : Je veux parler de 2 filles que j'ai vues.

Monsterkid : Je sais où est le Danemark. Depuis le sortilège j'ai le temps d'étudier, vu que je n'ai + de vie.

M. Anderson : Bonne remarque, Monster. Nous évoquerons aussi les bouleversements que votre transformation a apportés dans votre quotidien.

Monsterkid : Ça caille chez toi Mutique.

Mutique : Oui <rire> mais sous l'eau il fait chaud.

GrizzlyGuy : Je veux parler de ces 2 filles !

Monsterkid : Tu es célibataire Mutique ?

GrizzlyGuy : Ces filles... 1 s'appelle Rose-Rouge, vraiment canon !

Mutique : On peut dire ça Monster. Je devine où tu veux en venir...

Froggie : Ms le + dur, c manger mouches.

GrizzlyGuy : L'autre s'appelle Blanche-Neige.

Mutique : Il y a ce garçon... un marin.

GrizzlyGuy : Pas la Blanche-Neige que tout le monde connaît. Une autre. La sœur de Rose-Rouge, + calme, chouette aussi.

Froggie : Aime pas mouches.

Monsterkid : Je cherche une fille qui pourrait m'aimer, Mutique.

Mutique : C'est gentil Monster, mais je suis amoureuse d'un autre, celui que j'ai sauvé de la noyade.

M. Anderson : Serait-il possible de parler chacun son tour ?

Monsterkid : C'est que nous n'avons personne à qui parler, d'habitude.

Froggie : C dur être grenouille qd on n'en est pas vraiment une.

M. Anderson : Oui, Froggie. Évitons que la conversation parte dans tous les sens. Ceci est notre première rencontre. Je pensais discuter de la façon dont nous sommes devenus ce que nous sommes, comment nous avons été transformés.

Froggie : Simple ! Ai énervé une sorcière.

Monsterkid : Pareil pour moi.

Mutique : Moi, j'envisage de passer un pacte avec une sorcière marine : ma voix contre des jambes. D'où mon pseudo.

Monsterkid : Tu tapes super bien sur le clavier, Mutique.

Mutique : Normal, Monster, j'ai des doigts, pas des griffes.

GrizzlyGuy : Tralala.

M. Anderson : Et si tu nous racontais ce qui t'est arrivé, Monster ?

Monsterkid : Pas envie.

M. Anderson : Tu n'as que des amis ici, Monster.

GrizzlyGuy : Ouais, dépêche, pour que je puisse parler des 2 filles.

Monsterkid : 2 filles ? Où es-tu ?

M. Anderson : Ceci n'est pas un site de rencontres, Monster.

Monsterkid : Pourtant, j'en aurais bien besoin d'1 ! Dur de rencontrer des nanas quand on ressemble à Chewbacca. En + il m'en faut 1 pour mettre fin à la malédiction.

M. Anderson : Tu as également besoin d'un réseau de soutien. C'est pour cela que j'ai mis en place ce forum.

Monsterkid : Ok ok. Donc 1re chose que vous devez savoir : je suis un monstre, une bête.

`Froggie : Pseudo clair, Monster.`

M. Anderson : On ne se moque pas, Froggie !

Monsterkid : Il y a eu un tps où j'aurais dit d'une mocheté qu'elle était un monstre. Moi, pas dans ce sens-là. Suis un animal avec poil griffes et tout le toutim ! Tout en moi est bestial sauf l'intérieur ! Dedans je suis encore humain.

GrizzlyGuy : Pareil pour moi.

Monsterkid : C hyper dur, parce qu'avant d'être un monstre j'étais... beau + cool + populaire + riche. Au bahut mes potes m'ont même élu prince.

GrizzlyGuy : Quoi ?

Froggie : Oui, princes pas élus, Monster... moi je l'ai été, il y a lgtps.

Monsterkid : Trop long à raconter.

Froggie : Vrai prince, moi.

M. Anderson : Nous avons tout le temps devant nous, Monster. Raconte.

Monsterkid : <soupir> OK. Tout a commencé à cause d'une sorcière.

Froggie : C tjrs comme ça.

PREMIÈRE PARTIE

UN PRINCE
ET
UNE SORCIERE

1.

J'ai bien senti que tout le monde me regardait, mais j'étais habitué. Une des premières choses que m'avait apprise, et souvent répétée depuis seize ans, mon père, c'était d'agir comme si j'étais intouchable. Quand on était spécial, comme nous, les gens avaient tendance à nous reluquer.

La scène se déroulait un mois avant la fin de l'année scolaire. Le prof distribuait les bulletins de vote à l'élection du prince et de la princesse du bal du printemps, un événement que je méprisais d'ordinaire.

— Hé, Kyle ! Ton nom est dessus ! m'a lancé mon pote Trey en me filant une pichenette sur le bras.

— Sans blague !

Quand je me suis tourné vers lui, sa voisine, Anna – ou Hannah, peut-être –, a baissé les yeux. Elle aussi m'avait observé. J'ai examiné la liste des candidats. Les élèves m'avaient effectivement sélectionné, moi Kyle Kingsbury, en plus de quatre concurrents. Il ne faisait aucun doute que je l'emporterais. Entre ma tronche de mannequin et le fric de mon père, les autres ne tenaient pas la route.

Si le prof, un remplaçant, croyait que, dans la mesure où Tuttle était un bahut que seuls les habitants vraiment blindés de Manhattan avaient les moyens d'offrir à leurs mômes – cours de mandarin et cafète dotée d'un self réservé aux salades –, nous ne risquions pas de le chahuter, contrairement aux voyous des écoles publiques, il se fourrait le doigt dans l'œil jusqu'au coude. Comme ce qu'il pouvait raconter ne compterait pas pour les examens, nous nous sommes employés à consacrer les quarante-cinq minutes de cours à lire nos bulletins de vote et à en cocher les cases. La plupart d'entre nous, s'entend, car le reste de la salle échangeait des textos. Je n'ai pas manqué de remarquer que ceux qui avaient choisi de participer à l'élection me lançaient des coups d'œil à la dérobée. J'ai souri. Un autre que moi aurait sans doute baissé la tête, affichant modestie et timidité, comme honteux que son nom figure sur le papier. Personnellement, je considérais qu'il était vain de nier l'évidence.

— Moi aussi, j'y suis, a enchaîné Trey en me gratifiant d'une nouvelle pichenette.

— Hé, mollo ! ai-je protesté en me frottant le bras.

— Mollo toi-même ! Tu es béat comme si tu avais déjà gagné et que tu affrontais les paparazzi.

— Et alors ?

Mon sourire s'est élargi, histoire d'agacer Trey, et j'ai agité la main comme le font les rois lors des défilés officiels. À cet instant, quelqu'un a pris une photo avec son téléphone portable, en une espèce de point d'orgue venant ponctuer mon geste.

— Tu es vraiment à tuer, a bougonné Trey.

— Merci.

J'ai songé à voter pour lui, ne serait-ce que pour être sympa. Mais s'il était doué pour jouer le clown de service, son apparence laissait à désirer. De plus, il venait d'un milieu banal – son père était médecin, un truc dans le genre. Si l'administration décidait de publier le résultat des votes dans le journal du lycée, il serait embarrassant pour lui de se retrouver en dernière place ou de n'avoir eu aucun votant en sa faveur. En même temps, j'ai pensé qu'il serait plutôt cool que je récolte deux à trois fois plus de voix que mon premier concurrent. Et puis, Trey m'idolâtrait. En véritable ami, il voudrait que je l'emporte haut la main, naturellement. Un autre des principes paternels : « N'agis jamais par amitié ou par amour, Kyle. Tu découvriras vite que le seul qui t'aime réellement, c'est toi. » J'avais sept ou huit ans, lorsqu'il avait énoncé cet axiome, et je lui avais répondu :

— Et toi, papa ?

— Quoi, moi ?

— Tu m'... Tu nous aimes ? Nous, ta famille ?

— Ce n'est pas pareil, avait-il fini par lâcher après m'avoir longuement observé.

Dès lors, j'avais évité de lui redemander s'il m'aimait. Sa maxime m'avait renseigné à ce propos.

J'ai replié mon bulletin pour que Trey ne voie pas que j'avais voté pour moi. Il avait voté pour lui également, mais c'était différent. Soudain, une voix s'est élevée, au fond de la classe.

— Ça me dégoûte !

La classe s'est retournée comme un seul homme.

— Quelqu'un a peut-être laissé une crotte de nez sous le bureau, a chuchoté Trey.

— Quelqu'un comme toi ?

— T'inquiète, j'ai arrêté l'an dernier.

— C'est vraiment répugnant, a insisté la voix.

Celle d'une débile de gothique, un cageot attifé de ces vêtements flottants noirs que seuls portent les sorcières et les terroristes (Tuttle n'imposait pas l'uniforme, nos parents auraient été bien trop contrariés de ne pas avoir l'opportunité d'acheter du Dolce & Gabbana). Elle avait les cheveux verts. Bref, la quintessence du pathétique. Bizarrement, je ne l'avais encore jamais remarquée, alors que je connaissais la plupart des élèves. Quoi qu'il en soit, le remplaçant a été trop idiot pour ignorer sa sortie.

— Qu'y a-t-il de répugnant, mademoiselle… mademoiselle ?

— Hilferty. Kendra Hilferty.

— Vous avez un problème avec votre pupitre, Kendra ?

— Non, avec ce monde, a-t-elle rétorqué en se mettant debout. (Elle allait nous servir un discours ou quoi ?) Un monde qui déraille complètement quand, au XXIe siècle, ce genre de parodie élitiste continue d'avoir lieu.

Elle a agité son bulletin de vote, ce qui a provoqué des rires.

— Il s'agit des élections pour le bal de fin d'année, est intervenu Trey. Afin de choisir les prince et princesse de la soirée.

— Exactement, a-t-elle rebondi. Or qui sont les candidats ? Et pourquoi devrions-nous les traiter comme des personnes du sang ? Au nom de quoi ? De leur aspect physique, uniquement.

— Une excellente raison à mes yeux, ai-je dit à Trey, sans prendre la peine de murmurer, avant de me lever à mon tour et d'apostropher la dondon : Tout ça, ce sont des conneries !

L'ensemble du lycée a participé à la sélection, symbole du processus démocratique auquel nous sommes attachés.

Quelques camarades ont brandi le pouce pour exprimer leur accord, notamment Anna (ou Hannah). J'ai cependant noté que les autres, plus nombreux, autrement dit les moches, gardaient le silence. L'inconnue a avancé de quelques pas dans ma direction.

— Démocratie, mon œil ! a-t-elle riposté. Les élèves sont des moutons de Panurge. S'ils votent pour leurs pairs prétendument populaires, c'est parce que c'est plus simple. La beauté extérieure – et là, elle m'a carrément fixé –, cheveux blonds et yeux bleus, est facile à voir. En revanche, le courage, la force, l'intelligence sont des valeurs moins aisées à détecter.

Comme elle commençait à sérieusement me taper sur le système, j'ai décidé de frapper un grand coup :

— Les gens feraient mieux de se servir de leur intelligence pour améliorer leur apparence. Le premier venu est censé être en mesure de perdre du poids ou de se payer une chirurgie plastique. Le premier venu est censé être en mesure ne serait-ce que d'utiliser un exfoliant ou de se faire blanchir les dents.

J'avais insisté sur « le premier venu » afin qu'elle pige que je parlais d'elle, pas de n'importe qui.

— Mon père est présentateur du JT, ai-je enchaîné. Son credo, c'est que personne ne devrait être obligé de supporter la laideur.

— Et tu partages cette opinion ? Tu estimes qu'il faudrait que nous nous transformions tous, afin de ressembler à un idéal physique par toi prédéfini, Kyle Kingsbury ?

J'ai sursauté. Elle connaissait mon nom, alors que j'étais certain de ne l'avoir jamais rencontrée. Mais bien sûr, elle savait qui j'étais. Comme tout le monde. Avec un peu de malchance, la malheureuse avait sûrement le béguin pour moi.

— Oui, ai-je affirmé. J'en suis persuadé.

Elle s'est approchée. Ses yeux étaient vert clair, son long nez vaguement crochu.

— Alors, a-t-elle martelé, prie pour ne jamais devenir laid, Kyle. Laid, tu l'es déjà, à l'intérieur, là où c'est le plus important. Car si tu devais perdre ta belle apparence, je suis prête à parier que tu ne serais ni assez intelligent ni assez fort pour la récupérer. Tu es un monstre, Kyle Kingsbury.

Un monstre. L'insulte était désuète, outrée. Elle évoquait les contes de fées, et une sorte de picotement a hérissé les poils de mes bras, comme s'ils avaient pris feu sous l'effet du regard de la fille. J'ai choisi de l'ignorer.

2.

« Un monstre. »

— Cette gothique était super zarbi, ai-je confié à Trey tandis que nous nous changions pour la gym.

— Elle t'a méchamment fait flipper, hein ?

— Après dix années à contempler ta sale gueule, plus rien ne me fait flipper.

— Ben tiens ! C'est sûrement pour ça que tu n'arrêtes pas de l'incendier depuis la fin du cours ?

— C'est faux !

Mais il avait raison. Lorsque cette cinglée avait dit, en m'adressant un ultime coup d'œil dédaigneux, que j'avais intérêt à espérer ne jamais devenir laid, j'avais eu le sentiment qu'elle lisait en moi, qu'elle déchiffrait mes secrets – par exemple, que j'avais pleuré quand ma mère nous avait quittés parce que je pensais ne plus jamais la revoir (ce qui s'est peu ou prou produit d'ailleurs). Sauf que c'était idiot. Cette nana ne connaissait rien de moi.

— Puisque tu le dis, a marmonné Trey.

— Bon, d'accord, ai-je concédé, elle m'a flanqué les jetons. Les débiles dans son genre ne devraient pas exister.

— Ni fréquenter ce bahut avec des élèves soi-disant triés sur le volet et nous pourrir la vie.

— Exact. Il faudrait la virer.

Je croyais sincèrement à mes paroles. J'avais beau afficher une indifférence de façade vis-à-vis de mon élection au titre de prince, elle comptait beaucoup à mes yeux, en réalité. Ma journée aurait dû être chouette, et voilà que cette sorcière me l'avait gâchée. Oui, je pensais à elle comme à une sorcière. D'ordinaire, j'aurais plutôt recouru au mot de six lettres commençant par *s* pour la qualifier. Mais quelque chose chez elle, la façon dont elle m'avait fixé de ses prunelles effrayantes et d'un vert que je n'avais jamais vu, m'incitait à la traiter de sorcière. Ça la résumait très bien.

Quelques instants plus tard, je l'ai recroisée. Nous courions sur la piste du gymnase, pas elle. Au lieu d'un survêtement, elle arborait toujours ses fringues noires informes. Elle était assise sur un gradin, juste au-dessous d'un Velux. Le ciel était sombre, il n'allait pas tarder à pleuvoir.

— Cette bêcheuse mériterait une bonne leçon, ai-je maugréé.

J'ai repensé à ses mots : « Laid, tu l'es déjà, à l'intérieur, là où c'est le plus important... Tu es un monstre. » Quelles conneries !

— Elle est comme tout le monde, en fait. Si elle avait une chance de fréquenter notre cercle, elle n'hésiterait pas une seconde.

Aussitôt, j'ai compris ce que j'allais faire.

J'ai accéléré le rythme. Nous étions censés effectuer cinq tours de piste et, d'habitude, je les accomplissais avec paresse, parce que, la corvée terminée, le prof nous donnait de nouveaux exercices. D'ailleurs, je jugeais débile d'être obligé de suivre ces cours de gym, alors que j'étais membre de deux équipes du bahut. Le prof partageait mon opinion, je l'avais deviné, et il me laissait sécher assez souvent. Il suffisait, pour calmer le jeu, que j'adopte une attitude relativement respectueuse tout en lui rappelant le montant des chèques que mon père signait au profit des associations sportives du lycée afin de compenser mes escapades.

J'ai fini l'échauffement en avance sur les autres. Je me dirigeais vers le gradin où était installée la sorcière, les yeux rivés sur ses genoux où reposait un objet, quand le prof m'a hélé :

— Kingsbury ! Si tu as terminé, va chercher les ballons de basket !

— D'accord, m'sieur !

Je me suis éloigné, l'air d'obéir, puis j'ai gémi :

— Aïe ! Une crampe ! Il faut que je continue de m'échauffer. Je peux faire quelques étirements ? Je ne voudrais pas me déchirer quelque chose.

(Insérer ici une mine respectueuse.)

— Vas-y ! s'est marré le prof. De toute façon, tu es bien meilleur que les autres.

Yes !

— Super ! Merci, m'sieur !

De nouveau, il s'est esclaffé. J'ai boitillé jusqu'aux bancs. Quand il a eu tourné le dos, j'ai repris une démarche décontractée et, une fois près de la fille, je me suis étiré.

— Tu t'y entends pour embobiner les adultes, hein ? a-t-elle dit.

— J'y excelle, même, ai-je blagué avec un sourire séducteur.

À cet instant, j'ai distingué ce qu'elle avait sur les genoux – un miroir à l'ancienne muni d'une poignée, comme dans *Blanche-Neige*. Ayant saisi mon regard, elle s'est empressée de le fourrer dans son sac.

— Pourquoi cette glace ? ai-je demandé.

Il était étrange qu'une mocheté pareille se trimballe avec un miroir.

— Ta jambe va mieux ? a-t-elle éludé.

— Quoi ? ai-je répondu en interrompant mes exercices. Ah, oui. Je n'ai rien, c'était juste un prétexte pour venir te parler.

— Et à quoi dois-je cet honneur ? s'est-elle amusée.

— Je ne pousserais pas l'arrogance jusque-là. Seulement voilà... j'ai réfléchi.

— Sûrement une nouveauté, pour ce qui te concerne.

— J'ai repensé à ton petit discours de tout à l'heure. J'en ai conclu que tu avais raison.

— Ah bon ?

Elle a cligné des paupières à plusieurs reprises, tel un rat émergeant de son trou au grand jour.

— Oui. Nous accordons beaucoup trop d'importance à l'apparence physique, dans ce lycée. Prends quelqu'un comme moi, par exemple... avoue que je suis plutôt canon. Du coup, j'ai la vie plus facile que...

— Moi ?

— Je ne songeais pas à toi en particulier, ai-je menti. Mon père bosse à la télé, tu comprends, alors je sais comment le système fonctionne. Dans sa partie, si tu perds ta belle gueule, tu perds ton boulot.

— Et ça te semble réglo ?

— Je n'ai jamais eu à me poser la question. Après tout, il est difficile de lutter contre ce que la nature nous a donné à la naissance.

— Intéressant.

Je l'ai gratifiée d'un sourire, celui dont je régalais les filles qui me plaisaient, et je me suis rapproché, même si ça m'a presque filé la gerbe.

— Tu es très intéressante aussi.

— Tu veux dire bizarre ?

— « Bizarre » n'est pas forcément négatif, non ?

— C'est vrai.

Elle a consulté sa montre comme si elle avait un rendez-vous ailleurs, comme si nous n'étions pas coincés ici jusqu'à la fin du cours de gym.

— Alors, a-t-elle repris, de quoi voulais-tu t'entretenir avec moi ?

Sale sorcière !

— Eh bien, je réfléchissais à tes propos, et j'ai songé que je devrais peut-être... élargir mes horizons.

Ça, c'était une phrase de mon père. Il me serinait que je devais élargir mes horizons, ce qui, en général, signifiait que je devais bosser plus.

— Rencontrer d'autres personnes, ai-je précisé à l'adresse de la gothique.

— Des laiderons ?

— Des gens intéressants. Des gens que je n'ai pas l'habitude de fréquenter.

— Comme moi ?

— Exactement. Bref, je me demandais si… hum, si tu accepterais d'être ma cavalière pour le bal, la semaine prochaine. Je suis sûr qu'on s'amusera bien, toi et moi.

Elle m'a dévisagé. Les iris de ses yeux verts ont semblé étinceler, comme s'ils étaient sur le point de déborder et de dégouliner le long de son nez osseux. Impossible.

— D'accord, a-t-elle accepté avec un sourire étrange, mystérieux. Oui, j'ai très envie de t'y accompagner.

Tu m'étonnes !

3.

J'étais à peine rentré à la maison que Sloane Hagen, le cliché de service – belle pouliche blonde décolorée, rivée à son Blackberry, accro à l'eau minérale d'importation, piercing au nombril et fille de P.-D.G. –, par ailleurs ma véritable cavalière au bal de fin d'année, m'a joint sur mon portable. J'ai pressé la touche *Rejeter.* Elle a insisté. Encore et encore. J'ai fini par craquer.

— Une gothique à la noix raconte à qui veut l'entendre que tu l'as invitée à la soirée ! a-t-elle aussitôt braillé.

Joue-la cool. C'était à prévoir.

— Parce que tu crois que je m'embarrasserais d'une cinglée de son acabit ?

— Dans ce cas, pourquoi répand-elle des ragots pareils ?

— Aucune idée.

— Tu me jures que tu ne l'as pas invitée ?

— Tu es folle ou quoi ? me suis-je défendu en adoptant ma

voix spéciale rien-que-pour-Sloane. Pourquoi m'encombrerais-je d'un cageot alors que je sors avec la fille la plus sexy du bahut ? Toi et moi, nous sommes le couple parfait, ma poule.

— C'est bien ce que je pensais, a-t-elle rigolé, soulagée. Je vais dire aux autres qu'elle déraille.

— Surtout pas !

— Pourquoi ? a-t-elle riposté en redevenant aussitôt soupçonneuse.

— C'est plutôt marrant, non ? Une espèce de gourde balance à qui veut l'entendre qu'elle se rendra à la soirée la plus importante de l'année avec *ton* cavalier.

— Mouais.

— Imagine un peu. Elle répand la rumeur que je l'ai invitée. Si ça se trouve, elle y croit et s'achète une belle robe. Et moi, je débarque au bal à ton bras. Géant, non ?

— Oh, Kyle, je t'adore ! a pouffé Sloane. Tu es tellement méchant !

— Méchamment génial, oui ! ai-je renchéri avec le rire de la brute dans les films. Alors, qu'est-ce que tu en penses ?

— Tu as raison, comme toujours. C'est géant.

— Exact. Donc, pour que ça marche, tu la boucles.

— D'accord. Sauf que… Kyle ?

— Quoi ?

— Tu as intérêt à ne pas essayer de me jouer un tour de cochon pareil. De toute façon, je ne serais pas assez stupide pour tomber dans le panneau.

Je n'en aurais pas mis ma main au feu mais, aussi docile qu'un labrador, j'ai juré mes grands dieux que ça n'arriverait jamais.

— Kyle ?

— Ouais ?

— Ma robe est noire, avec très peu de tissu.

— Hmm… voilà qui semble prometteur.

— Crois-moi, ça l'est. Alors, pour ma broche, je veux une orchidée. Mauve.

— Pas de souci.

C'était ça qui était cool, chez Sloane. Chez la plupart de mes connaissances, au demeurant. Il suffisait qu'elles obtiennent de moi ce qu'elles désiraient pour me donner en retour ce que *je* désirais.

Après avoir raccroché, j'ai consulté l'annuaire du lycée, en quête de cette fameuse Kendra. Je n'avais pas vraiment cru Sloane, quand elle avait promis de ne pas ébruiter l'affaire. Mieux valait que je l'appelle avant que la situation ne m'échappe.

Sauf que lorsque j'ai regardé à la lettre H, je n'ai trouvé aucune Kendra Hilferty. Du coup, je me suis arrêté sur chaque nom, de A à Z, dans un sens puis dans l'autre. Toujours rien. J'ai essayé de me remémorer si elle avait été présente dès la rentrée, mais j'ai fini par renoncer. Une nana comme elle ne pouvait décemment pas figurer dans mes souvenirs.

Vers vingt et une heures, alors que je regardais les Yankees[1] ratatiner leurs adversaires, la clé a tourné dans la serrure. Bizarre. La plupart du temps, mon père ne rentrait pas avant que je sois couché. J'aurais pu mater la télé dans ma chambre, mais l'écran plasma se trouvait dans le salon. Et puis, j'avais envie de le mettre au courant de cette histoire d'élections. Si ce n'était pas grand-chose en soi, c'était quand même le genre de choses qui avait une chance de retenir son attention.

1. Une des deux principales équipes de base-ball de New York avec les Mets. *(Toutes les notes sont du traducteur.)*

— Salut ! Devine un peu !

— Quoi ? Désolé, Aaron, on m'a parlé, je n'ai pas entendu.

D'un geste doublé d'un coup d'œil, il m'a intimé le silence. Il était sur oreillette et jacassait au téléphone. Personnellement, j'estimais que les gens avaient l'air complètement idiots comme ça, avec cet air de causer dans le vide. Il a disparu dans la cuisine sans cesser de bavasser. J'ai failli monter le son de la télé, mais il risquait de péter un plomb. D'après lui, que la télé fonctionne pendant ses coups de fil faisait plouc, populo. Le problème, c'est qu'il passait sa vie au téléphone.

Il a fini par mettre un terme à sa conversation. Je l'ai entendu farfouiller dans le frigo afin d'y prendre le repas que la bonne lui avait laissé. Puis il y a eu le bruit du micro-ondes qu'on ouvre et qu'on referme. J'ai compris qu'il allait venir me trouver : il avait exactement trois minutes à tuer ; autant en profiter pour s'adresser à moi.

Ça n'a pas loupé.

— Comment ça s'est passé, au lycée, aujourd'hui ?

On s'est bien amusés. Trey et moi avons dénudé tous les fils dont nous aurons besoin demain pour nos bombes. Il ne nous reste plus qu'à dégoter des mitraillettes sans que tu sois au courant. Ça ne devrait pas être bien difficile, vu que tu n'es jamais là. J'ai volé ta carte de crédit, hier. Je me disais que tu n'aurais rien contre. Ou que tu ne t'en rendrais pas compte.

— Super. Ils ont publié le nom des finalistes pour les élections du bal de fin d'année, et j'en suis. Les autres sont persuadés que je gagnerai.

— Formidable, Kyle.

Il a contemplé son téléphone portable. J'ai tenté le truc qui, d'ordinaire, lui arrachait toujours une réaction.

— Des nouvelles de maman récemment ?

Maman est partie quand j'avais onze ans parce qu'« il doit bien exister quelque chose ailleurs ». Elle a fini par épouser un chirurgien esthétique et par s'installer à Miami afin de profiter d'un maximum de rayons ultraviolets sans s'inquiéter de vieillir. Ni de me contacter.

— Quoi ? Oh, elle est sans doute en train de flétrir quelque part.

Il s'est tourné vers la cuisine, comme pour inciter le four à se dépêcher.

— Ils ont viré Jessica Silver, aujourd'hui, a-t-il lâché.

Jessica était sa co-présentatrice. La conversation revenait à son sujet préféré : lui-même.

— Pour quelle raison ? ai-je demandé.

— Officiellement, à cause d'une gaffe lors de la présentation de l'affaire Kramer.

Je n'avais pas la moindre idée de ce qu'était l'affaire Kramer.

— Mais entre toi et moi, a-t-il poursuivi, si elle avait perdu les dix derniers kilos qu'elle a pris lors de sa grossesse ou, mieux encore, si elle n'avait pas du tout eu de bébé, elle aurait encore son boulot.

Ce qui m'a ramené à ce qu'avait dit Kendra. Mais bon. Les gens préféraient regarder quelqu'un de sexy plutôt qu'un laideron. Telle était la nature humaine. Où était le problème ?

— Elle a été stupide, ai-je acquiescé.

Comme il s'orientait de nouveau vers la cuisine, j'ai ajouté :

— Les Yankees gagnent haut la main.

C'est alors que le micro-ondes a sonné.

— Quoi ? a marmonné mon père en contemplant la télé

pendant un dixième de seconde environ. Oh, désolé, Kyle, j'ai du travail.

Sur ce, il a emporté son assiette dans sa chambre en refermant la porte derrière lui.

4.

Si Sloane n'avait pas averti Kendra qu'elle serait ma cavalière au bal, elle avait, en revanche, prévenu tout le reste du bahut. À mon arrivée, deux filles qui avaient visiblement rêvé que je les inviterais m'ont envoyé paître quand je les ai saluées, et Trey s'est rué vers moi sitôt que j'ai eu franchi le seuil.

— Sloane Hagen ! s'est-il exclamé en m'en tapant cinq. Beau boulot !

— Pas mal, ouais.

— Pas mal, ouais, a-t-il répété, moqueur. C'est la plus belle poule du lycée, mec !

— Je ne vois pas pourquoi je m'abaisserais à autre chose que le mieux.

J'étais convaincu que Kendra avait appris la nouvelle également. Voilà pourquoi j'ai été surpris quand elle m'a abordé dans le couloir, entre deux cours.

— Salut.

Elle a glissé son bras sous le mien.

— Salut.

J'ai résisté à l'envie de m'écarter ou de vérifier qui était susceptible de me voir en compagnie de cette débile.

— J'ai voulu t'appeler, hier soir, ai-je lâché.

Pour la première fois, elle a semblé déstabilisée.

— Je ne figure pas dans l'annuaire, a-t-elle marmonné. Je suis... nouvelle. Changement de lycée.

— Oui, c'est ce que je me suis dit.

Elle continuait de s'agripper à moi. Des potes nous ont dépassés, et je me suis dégagé, par automatisme.

— Aïe !

Un de ses ongles m'avait entamé la peau.

— Désolée.

— Alors, toujours partante pour le bal ?

— Bien sûr. Pourquoi aurais-je changé d'avis ?

Elle m'a couvé du regard. J'étais sur le point de lui mentir et de lui annoncer que nous devrions nous retrouver sur place parce que mon père n'était pas en mesure de nous y conduire à cause du JT de dix-huit heures quand elle m'a coupé l'herbe sous le pied :

— Je crois qu'il serait mieux qu'on se donne rendez-vous directement là-bas.

— Ah bon ? En général, les nanas exigent une sorte d'escorte royale.

— Pas moi. C'est zarbi, je sais, mais ma mère risque de ne pas être très enthousiaste à l'idée que j'aille danser avec un garçon.

Elle préférerait quoi ? Un loup-garou ? En tout cas, c'était trop beau pour être vrai.

— OK. J'achèterai ton billet et je t'attendrai.

— On se voit là-bas, alors.

Elle s'est éloignée. Moi aussi. Soudain, je me suis souvenu de ce qu'avait dit Sloane à propos d'une broche. Il fallait que j'en parle à Kendra, histoire de rendre les choses encore plus crédibles.

— De quelle couleur est ta robe ? ai-je crié. D'après mon père, je suis censé t'offrir une fleur.

— Oh ! Je n'ai pas encore choisi ce que je mettrai. Quelque chose de noir, je suis toujours en noir. Mais une simple rose blanche va avec tout, n'est-ce pas ? Et puis, c'est le symbole de la pureté.

Elle était tellement laide que, l'espace d'une seconde, j'ai imaginé à quoi ça aurait ressemblé si j'avais vraiment eu l'intention d'en faire ma cavalière, de me pencher vers elle, de contempler ses dents moussues, son nez crochu, et ses étranges yeux verts tout en accrochant à sa poitrine une rose blanche, tandis que mes amis se tordraient de rire. Et, durant la même seconde, je me suis demandé si elle était réellement une sorcière. Impossible. Les sorcières, ça n'existe pas.

— Entendu, ai-je répondu. On se voit au bal, donc.

— Ça va être une soirée inoubliable.

5.

Le soir du bal, j'ai enfilé le smoking que Magda, notre nouvelle bonne, avait loué pour moi avec la carte de crédit paternelle. L'avantage d'avoir un père toujours absent, c'est qu'il m'achetait tout ce que je voulais plutôt que de se disputer avec moi. Les parents de Trey, eux, étaient de vrais radins. Ainsi, ils l'avaient obligé à choisir entre une Xbox et la Wii. Sous prétexte qu'ils ne voulaient pas le « gâter ». Moi, j'avais eu les deux.

Ensuite, j'ai discuté avec Trey au téléphone (un mobile payé par papa) en attendant la limousine (louée par papa). J'ai ouvert le frigo, en quête de l'orchidée que Magda était censée avoir récupéré chez le fleuriste. Toute la semaine, Sloane m'avait répété à quinze ou seize reprises que sa robe était « noire et très sexy » et que je ne le regretterais pas si je lui achetais une orchidée à y accrocher. Naturellement, c'est ce que j'avais ordonné à Magda de commander.

— Tu ne t'es jamais dit que ces bals de fin d'année étaient une forme de prostitution légalisée ? ai-je demandé à Trey.

— Comment ça ? s'est-il esclaffé.

— Eh bien, j'ai claqué – mon père, en réalité – dans les cinq cents dollars pour un smoking, une bagnole, les tickets et des fleurs, en échange de quoi je compte bien tripoter sec.

— Géant, a rigolé Trey.

J'ai cherché la broche.

— Qu'est-ce que…

— Qu'y a-t-il ?

— Rien, il faut que j'y aille.

J'ai eu beau mettre à sac le réfrigérateur, je n'ai pas déniché la moindre orchidée. La seule fleur présente était une unique rose blanche.

— Merde, Magda ! ai-je hurlé. Où avez-vous flanqué l'orchidée que vous deviez passer prendre chez le fleuriste ? Et c'est quoi, cette foutue rose ?

Pour ce que j'en savais, les roses coûtaient moins cher que les orchidées.

— Magda !

Pas de réponse. J'ai fini par la débusquer dans la buanderie, occupée à mettre du détachant sur le col d'une des chemises paternelles. Cette Magda avait un boulot plutôt peinard, à mon avis. Mon père bossant vingt-quatre heures sur vingt-quatre, sept jours sur sept, il ne salissait guère l'appartement. Quant à moi, j'étais la plupart du temps au lycée et, dans le cas contraire, je fuyais la maison au maximum. Grosso modo, la boniche recevait un salaire et pouvait disposer à sa guise de notre baraque. Elle n'avait qu'à faire un peu de lessive, à passer l'aspirateur et à se prélasser devant des feuilletons à l'eau de rose toute la sainte journée.

Plus quelques menues courses que, visiblement, elle n'était même pas fichue d'accomplir.

— Qu'est-ce que c'est que ça ? ai-je aboyé en brandissant sous son nez l'écrin en plastique qui contenait la broche.

Enfin, ma phrase a été plus crue, agrémentée de plusieurs jurons que cette pauvre débile n'a sans doute pas compris. Elle a reculé. Les multiples colliers ornant son cou ont cliqueté.

— Elle est belle, n'est-ce pas ? a-t-elle plaidé.

— Pardon ? C'est une rose. J'avais précisé une orchidée. Or-chi-dée. Vous êtes idiote au point de ne pas distinguer une fleur d'une autre ?

Elle n'a même pas réagi sous l'insulte, preuve de son idiotie si besoin était. Elle n'avait été engagée que depuis quelques semaines, mais elle se révélait encore plus gourde que la précédente domestique, laquelle avait été virée pour avoir fourré son tee-shirt rouge de mauvaise qualité dans notre lessive. Magda n'a pas cessé de s'occuper du linge, tout en contemplant la rose avec un air rêveur qui m'a horripilé.

— Je sais très bien ce qu'est une orchidée, monsieur Kyle, a-t-elle répondu. C'est une fleur orgueilleuse et vaine. La beauté de cette rose vous échappe-t-elle donc ?

J'ai regardé la fleur. D'un blanc pur, j'ai eu l'impression bizarre qu'elle poussait sous mes yeux. J'ai détourné la tête un instant. Quand j'ai de nouveau examiné l'écrin, la seule chose que j'ai vue, c'est la tronche que tirerait Sloane quand je débarquerais avec la mauvaise broche. Ce n'était pas ce soir que j'obtiendrais d'elle un peu d'amour. Tout ça à cause de Magda. Crétine de rose ! Crétine de Magda !

— Les roses, ça fait pingre, ai-je craché.

— Les belles choses sont précieuses, quel que soit leur prix. Ceux qui sont incapables de discerner ce qui compte réellement dans l'existence ne seront jamais heureux. Je vous souhaite d'être heureux, monsieur Kyle.

Et ce qu'il y avait de meilleur dans la vie était gratuit ! N'importe quoi ! En même temps, fallait-il espérer autre chose de la part d'une pauvre fille qui gagnait sa croûte en nettoyant les caleçons des autres ?

— Eh bien moi, je la trouve très moche, cette rose, ai-je braillé.

Elle a posé son linge et, vive comme un serpent, m'a arraché la fleur des mains.

— Dans ce cas, donnez-la-moi.

— Vous avez fumé la moquette ou quoi ?

D'un geste de la main, j'ai fait tomber la boîte qu'elle tenait et qui a rebondi par terre.

— C'est un coup monté, hein ? Vous avez acheté la mauvaise fleur pour que je n'en veuille pas et que je vous l'offre ? Eh bien, vous pouvez toujours courir.

Elle a fixé la rose gisant sur le sol.

— Vous me faites pitié, monsieur Kyle.

— Moi ? me suis-je esclaffé. Comment osez-vous ? Vous n'êtes que la boniche, je vous rappelle.

Sans répondre, elle a attrapé une autre chemise de mon père. Bon Dieu ! Croyait-elle qu'elle allait s'en tirer comme ça ? Sa naïveté m'a arraché un nouvel éclat de rire.

— Vous devriez avoir peur de moi, ai-je grondé. Vous devriez pisser de trouille dans votre culotte. Si je raconte à mon père que vous avez gaspillé son argent de cette façon, il vous renverra.

Il s'arrangera même pour vous faire reconduire à la frontière. Alors, un bon conseil, méfiez-vous !

Elle a continué à plier le linge. Elle ne comprenait sûrement pas assez l'anglais pour saisir mes paroles. J'ai renoncé. Je ne voulais pas emporter la broche, car ç'aurait été admettre que je la donnerais à Sloane. Avais-je le choix, cependant ? J'ai ramassé l'écrin. Il était cassé, et la rose avait roulé sur le plancher en perdant un pétale au passage. Saloperie de truc pas cher. J'ai fourré le pétale dans la poche de mon pantalon, j'ai remis la fleur dans sa boîte en plastique du mieux que j'ai pu, et je suis parti.

C'est alors que Magda a lancé, dans un anglais parfait :

— Je n'ai pas peur de vous, Kyle. J'ai peur *pour* vous.

— Pff !

6.

J'avais prévu de passer prendre Sloane avec la limousine, de lui offrir la broche, puis de récolter les fruits de tout ce boulot en la pelotant (au moins) sur la banquette arrière de la voiture. Après tout, mon père avait dépensé un max, et cette soirée était censée être la plus importante de ma vie. Être prince devait bien présenter quelques avantages. À quoi bon, sinon ?

Les choses ne se sont pas déroulées comme ça.

Pour commencer, Sloane a pratiquement explosé de fureur en voyant la rose. Du moins, elle aurait explosé de fureur si sa robe ultra-moulante lui en avait laissé l'occasion.

— Tu es aveugle ou quoi ? a-t-elle fulminé, en serrant les poings. Je t'avais pourtant prévenu que je serais en noir. Ce truc jure complètement avec ma tenue.

— C'est blanc.

— Blanc *cassé*, crétin !

Pour moi, blanc ou blanc cassé, c'était du pareil au même.

Mais bon, une bombe comme Sloane avait droit à certains privilèges.

— Écoute, ai-je plaidé, c'est notre stupide boniche qui a merdé. Je n'y suis pour rien.

— La bonne ? Tu ne t'es même pas donné la peine de l'acheter en personne ?

— Qui achète encore les choses en personne, de nos jours ? Je t'achèterai des fleurs une autre fois.

J'ai tendu l'écrin.

— Elle est jolie, non ?

— Elle est surtout bon marché, oui ! a-t-elle hurlé en jetant la boîte par terre. Et ce n'est pas ce que j'avais demandé.

J'ai contemplé la rose. Je n'avais qu'une envie, partir. Mais, à cet instant, la mère de Sloane a déboulé, armée de toute la technologie dernier cri nécessaire pour immortaliser ce moment – Sloane à ma gauche, Sloane à ma droite, Sloane légèrement devant moi. Mme Hagen, qui était divorcée et n'aurait sûrement pas refusé que je la présente à mon père, roucoulait :

— Voici le futur prince et la future princesse.

Bref, j'ai agi comme le fils de Rob Kingsbury devait agir. Écartant d'un coup de pied l'objet du litige, j'ai souri à l'appareil, complimenté Sloane pour sa beauté, jacassé à qui mieux mieux sur la soirée formidable qui s'annonçait, etc., etc., etc. Puis, pour une raison qui m'échappe, j'ai ramassé la broche. Un deuxième pétale était tombé. Je l'ai mis dans ma poche, à côté du premier, et j'ai emporté l'écrin en plastique.

Le bal avait lieu à l'hôtel Plaza. Une fois sur place, j'ai tendu mes billets à la fille qui était chargée de contrôler les entrées. Son regard a été attiré par la broche.

— Jolie fleur, a-t-elle commenté.

Je l'ai dévisagée afin de voir si elle plaisantait. Non. Cette espèce de petite souris agrémentée d'une tresse rouquine et de taches de rousseur partageait sans doute quelques-uns de mes cours. Elle paraissait déplacée, au Plaza. Sûrement une boursière – le lycée obligeait les boursiers à se taper les corvées comme la vérification des billets. Visiblement, aucun mec ne l'avait invitée à venir danser, et aucun non plus ne lui avait jamais offert de fleurs, même une rose bon marché et à moitié fanée. J'ai jeté un coup d'œil en direction de Sloane, qui s'était ruée sur ses cinquante meilleures copines afin de fêter de joyeuses retrouvailles : elles ne s'étaient pas vues la veille, puisque la plupart avait séché le lycée afin de se pomponner, de la manucure au spa en passant par le coiffeur. Sloane avait consacré l'essentiel du trajet à râler contre la broche – pas franchement ce que j'avais prévu – et elle refusait toujours de la porter. Saisi d'une impulsion, je l'ai proposée à la rousse.

— Tu la veux ?

— Voilà qui n'est pas très gentil, s'est-elle hérissée.

— Quoi ?

J'ai essayé de me rappeler si je l'avais déjà charriée. Non. Elle n'était pas assez moche pour qu'on se moque d'elle. Ce n'était qu'une pauvre fille banale qui ne méritait pas que je lui consacre une seconde de ma vie.

— Me la donner pour mieux me la reprendre ensuite, ce n'est pas très sympa, a-t-elle expliqué.

Quelle drôle de gonzesse ! Se mettre dans ces états-là à cause d'une rose idiote.

— Telle n'était pas mon intention. Ma copine n'en veut pas,

sous prétexte qu'elle n'est pas de la bonne couleur. Autant que quelqu'un en profite avant qu'elle crève.

Je la lui ai tendue.

— Vu comme ça...

S'en emparant, elle a souri, et je me suis efforcé de rester stoïque devant ses dents tordues. Bon sang ! Pourquoi ne se faisait-elle pas poser un appareil ?

— Elle est superbe, merci.

— De rien.

Je me suis éloigné, tout content de moi. Pourquoi avais-je eu ce geste ? Il n'était pas du tout dans mes habitudes d'être agréable envers les laiderons. Les pauvres étaient-ils toujours aussi excités par des broutilles comme cette fleur ? Je ne me souvenais plus de la dernière fois où un truc avait éveillé mon enthousiasme. En tout cas, je me marrais déjà à l'idée que Sloane finirait par cesser de geindre et par me réclamer la rose, et que je pourrais lui répondre que je ne l'avais plus.

J'ai cherché Kendra des yeux. Je l'avais presque oubliée, celle-là. Mon timing était cependant parfait, comme toujours, car elle était justement en train de se profiler à l'entrée. Elle était habillée d'une robe noire et mauve qui ressemblait à un costume du genre « Harry Potter s'en va guincher ».

— Ton billet ? l'a interceptée le cageot.

— Oh ! Je n'en ai pas... je cherche quelqu'un.

Un éclair de compassion a furtivement traversé les traits de la souris, comme si elle devinait ce qui se tramait, en minable connaissant la chanson.

— Désolée, a-t-elle toutefois dit, je ne peux pas te laisser entrer comme ça.

— J'attends mon cavalier.

Nouveau regard de pitié.

— D'accord. Recule juste un peu.

— Très bien.

Je suis allé trouver Sloane pour lui montrer Kendra qui faisait le pied de grue comme une débile.

— C'est l'heure du spectacle, ai-je murmuré.

Juste à cet instant, Kendra m'a repéré. Sloane a tout de suite su comment se comporter. Bien qu'elle soit furax après moi, elle était du genre à ne jamais rater une occasion d'infliger un traumatisme émotionnel durable à une rivale. M'attrapant par la nuque, elle a planté un gros baiser sur mes lèvres.

— Je t'aime, Kyle.

Super. Je l'ai embrassée à mon tour, sans pour autant répéter ses paroles. Quand on s'est séparés, Kendra nous toisait. Je me suis approché d'elle.

— Qu'est-ce que tu reluques comme ça, laideron ?

Je m'attendais à ce qu'elle fonde en larmes. Brutaliser les ringards, les faire pleurer, les brutaliser de nouveau était rigolo. J'avais attendu cette soirée avec impatience. Ce moment rattrapait presque le coup foireux de l'orchidée. Au lieu de quoi, elle a lâché :

— Ainsi, tu as osé.

— Quoi donc ?

— Non mais vise un peu, a ricané Sloane. Elle s'est mise sur son trente et un, la miss ! Dommage que sa robe soit hideuse et la grossisse encore plus.

— C'est vrai, ai-je renchéri. Où as-tu trouvé pareille horreur ? Dans une poubelle ?

— Elle appartenait à ma grand-mère, a répondu Kendra.

— Par ici, les gens s'achètent des tenues neuves pour un bal, me suis-je esclaffé.

— Ainsi, tu as osé, a-t-elle répété. Tu m'as invitée alors que tu avais déjà une cavalière, rien que pour me ridiculiser ?

J'ai ri de plus belle.

— Franchement, tu croyais qu'un mec comme moi était prêt à se coltiner un boulet comme toi ?

— Non. Mais j'espérais que tu ne me faciliterais pas autant les choses, Kyle.

— Quelles choses ?

Derrière moi, Sloane caquetait à l'envi « Pauvre nullarde ! », et bientôt des tas de gens se sont joints à elle, au point que la salle n'a plus résonné que de ces mots. J'ai observé Kendra. Elle ne sanglotait pas. Elle ne semblait pas mal à l'aise non plus. Elle avait une sorte d'intensité dans les yeux, un peu comme cette héroïne du vieux film de Brian de Palma, *Carrie*, qui a des pouvoirs surnaturels et les utilise pour se débarrasser de ses ennemis. J'ai failli croire que Kendra allait elle aussi tuer les gens rien qu'en les fusillant du regard. Sauf qu'elle s'est contentée de murmurer, si bas que seul moi ai pu l'entendre :

— Tu verras.

Puis elle est partie.

7.

Avance rapide sur la suite des événements. Imaginez un bal typique, musique à chier, chaperons essayant de nous empêcher de nous peloter sur la piste de danse, préparation à la vraie soirée qui commencerait ensuite. Malgré moi, je n'arrêtais pas de ré-entendre les paroles de Kendra : « Tu verras. » Sloane s'est laissée amadouer et, après notre élection respective aux postes de prince et de princesse, elle est devenue encore plus affectueuse. Il y a des filles sur lesquelles la popularité et le pouvoir ont une sorte d'effet aphrodisiaque. Sloane en faisait partie. Nous avons été couronnés sur l'estrade, et elle s'est penchée vers moi.

— Ma mère n'est pas à la maison, ce soir.

Prenant ma main, elle l'a plaquée sur son derrière. Je l'ai retirée.

— Super !

« Tu verras. »

Sloane a continué son manège, se collant à moi, son haleine me chauffant l'oreille.

— Elle est à l'opéra. Trois heures et demie de spectacle. Je me suis renseignée. En général, elle dîne dehors après la représentation. Elle ne rentrera pas avant une heure du matin au moins... enfin, si tu as envie de passer un moment avec moi, s'entend.

Ses doigts ont glissé le long de mon ventre pour se rapprocher de la Zone Dangereuse. Incroyable. Elle était en train de me tripoter le paquet devant tout le bahut ! Je me suis reculé.

— Je dois rendre la limousine à minuit.

Brett Davis, le prince de l'année précédente, s'est approché avec la couronne. J'ai baissé la tête avec humilité pour qu'il m'en coiffe.

— Fais-en bon usage, m'a-t-il dit.

— Espèce de radin, m'a lancé Sloane. Tu insinues que je ne vaux pas le prix d'une course en taxi ?

Que signifiait ce « Tu verras » ? Sloane et Brett se tenaient trop près de moi, m'empêchant de respirer. Les choses et les gens arrivaient de tous les côtés, me brouillant l'esprit.

— Réponds-moi, Kyle Kingsbury !

— Tu veux bien me lâcher ? ai-je explosé.

J'ai eu l'impression que, dans la salle, tout le monde cessait de bouger.

— Salaud ! m'a insulté Sloane.

— Il faut que je rentre. Tu veux rester ou garder la bagnole ?

« Tu verras. »

— Parce que tu crois pouvoir me larguer ? a chuchoté ma cavalière, assez fort pour être entendue à dix kilomètres à la ronde. Si tu t'en vas, je te bute. Alors souris et invite-moi à danser. Je ne t'autoriserai pas à me gâcher cette soirée, Kyle.

J'ai obtempéré. J'ai souri et je l'ai invitée à danser. Puis je l'ai ramenée chez elle et j'ai bu de la vodka volée dans le bar de sa mère. « De l'Absolut pour le pouvoir absolu ! » a trinqué Sloane. J'ai également fait tout ce qu'elle voulait que je fasse – j'en avais envie, d'ailleurs – et j'ai tenté d'oublier la voix dans ma tête, celle qui répétait sans relâche : « Tu verras. » Enfin, à vingt-trois heures quarante-cinq, j'ai déguerpi.

Quand je suis arrivé chez moi, il y avait de la lumière dans ma chambre. Bizarre. Magda avait dû donner un coup de chiffon et oublier d'éteindre.

Sauf que, lorsque j'ai ouvert la porte, la sorcière était assise sur mon lit.

8.

— Qu'est-ce que tu fiches ici ?

J'avais crié pour dissimuler les tremblements de ma voix. Je dégoulinais de sueur, le sang pulsait dans mon corps comme si je venais de courir le cent mètres. Pourtant, je ne saurais dire que j'étais surpris. J'avais redouté ce moment depuis le bal. J'ignorais juste quand et comment il se déroulerait.

Elle m'a dévisagé. Une fois encore, j'ai remarqué ses yeux, de la même couleur vert bouteille que ses cheveux, et une pensée étrange m'a traversé l'esprit : et si ces drôles de cheveux étaient aussi naturels que ses prunelles ? S'ils avaient toujours eu cette couleur ?

Tu es fou.

— Que fabriques-tu chez moi ? ai-je insisté.

Elle a souri. Soudain, j'ai vu qu'elle tenait un miroir, identique à celui qu'elle avait eu le jour de notre rencontre, sur les gradins du gymnase. Tout en se mirant dedans, elle a entonné :

— Expiation. Justice poétique. Déserts arides. Repentance.

Je l'ai contemplée avec ahurissement. Au fur et à mesure qu'elle débitait sa litanie, elle avait semblé perdre de sa laideur. À cause de ces iris, ces iris verts. Sa peau aussi étincelait.

— Qu'entends-tu par « repentance » ?

— C'est un mot que tu as pourtant croisé, Kyle. Tu devrais l'apprendre. Tu l'apprendras. Il signifie que tu vas être puni, Kyle. Parce que tu l'as mérité.

Une punition. Au fil des ans, bien des gens – nos bonnes, mes profs – m'avaient menacé de punition. En vain car, d'ordinaire, je jouais de mon charme pour les amadouer. Ou alors, mon père payait. Sauf que cette nana était peut-être une folle finie ?

— Écoute, ai-je plaidé, à propos de ce soir, je m'excuse. Je pensais que tu ne viendrais pas, que tu ne me prendrais pas au sérieux. Sachant que tu ne m'appréciais pas, je n'ai pas songé un instant que tu serais froissée.

Il fallait que je me montre sympa. Parce qu'il était évident qu'elle avait pété un câble. Et si jamais elle dissimulait un flingue sous l'ample voilure de ses vêtements ?

— Ce n'est pas le cas.

— Quoi donc ?

— Je n'ai pas été froissée.

— Oh !

Je l'ai gratifiée de l'expression que je réservais normalement aux profs, celle qui proclamait : « Je suis un bon garçon. » Cela fait, j'ai remarqué un truc zarbi. Son nez, que j'avais trouvé long et crochu comme celui d'une sorcière, ne l'était pas. Sûrement un jeu d'ombres.

— Bon, dans ce cas, nous sommes quittes ?

— Je n'ai pas été froissée, parce que je me doutais que tu me jouerais un sale tour, Kyle. Je savais que tu es cruel, impitoyable et que tu ne loupes jamais une occasion de blesser quelqu'un... juste pour prouver que tu en es capable.

J'ai croisé son regard. Ses cils paraissaient différents, eux aussi. Plus longs. J'ai secoué la tête.

— Ce n'est pas pour ça.

— Pour quoi, alors ?

Ses lèvres étaient rouge sang.

— Que... que se passe t-il ?

— Je te l'ai dit. La repentance. Tu vas découvrir ce que c'est de n'être pas beau, ce que c'est d'être aussi laid dehors que dedans. Si tu retiens la leçon, tu parviendras peut-être à briser le sortilège que je vais te lancer. Sinon, ton châtiment se poursuivra jusqu'à la fin de tes jours.

Tandis qu'elle s'exprimait, ses joues avaient rougi. Elle a écarté son manteau, révélant un corps de rêve. C'était étrange : comment arrivait-elle à se transformer ainsi ? Ça me flanquait la frousse. J'étais acculé. Je n'avais pas le droit de me laisser impressionner par elle. J'ai fait une nouvelle tentative. Lorsque mon charme naturel se révélait impuissant, mentionner mon père était un relais efficace.

— Mon père a beaucoup d'argent. Et de relations.

« Tout le monde veut toujours quelque chose, Kyle », m'avait-il seriné des centaines de fois.

— Et alors ?

— Alors, j'ai conscience qu'il doit être difficile d'être boursière dans un bahut tel que Tuttle. Mon père serait en mesure de mettre un peu d'huile dans les rouages. De t'obtenir ce que tu souhaites. De l'argent. Des recommandations pour la fac, et même une allusion dans le JT du soir si je le lui demandais. Que se passe-t-il, là ? Tu t'étais déguisée ? Tu es plutôt canon, tu sais ? Tu passerais bien à la télé.

— Ah bon ?

— Oui... je...

Elle a soudain cédé à un fou rire, et je me suis interrompu.

— Je ne fréquente pas Tuttle, a-t-elle dit. Je ne fréquente aucun lycée, je ne vis nulle part. Je suis vieille comme le monde et jeune comme l'aube. On n'achète pas les créatures qui ne sont pas de ce monde, Kyle.

— Es-tu en train de suggérer que tu es une... une sorcière ?

La chevelure qui flottait autour de son visage semblait tantôt verte, tantôt mauve, tantôt noire, comme éclairée par un stroboscope. Je me suis rendu compte que je retenais mon souffle, dans l'attente de sa réponse.

— Oui.

— Ben voyons !

Aucun doute, elle était folle à lier.

— Kyle Kingsbury, tu t'es rendu coupable d'un acte odieux. Or, ce n'était pas la première fois. Toute ta vie, tu as été traité différemment parce que tu es beau et, toute ta vie, tu as utilisé cette beauté pour te montrer cruel envers les moins chanceux que toi.

— Ce n'est pas vrai.

— Au CE1, tu as raconté à Terry Fisher que si elle avait la tête penchée c'était parce que sa mère l'avait bercée trop près du mur. Elle a pleuré pendant une heure.

— Des bêtises de môme.

— Admettons. En sixième, cependant, tu as organisé une fête dans une salle de jeux, à laquelle tu as invité tous tes camarades de classe, sauf deux, Lara Ritter et David Sweeney. Tu leur as balancé qu'ils étaient si moches qu'on leur refuserait l'entrée. Tu trouves ça drôle ?

Elle m'a fixé durement. *Oui, assez drôle.* Je me suis bien gardé de le dire, toutefois.

— Tout cela remonte à loin, me suis-je justifié. J'avais des problèmes, à l'époque. C'est l'année où ma mère nous a quittés.

Kendra paraissait avoir grandi, à présent.

— L'an dernier, Wimberly Sawyer s'est entichée de toi. Tu lui as demandé son téléphone, puis tu as incité tes amis à la harceler de coups de fil obscènes jusqu'à ce que ses parents changent de numéro. As-tu idée de l'embarras dans lequel tu l'as fourrée ? Réfléchis un peu.

Pendant une seconde, j'ai imaginé à quoi ç'avait pu ressembler d'être Wimberly, de devoir expliquer à mon père que tout le lycée me détestait. La perspective m'a été insupportable. Non seulement Wimberly avait changé de numéro, mais elle avait quitté Tuttle à la fin de l'année scolaire.

— Tu as raison, ai-je admis. Je me suis comporté comme un con. Je ne recommencerai pas.

J'y croyais presque. Elle ne mentait pas, il fallait que je sois plus gentil. Je ne sais pas pourquoi j'étais aussi teigne, parfois. Il m'arrivait de m'exhorter à plus de compassion envers les autres. Malheureusement, au bout d'une heure ou deux, j'oubliais mes bonnes résolutions – il était si agréable d'être le meilleur. Un de ces psychologues qu'on voit à la télé aurait peut-être diagnostiqué que j'avais besoin de me sentir important parce que mes parents m'ignoraient, un truc comme ça. Mais ce n'était pas ça, pas vraiment. C'était que, souvent, je n'arrivais pas à me contrôler.

Dans le salon, l'horloge ancienne a commencé à égrener les douze coups de minuit.

— En effet, a acquiescé la sorcière en écartant les bras, tu ne recommenceras pas. Dans certains pays, il est d'usage de couper la main des voleurs. De castrer les violeurs. Une manière comme une autre de priver les auteurs du délit de l'outil du délit.

L'horloge continuait de carillonner. Neuf. Dix. La pièce était pleine d'une lueur rougeoyante et donnait l'impression de tournoyer.

— Es-tu folle ?

J'ai contemplé ses mains, des fois qu'elle ait un couteau et s'apprête à me mutiler. Je devais être ivre mort, cet instant était trop irréel. Cette fille ne pouvait pas pratiquer la magie. Oui, c'était ça. J'étais victime d'une hallucination d'ivrogne. Le dernier coup a retenti. Kendra a effleuré mon épaule, me détournant d'elle pour me confronter au miroir qui surplombait ma commode.

— Regarde, Kyle Kingsbury.

J'ai obéi, puis tressailli devant l'image que me renvoyait la glace.

— Que m'as-tu fait ?! me suis-je exclamé.

Ma voix avait des intonations nouvelles qui évoquaient un feulement. Kendra a agité la main, provoquant une traînée d'étincelles.

— Je t'ai donné ton vrai visage, a-t-elle répondu.

J'étais un monstre.

M. Anderson : Je suis ravi de voir que vous êtes aussi nombreux cette semaine. Aujourd'hui, nous allons aborder les réactions de votre famille et de vos amis face à votre mutation.

Monsterkid : Cette fois, je ne parle pas car j'ai tout déballé l'autre jour.

M. Anderson : Pourquoi es-tu aussi en colère, Monster ?

Monsterkid : Tu ne le serais pas, à ma place ?

M. Anderson : Je m'efforcerais de chercher une issue à mon problème.

Monsterkid : Pas d'issue.

M. Anderson : Il y en a toujours une. Une malédiction n'est jamais lancée sans une bonne raison.

Monsterkid : Quoi ? Tu prends le parti des sorcières ?

M. Anderson : Je n'ai pas dit ça.

Monsterkid : D'ailleurs, comment peux-tu être aussi sûr qu'il y a une issue ?

M. Anderson : Fais-moi confiance.

Monsterkid : Comment sais-tu qu'il n'y a pas des tas de poissons, d'oiseaux et d'araignées qui ont été transformés et ne sont jamais redevenus eux-mêmes ?

Mutique : Pas les poissons, je serais au courant.

Monsterkid : As-tu des espèces de pouvoirs magiques pour affirmer ça ? Si oui, sers-t'en pour me redonner mon identité.

M. Anderson : Voyons, Monster...

Mutique : Puis-je dire quelque chose ?

Monsterkid : Je t'en prie Mutique, comme ça Andy me fichera peut-être la paix.

Mutique : C'est juste que je préférerais parler du sujet de ce soir plutôt que

d'écouter tes jérémiades, Monster. Je crains les réactions de ma famille à ma future transformation.

M. Anderson : Intéressant. Pourquoi, Mutique ?

Mutique : Évident, non ? Ma décision sera volontaire. Je vais rejeter non seulement les miens mais aussi mon espèce.

M. Anderson : Développe.

Mutique : J'aime ce marin, celui que j'ai sauvé. Si je sacrifie ma voix, je deviendrai humaine et je pourrai le fréquenter. S'il tombe amoureux de moi = ils se marièrent, etc. Mais dans le cas contraire ? C'est un risque.

Monsterkid : D'où sais-tu que toi + lui = le grand amour ?

GrizzlyGuy : On court toujours un risque, avec la sorcellerie.

Mutique : Je l'aime pour de bon Monster.

GrizzlyGuy : Je ne crois pas que Mutique devrait.

Monsterkid : Je ne crois pas à l'amour.

`Froggie : Vx dire qqchose mais vs attendez car tape lentemt.`

Mutique : Bien sûr Froggie, prends tout ton temps.

`Froggie : Pour moi, très dur, parce que famille m'a jamais vu en grenouille. Pas pu leur parler. Croient j'ai disparu. Ma sœur m'a aperçu le 1er jour, a crié berk, une grenouille pleine de verrues, m'a flanqué dehors, ds la boue. Moi !!! Dur pas pouvoir leur dire ce qui s'est passé.`

Mutique : C'est affreux, Froggie. Je suis désolée pour toi.

`{{{{{Froggie}}}}}`

Monsterkid : Il vaut mieux que tu ne leur parles pas, Frog.

GrizzlyGuy : Tu n'en sais rien, Monster.

Mutique : Sois un peu gentil, Monster. Un peu d'humanité, STP !

Monsterkid : JE NE SUIS + HUMAIN !

M. Anderson : Inutile de crier, Monster.

`Froggie : Tu dis ça, parce que tu sais pas ce que c + pouvoir communiquer avec les tiens.`

Monsterkid : Non, Frog. Je dis ça parce que je sais ce que c'est de pouvoir communiquer avec les miens et de constater qu'ils me rejettent, qu'ils ont honte de moi.

Mutique : Houps, Monster, ça semble horrible.

GrizzlyGuy : Oui, désolé. Raconte.

Monsterkid : Ne veux pas en parler !

Mutique : S'il te plaît, Monster.

M. Anderson : C'est toi qui as soulevé la question. Je crois que tu as très envie d'en parler, au contraire.

Monsterkid : NON !

M. Anderson : Baisse d'un ton, Monster. Tu cries encore une fois, et je te demande de partir.

Monsterkid : Pardon. Les majuscules étaient restées bloquées. Dur de taper avec des griffes.

Monsterkid : Hé, Grizz, les ours ont l'accès Internet ? Les grenouilles aussi ?

M. Anderson : Merci de ne pas changer de sujet, Monster.

`Froggie : Me glisse ds château pour utiliser l'ordi.`

GrizzlyGuy : J'ai emporté mon portable. Il y a le Wi-Fi partout, maintenant, même dans les bois.

M. Anderson : Je tiens à écouter ce qui s'est passé avec ta famille, Monster.

Monsterkid : Juste mon père. Je n'ai que lui. N'avais.

M. Anderson : Navré. Continue.

Monsterkid : Pas envie de parler de mon père. Passons à autre chose.

Mutique : Je parie que c'est trop douloureux.

{{{{{Monsterkid}}}}}

Monsterkid : Je n'ai pas dit ça.

Mutique : C'était inutile.

Monsterkid : Bien. Ok, parfait. C'est trop douloureux, alors je ne veux pas en parler. Booooo ! Tout le monde est content ? Bon, on change de sujet, maintenant ?

Mutique : Désoléééééééééée !

DEUXIÈME PARTIE

LE MONSTRE

1.

J'étais un monstre.

Le miroir me renvoyait le reflet d'une créature hybride ni tout à fait loup, ours, gorille ou chien, sorte de mutant atroce et bestial marchant debout comme un humain, sans en être un cependant. Ma bouche dénuée de lèvres laissait voir des crocs, des griffes me tenaient lieu d'ongles, et des poils me poussaient partout. Moi qui avais regardé de haut les personnes affligées d'une vilaine peau ou d'une mauvaise haleine, j'étais devenu un monstre.

— Je donne ainsi au monde l'occasion de te voir tel que tu es vraiment, a dit Kendra.

Je me suis jeté sur elle comme un tigre, je lui ai labouré le cou de mes pattes. J'étais un animal, et ma voix ne formait pas de mots mais des sons que je n'aurais su produire auparavant. Mes griffes ont déchiré ses vêtements, sa chair. J'ai humé le sang, et j'ai compris sans même avoir de mots pour l'exprimer que j'étais capable de la tuer comme le sauvage que j'étais devenu. La part d'humanité qui subsistait en moi m'a cependant retenu et poussé à rugir, avec des intonations qui m'ont surpris moi-même :

— Qu'as-tu fait ? Rends-moi mon corps ! Rends-moi mon corps ou je te tue ! Je te jure que je te tue !

Soudain, j'ai été arraché à elle ; sa peau et ses vêtements en lambeaux se sont reconstitués, comme si je ne les avais jamais réduits en pièces.

— Je suis immortelle, a-t-elle dit. Au mieux, je changerai, oiseau, poisson, lézard peut-être. Quant à te rendre ton apparence, cela ne dépend pas de moi, mais de toi.

J'hallucine, j'hallucine, j'hallucine. Ces choses-là n'arrivaient pas, dans la réalité. C'était un cauchemar, inspiré par ma lecture des *Mille et Une Nuits* et par mon visionnage de trop de films signés Disney. J'étais crevé, et les quantités de vodka absorbées en compagnie de Sloane n'arrangeaient rien. Quand je me réveillerais, tout redeviendrait normal. Il fallait que je me réveille !

— Tu n'existes pas, ai-je marmonné.

Malheureusement, le mirage a ignoré ma remarque.

— Ta jeune vie a été marquée au sceau de la cruauté. Toutefois, dans les heures qui ont précédé ta mutation, tu as eu un geste, un tout petit geste empreint de gentillesse. Pour ça, je t'accorde une seconde chance. À cause de la rose.

J'ai immédiatement compris l'allusion. La fleur blanche, la broche que j'avais offerte à cette ringarde chargée des billets d'entrée au bal. Je ne la lui avais donnée que parce que je n'avais su qu'en faire. Cela comptait-il, pourtant ? Était-ce le seul acte de bonté que j'avais jamais accompli ? Auquel cas, c'était plutôt minable. La sorcière a lu dans mes pensées, apparemment, car elle a repris :

— Tu as raison, cela ne va pas très loin, et la marge de manœuvre dont je te gratifie est mince, très mince. Tu trouveras deux pétales dans ta poche.

J'ai fouillé et j'ai effectivement sorti les pétales que j'avais ramassés après qu'ils s'étaient détachés de la rose. Or, Kendra ne pouvait être au courant. Cela prouvait que ce cauchemar était le fruit de ma seule imagination.

— Et alors ? ai-je cependant demandé.

— Deux pétales, soit deux années pour dénicher une fille qui saura détecter, au-delà de ta laideur, un peu de bonté en toi, une qualité digne d'amour. Si tu l'aimes en retour, et si elle accepte de t'embrasser, le sortilège sera levé et tu redeviendras beau comme avant. Sinon, tu resteras un monstre jusqu'à ta mort.

— Tu parles d'une seconde chance !

Je rêvais ! Elle m'avait peut-être drogué avec un acide quelconque ? Mais, comme tous ceux qui rêvent, j'ai marché dans la combine. Avais-je le choix, d'ailleurs, puisque je dormais ?

— Plus personne ne m'aimera, désormais, ai-je murmuré.

— Tu crois que, privé de ta beauté, tu n'es pas digne d'être aimé ?

— Je crois que personne ne peut tomber amoureux d'un monstre.

La sorcière a souri.

— Tu préférerais être un serpent tricéphale ? Ou une créature dotée du bec d'un aigle, des jambes d'un cheval, des bosses d'un chameau ? Ou un lion ? Un buffle ? Ne te plains pas. Au moins, tu tiens debout.

— Je veux être celui que j'étais.

— Alors, prie pour trouver une jeune fille meilleure que toi et pour gagner son attachement par la seule force de ta bonté.

— Ma bonté ! me suis-je esclaffé. Comme si les nanas craquaient pour ça !

— Elle devra te chérir en dépit de ton apparence, a continué Kendra sans relever. Une nouveauté pour toi, n'est-ce pas ? N'oublie pas que tu devras l'aimer de ton côté, l'épreuve la plus ardue sans doute, et sceller cet amour par un baiser.

Un baiser ! Rien que ça !

— Écoute, on s'est bien marrés. Maintenant, rends-moi mon corps. Nous ne sommes pas dans un conte de fées. Nous sommes à New York.

— Tu as deux ans, a-t-elle martelé en secouant la tête.

Sur ce, elle s'est évaporée.

Ce cauchemar remontait à deux jours. Je savais à présent qu'il était vrai, qu'il ne s'agissait pas d'un rêve ni d'une hallucination. Vrai.

— Ouvre-moi, Kyle !

Mon père. Je l'avais fui tout le week-end. Magda également. Je campais dans ma chambre, me nourrissant des paquets de chips et de bonbons que j'y avais stockés. J'ai regardé autour de moi. Presque tout ce que je possédais était cassé. J'avais commencé, pour des raisons évidentes, par le miroir. Puis je m'étais attaqué à mon réveil, à mes trophées de hockey et à mes vêtements – plus rien ne m'allait, de toute façon. Ramassant un éclat de glace, je me suis miré dedans. Affreux. J'ai baissé la main, envisageant brièvement de me trancher la jugulaire et d'en finir. Je n'aurais pas à affronter mes amis, mon père ; je n'aurais pas à endurer ce que j'étais devenu.

— Kyle !

J'ai sursauté, et le morceau de miroir m'a échappé. Il fallait que je me reprenne. Mon père devait pouvoir arranger ça. Il était riche. Il connaissait des plasticiens, des dermatologues, les meilleurs de New York. Il allait régler le problème. J'aurais largement le temps d'envisager l'autre solution ensuite.

Je me suis approché de la porte.

Un jour, alors que j'étais petit, je me promenais dans Times Square avec ma nounou. Levant la tête, j'avais aperçu papa sur un écran géant, dominant tous les passants. La nourrice avait tenté de m'entraîner, mais j'étais rivé sur place. J'avais remarqué que les autres passants avaient également le regard fixé sur la télévision, qu'ils contemplaient mon père. Le lendemain matin, en robe de chambre, il avait raconté à ma mère les nouvelles importantes qu'il avait dû annoncer, celles qui avaient poussé les badauds à s'arrêter pour l'écouter. Moi, j'avais encore peur de lui. Je le revoyais, immense sur cet écran, très haut audessus de moi, élément des grands immeubles, tel un dieu. Il m'effrayait. Ce jour-là à l'école, j'avais dit à tous mes camarades que mon père était l'homme le plus important du monde.

Ce souvenir était ancien. Je savais à présent que mon géniteur n'était ni parfait ni divin. Il m'était arrivé de lui succéder aux toilettes, sa merde aussi puait. N'empêche, en marchant vers la porte, j'étais mort de trouille. Je me suis arrêté, la main sur la poignée, mon visage velu plaqué sur le battant en bois.

— Je suis là, ai-je chuchoté en tâchant de contrôler ma voix. Je vais ouvrir.

— Dépêche !

J'ai obéi. Brusquement, ç'a été comme si la rumeur de Manhattan s'était tue, j'ai eu l'impression d'être dans la nature, de n'entendre plus que le bruit de la porte frottant sur la moquette, ma respiration, les battements de mon cœur. Je n'avais pas la moindre idée de la façon dont mon père allait réagir, de ce qu'il allait faire en découvrant que son fils était devenu un monstre.

Il a eu l'air… agacé.

— Qu'est-ce que… C'est quoi, ce déguisement ? Pourquoi n'es-tu pas au lycée ?

Évidemment. Il croyait à un costume. C'était plus simple, non ?

— Ce n'est pas un masque, papa, c'est mon vrai visage, ai-je expliqué en continuant de parler le plus doucement possible.

Il m'a fixé des yeux avant d'éclater de rire.

— Ha ! Ha ! Je n'ai pas de temps à perdre avec tes plaisanteries, Kyle.

Parce que tu penses que je m'amuserais à te faire perdre ton temps si précieux ? Je me suis exhorté au calme, cependant. Si je me fâchais, je savais que je me mettrais à gronder, à feuler, à arpenter la pièce comme un fauve en cage. Attrapant une touffe de poils sur mes joues, il a tiré fort. J'ai piaillé et, malgré moi, j'ai brandi mes griffes, ne m'arrêtant qu'au tout dernier moment, à deux centimètres de ses traits. Cette fois, quand il m'a regardé, la panique luisait dans ses prunelles. Il m'a lâché, a reculé en tremblant. Bon Dieu ! Mon père tremblait devant moi !

— S'il vous plaît, a-t-il murmuré, les genoux flageolants au point qu'il a dû s'appuyer contre le chambranle, où est Kyle ? Qu'avez-vous fait à mon fils ?

Il a scruté la chambre, derrière moi, l'air de vouloir entrer. Sauf qu'il n'a pas osé.

— Que s'est-il passé ? Que fabriquez-vous chez moi ?

Il en pleurait presque ; moi aussi. Pourtant, c'est d'un ton ferme que j'ai répondu :

— Je *suis* Kyle, p'pa. Ton fils. Tu ne reconnais pas ma voix ? Ferme les yeux. Ça t'aidera peut-être.

À l'instant même où je disais ces mots, une pensée atroce m'a traversé l'esprit. Il ne la reconnaîtrait peut-être pas. Nous avions si peu discuté, ces dernières années. Il n'identifierait pas mon timbre, il me jetterait dehors dans l'état où j'étais, il alerterait les flics, leur raconterait que son fils avait été enlevé. Je serais contraint de fuir, de vivre caché. Je deviendrais une légende urbaine – le monstre qui hantait les canalisations souterraines de New York.

— Je t'en supplie, p'pa.

J'ai tendu les mains. Avais-je encore des empreintes digitales ? Étaient-elles identiques à celles d'avant la mutation ? Je l'ai contemplé. Il avait fermé les paupières.

— Dis-moi que tu me reconnais, p'pa. S'il te plaît.

Jamais encore je n'avais autant prononcé ce mot, « p'pa ». Il ne m'avait guère fallu de temps entre le moment où j'avais appris à parler et celui où je m'étais rendu compte que Rob Kingsbury n'était le « p'pa » de personne. Il a rouvert les yeux.

— C'est bien toi, Kyle ?

J'ai acquiescé.

— Tu ne te fiches pas de moi, hein ? a-t-il enchaîné. Parce que si c'est le cas, je ne trouve pas ça drôle du tout.

— Je ne blague pas, p'pa.

— Mais comment… es-tu malade ?

Il s'est frotté le visage.

— Une sorcière m'a jeté un sort, p'pa.

Il m'a contemplé avec hébétude. J'ai insisté :

— Les sorcières existent, p'pa. Même à New York. En plein Manhattan.

Je me suis interrompu. Il me fixait, comme pétrifié, comme si *je* l'avais pétrifié. Puis, lentement, il s'est affaissé sur le plancher. Quand il a de nouveau été capable de parler, il a balbutié :

— Ce... cette chose... cette maladie... cet état... quoi qu'il te soit arrivé, Kyle, nous allons y remédier. Nous trouverons un médecin, nous te guérirons. Ne t'inquiète pas. Il ne sera pas dit que mon fils a cette apparence.

Un sentiment de soulagement m'a envahi, sans pour autant effacer ma nervosité. Si quelqu'un pouvait arranger les choses, c'était bien mon père. Il était célèbre. Il était puissant. En même temps, ses mots – « Il ne sera pas dit que mon fils a cette apparence » – m'inquiétaient : que se passerait-il s'il ne parvenait pas à rétablir la situation ? Pas une seconde je ne croyais à la deuxième chance promise par Kendra. Si mon père échouait, j'étais fichu.

2.

Papa est parti en promettant de revenir pour le déjeuner, après avoir mené quelques recherches. La pendule a commencé à égrener les heures : treize heures, puis quatorze... Magda est sortie en courses. À ce moment-là, j'avais découvert qu'il est quasiment impossible de manger des céréales pour son petit déjeuner si l'on est doté de griffes. Qu'il était difficile d'avaler quoi que ce soit, d'ailleurs. Je m'étais résolu à gober tout un talon de jambon fumé. Allais-je bientôt me mettre à bouffer de la viande crue ?

À quatorze heures trente, j'ai compris que mon père ne rentrerait pas. Essayait-il de me tirer de ce mauvais pas ? Mais qui le prendrait au sérieux ? Que pouvait-il dire ? « Hé, figurez-vous que mon fils a été transformé en espèce de monstre velu de conte de fées » ? À quinze heures, j'avais établi un plan de secours. Malheureusement, il nécessitait la participation de Sloane. Je l'ai jointe sur son portable.

— Pourquoi ne m'as-tu pas appelée ?

Faut-il que je précise qu'elle a lancé cela d'une voix geignarde ?

— Et qu'est-ce que je suis en train de faire, à ton avis ?

— Tu étais censé me téléphoner plus tôt, pendant le week-end.

J'ai refréné mon agacement. Il fallait que je me montre gentil. Elle était la meilleure solution. Elle répétait à tous les vents qu'elle m'aimait. Par conséquent, si elle acceptait de m'embrasser, la malédiction serait levée avant que mon père ait pris langue avec un chirurgien plastique. Certes, il était dingue, aussi dingue que de croire en la magie, d'espérer qu'un simple baiser renverserait la vapeur. Mais j'étais bien forcé d'accepter l'idée, maintenant, n'est-ce pas ?

— Désolé, bébé, ai-je continué. Je ne me sentais pas bien. D'ailleurs, il me semble que je couvais déjà quelque chose vendredi soir. D'où ma mauvaise humeur.

J'ai toussoté, histoire de rendre l'histoire crédible.

— Ça, tu as été vraiment imbuvable.

Réflexion qui a eu le don de m'énerver au plus haut point. J'ai tenu bon, cependant.

— Tu as raison, je me suis comporté comme un con et j'ai tout gâché.

Respirant un bon coup, j'ai ajouté les paroles qu'elle attendait :

— Tu étais si jolie, au bal. Tu étais la plus belle fille du monde.

— Merci, Kyle, a-t-elle roucoulé.

— Tout le monde était jaloux de me voir à ton bras. Je suis un sacré veinard.

— Moi aussi. Écoute, je suis dans SoHo. Je fais des courses avec Amber et Heywood. Si tu veux, je peux passer après. Ton père n'est pas à la maison, non ?

J'ai souri.

— Parfait. Colle ton oreille à l'appareil, Sloane, je veux te dire quelque chose, mais je ne veux pas que tes copines l'entendent.

Une fois encore, elle a rigolé.

— D'accord. Quoi ?

— Je t'aime, Sloane. Je t'aime tant…

— Moi aussi, a-t-elle minaudé. C'est la première fois que tu me le dis.

— Attends, tu m'as interrompu. Je t'aime tant que je t'aimerais même si tu n'étais pas aussi sexy.

— Quoi ?

— Juré craché. Même si tu étais moche, je t'aimerais.

De l'autre côté de la porte, Magda bricolait quelque chose, et j'ai baissé la voix.

— Et toi, ai-je repris, tu m'aimerais si j'étais vilain ?

— Tu ne seras jamais laid, Kyle !

— Mais imagine. Genre, si j'avais un énorme bouton sur le nez, tu m'aimerais toujours ?

— Sur le nez ? Tu as un bouton sur le pif ?

— C'est juste une question rhétorique. M'aimerais-tu malgré tout ?

— Bien sûr. Tu es zarbi, Kyle. Faut que j'y aille.

— Mais tu viendras ensuite, hein ?

— Oui. Allez, je raccroche.

— OK. À plus.

Elle n'avait pas encore coupé, et je l'ai entendue confier à ses amies :

— Il m'a dit qu'il m'aimait.

Tout allait s'arranger.

Il était dix-huit heures. J'avais ordonné à Magda – à travers la porte – de m'envoyer Sloane à son arrivée. Assis sur le lit, volets baissés, lumières éteintes mis à part celle du dressing, j'attendais. Avec un peu de chance, dans cette obscurité, Sloane ne remarquerait même pas la tronche que j'avais. Je portais un vieux jean de mon père, plus large que les miens et susceptible de mieux me cacher, ainsi qu'une chemise à manches longues. Tout ce dont j'avais besoin, c'était d'un baiser. D'amour et d'un baiser, avait proféré la sorcière. Alors, tout irait bien. Je redeviendrais l'ancien Kyle, le beau Kyle, et cette plaisanterie ahurissante s'achèverait pour de bon.

On a fini par frapper au battant.

— Entre !

Elle a ouvert. J'avais bossé dur afin de nettoyer les éclats de verre et les morceaux de papier. Pendant mon ménage, j'avais déniché les deux pétales et les avais dissimulés sous la lampe de ma commode, histoire de ne pas les égarer.

— Pourquoi fait-il aussi sombre, ici ? a-t-elle lancé. Tu ne veux pas que je voie ton bouton ?

— J'avais envie d'une atmosphère romantique, ai-je répondu en tapotant le lit pour qu'elle m'y rejoigne. Afin que tu me pardonnes pour vendredi soir. Je t'aime tant, Sloane. Je refuse de courir le risque de te perdre.

— J'accepte tes excuses.

— Super !

Derechef, j'ai tapoté le matelas.

— Approche. Mon père est au boulot, il ne rentrera pas avant un bon moment.

Elle a enfin daigné s'asseoir, et j'ai enroulé un bras autour de ses épaules, l'attirant contre moi.

— Oh, Kyle ! J'adore quand tu me serres contre toi.

Ses mains ont glissé le long de mon torse, et… non. Une fois encore, elle visait mon entrejambe. Les poils ne me trahiraient pas. Il me fallait juste un petit baiser rapide avant qu'elle s'aperçoive de quoi que ce soit.

— Embrasse-moi.

— D'accord. Après, on passe aux choses sérieuses.

J'ai plaqué mes lèvres sur les siennes. Je m'attendais à éprouver quelque chose, comme lorsque j'avais été transformé, mais non, je n'ai rien ressenti.

— Ouille, Kyle ! Tu piques. Tu aurais pu te raser.

Je me suis écarté, m'efforçant de rester entre elle et la fenêtre.

— Désolé. Je t'ai expliqué que j'avais été malade.

— T'es-tu douché, au moins ? Parce qu'il n'est pas question que tu me touches si tu es sale.

— Naturellement, que je me suis douché.

— Laisse-moi allumer, je veux vérifier.

Elle a actionné l'interrupteur de ma lampe de chevet. La lumière a inondé la pièce.

Sloane a hurlé.

— Qui es-tu ? Qu'es-tu ? Lâche-moi !

Elle a commencé à me frapper, et j'ai reculé, par peur de la tuer avec mes griffes.

— Sloane ! C'est moi, Kyle !

Elle a continué à lutter. Elle avait suivi des cours de karaté, et je le sentais passer.

— Je t'en prie, Sloane. Je sais que c'est dingue, mais tu dois me croire. Cette nana, la gothique, c'était une sorcière, en fait !

Cessant de me battre, elle m'a toisé.

— Une sorcière ? Tu me prends pour une débile ? Tu espères que je vais gober tes salades ?

— Regarde-moi, bon sang ! Comment expliques-tu ce qui m'arrive, sinon ?

Elle a tendu la main vers mon visage poilu avant de la reculer précipitamment.

— Je me tire !

Elle a foncé en direction de la porte.

— Sloane !

Je me suis rué en avant pour l'empêcher de sortir.

— Dégage ! Je ne sais pas ce qui t'arrive, mais fous le camp, espèce de monstre !

— S'il te plaît, Sloane, tu peux m'aider. Elle a dit que je resterais ainsi jusqu'à ce qu'une fille s'éprenne de moi et me le prouve par un baiser, me délivrant ainsi du sortilège. Il faut que nous recommencions.

— Tu veux que je t'embrasse ? Ça va pas, la tête ?

Ça ne se déroulait pas comme prévu. En même temps, il valait peut-être mieux qu'elle soit au courant. Qu'elle soit consciente d'embrasser une bête.

— Donne-moi un baiser, et je redeviendrai normal.

Je tremblais, comme quand on est sur le point de fondre en larmes. Ridicule.

— Tu as affirmé que tu m'aimais, ai-je insisté.

— Oui, quand tu étais craquant !

Elle a tenté de m'esquiver pour se sauver, je l'ai retenue.

— Franchement, a-t-elle demandé, qu'est-ce qui s'est passé ?

— Je te l'ai expliqué. C'était une...

— Ne répète pas ce mot. Comme si je croyais aux malédictions, espèce de crétin !

— Je suis le même, à l'intérieur, et si tu m'embrasses, tout sera comme avant. On sera les rois du bahut. Je t'en supplie. Rien qu'un baiser.

Un instant, elle a semblé prête à céder. Elle s'est penchée vers moi. Malheureusement, quand j'ai fait la même chose, elle s'est faufilée sous mon bras et a déguerpi de la pièce.

— Sloane ! Reviens !

Sans réfléchir, sans me soucier de Magda ni de rien, je l'ai pourchassée dans tout l'appartement.

— S'il te plaît, Sloane ! Je t'aime !

— Laisse-moi tranquille ! a-t-elle crié en ouvrant la porte d'entrée. Si jamais tu guéris, appelle-moi.

Elle s'est précipitée sur le palier. Je l'ai suivie.

— Quoi ?

Elle tapait comme une folle sur le bouton d'appel de l'ascenseur.

— N'en parle à personne, OK ?

— Ne te bile pas, Kyle, je n'en ai pas la moindre intention. On me prendrait pour une cinglée. D'ailleurs, je dois l'être.

Elle m'a de nouveau regardé en frissonnant. La cabine est arrivée, et mon ex-petite amie s'est engouffrée dedans. Regagnant ma chambre, je me suis allongé sur le lit. Je sentais encore le parfum de Sloane, une odeur déplaisante. Sloane m'avait été indifférente. Il n'était donc pas surprenant que notre baiser n'ait pas fonctionné. La sorcière n'avait pas plaisanté : il fallait que je sois amoureux. Or, je n'avais jamais aimé personne, je n'avais jamais attiré les filles par moi-même, juste parce que j'étais qui j'étais, parce que je possédais ce que je possédais, parce que j'étais toujours partant pour faire la bringue. Ça m'était égal, alors. Je ne désirais que la réciproque. Les choses plus sérieuses attendraient.

Mais à présent, quelles étaient mes chances de rencontrer une nana qui m'aimerait pour de bon ? D'autant que l'aimer en retour risquait d'être le plus dur.

3.

Sachez-le : la médecine est impuissante à guérir la monstruosité.

Durant les semaines qui ont suivi, mon père et moi avons écumé New York, consulté des dizaines de toubibs qui tous, dans des langues et des accents divers, nous ont expliqué que j'étais foutu. Nous avons quitté New York afin de rendre visite à des sorcières, des adeptes du vaudou. Tous n'ont eu qu'une réponse : ils ignoraient comment j'étais devenu un monstre, mais ils ne pouvaient rien pour moi.

— Je suis navré, monsieur Kingsbury, a lâché le dernier spécialiste, le docteur Endecott, à mon père.

Nous étions dans son bureau, au milieu de nulle part, dans un de ces États de ploucs comme l'Iowa, l'Idaho ou l'Illinois. Nous nous étions tapés treize heures de route et, à chaque arrêt, je m'étais déguisé en moukère du Moyen-Orient, avec longue robe et masque. Le médecin travaillait dans un hôpital périphérique de la ville, mais mon père s'était débrouillé pour que le rendez-vous ait lieu dans sa maison de campagne tant il souhaitait qu'on ne me vît pas. J'ai regardé par la fenêtre. Le gazon était d'un vert nouveau pour moi, des rosiers multicolores poussaient partout. Ils étaient magnifiques, comme l'avait souligné Magda. Je les ai fusillés des yeux.

— Je le suis également.

— Nous apprécions votre JT, monsieur Kingsbury. Ma femme semble même avoir le béguin pour vous.

Bon Dieu de bois ! Ce crétin allait-il demander un autographe ou proposer une partie fine à trois ?

— Serait-il possible que je fréquente un lycée pour aveugles ? suis-je intervenu.

— Pardon, Kyle ? a sursauté Endecott, déboussolé.

Il avait été le seul à m'appeler par mon prénom. À New York, un gars du Village, spécialiste du vaudou, m'avait traité d'engeance du diable (ce qui, à mon avis, était aussi insultant pour mon père que pour moi). Sur le coup, j'avais exprimé le désir de m'en aller, mais papa avait continué la conversation jusqu'à la conclusion amère et finale : le gars était impuissant face à mon cas. Certes, ce ne serait pas moi qui reprocherais aux gens de me fuir. D'où ma lumineuse suggestion des aveugles.

— Une école pour non-voyants, ai-je répété. Je pourrais m'inscrire là-bas ?

Ce serait idéal. Une fille aveugle ne saurait pas combien j'étais repoussant, je jouerais la carte du charme Kingsbury, l'amenant à s'éprendre de moi. Ensuite, redevenu moi-même, je pourrais retourner à Tuttle.

— Tu n'es pas aveugle, Kyle, a objecté le médecin.

— Eh bien, on n'aurait qu'à leur raconter que je le suis. J'aurais perdu les yeux dans un accident, un truc comme ça.

Il a secoué la tête.

— Je comprends ce que tu ressens, Kyle.

— Ça m'étonnerait !

— Si, je t'assure. Adolescent, j'avais une très vilaine peau. J'ai testé tous les médicaments, toutes les lotions. Ça s'arrangeait pendant un moment, puis ça repartait de plus belle. J'avais l'impression d'être horrible, j'étais timide. J'étais sûr que personne ne s'attacherait à moi. Pourtant, j'ai vieilli, j'ai fini par me marier.

Il a désigné la photo d'une jolie blonde.

— « Fini par », au sens où vous êtes devenu toubib et avez gagné suffisamment de fric pour que les femmes passent sur votre laideur ? a aboyé mon père.

— Papa, ai-je murmuré, bien que j'aie pensé la même chose.

— Vous osez comparer ceci à de l'acné ? a poursuivi mon père. Mon fils est un monstre. Il s'est réveillé un matin dans la peau d'un animal. La médecine doit sûrement...

— Cessez de parler ainsi, monsieur Kingsbury. Kyle n'est pas un animal.

— Il est quoi, alors ? Vous avez un meilleur terme ?

— Non. Je sais cependant que seule son apparence physique a été affectée.

Il a posé sa main sur la mienne, ce que personne n'avait encore fait.

— Kyle, a-t-il repris, j'ai conscience que c'est difficile pour toi, mais je suis convaincu que tes amis apprendront à t'accepter et se montreront tolérants.

— Sur quelle planète vivez-vous ? me suis-je emporté. Pas

la Terre, en tout cas ! Je ne connais personne de *tolérant* ni de gentil, docteur Endecott. Qui plus est, je n'ai pas envie de rencontrer des gentils. Les gentils sont des nullards. Et puis, ce n'est pas un petit problème, que j'ai. Je ne suis pas en fauteuil roulant, je suis un monstre.

J'ai détourné la tête pour cacher aux deux hommes que j'étais à deux doigts de craquer.

— Docteur Endecott, a enchaîné mon père, nous avons consulté plus d'une dizaine de médecins. Votre nom nous a été chaudement recommandé. Si c'est une question d'argent, je paierai ce qu'il faudra pour aider mon fils.

— J'entends bien, monsieur Kingsbury. Mais je regrette…

— Ne vous préoccupez pas des risques. Je signerai une décharge. Kyle et moi sommes d'accord. Nous préférons encore affronter le danger… tout plutôt que vivre dans cet état. N'est-ce pas, Kyle ?

J'ai acquiescé, même si je venais de me rendre compte que mon père pensait que, à ses yeux, il valait mieux que je sois mort que monstrueux.

— Ouais.

— Désolé, monsieur Kingsbury, mais il ne s'agit ni d'argent ni de risques. C'est juste qu'il n'y a rien à faire. J'avais songé à des greffes de peau, voire du visage, or j'ai procédé à quelques tests, et…

— Quoi ?

— C'est très étrange, mais la structure de la peau ne s'est pas modifiée, quels que soient les produits utilisés, comme si *elle refusait de changer.*

— N'importe quoi ! Rien n'est immuable.

— Faux. Encore une fois, cette situation ne ressemble à aucune de celles que j'ai connues. J'ignore ce qui l'a provoquée.

Papa m'a lancé un coup d'œil. Il refusait que je mentionne la sorcière devant quiconque. Lui-même continuait à ne pas y croire, à penser que j'étais atteint de quelque maladie bizarre susceptible d'être guérie par la science.

— J'aimerais beaucoup procéder à d'autres expériences, poursuivait Endecott. Dans l'intérêt de la recherche.

— Rendront-elles sa normalité à mon fils ?

— Non. En revanche, elles nous permettront sans doute de mieux comprendre son affection.

— Mon fils ne sera pas un cobaye !

— Je suis désolé, monsieur Kingsbury. Le seul conseil que je suis en mesure de vous donner est d'amener Kyle voir un psychiatre, afin qu'il apprenne à accepter la situation de la meilleure façon possible.

Papa lui a adressé un sourire pincé.

— J'y veillerai.

— Bien. Quant à toi, Kyle, je suis réellement désolé de ne pouvoir t'aider. Cependant, tu dois comprendre que ceci n'est pas dramatique, sauf si tu le décides. Bien des gens victimes de graves handicaps accomplissent des exploits. Ainsi, l'aveugle Ray Charles est devenu un musicien hors pair. Stephen Hawking, le physicien, est un génie en dépit de sa maladie de Charcot.

— C'est tout le problème, toubib. Je ne suis pas un génie, juste un pauvre mec.

— Navré, Kyle.

Le docteur Endecott s'est levé et m'a tapoté l'épaule, comme pour me réconforter tout en me signifiant qu'il était temps que je déguerpisse.

Sur le chemin du retour, mon père et moi avons à peine échangé quelques paroles. Une fois à la maison, il m'a accompagné jusqu'à l'entrée de service, à l'arrière de l'immeuble. J'ai retiré mon voile noir. On était en juillet, il faisait chaud, et j'avais beau tailler les poils de mon visage, ces derniers repoussaient presque instantanément. D'un geste papa m'a fait signe d'entrer sans lui.

— Tu ne montes pas ?

— Non, je suis en retard. J'ai déjà assez manqué le boulot à cause de toutes ces âneries.

Voyant ma réaction, il s'est empressé d'ajouter :

— Si l'on n'obtient aucun résultat, c'est une perte de temps.

— Oui, bien sûr.

Je suis entré. Papa a voulu fermer la porte, mais je l'ai bloquée.

— Continueras-tu à essayer de m'aider ?

Je l'ai observé. Travaillant à la télévision, il était plutôt doué pour ne pas trahir ses émotions, y compris quand il mentait. Cependant, même lui n'a pas pu retenir un rictus quand il a répondu :

— Naturellement, Kyle, je ne t'abandonnerai pas.

4.

Ce soir-là, je n'ai pu m'empêcher de repenser à ce qu'avait dit le docteur Endecott : il n'était pas en mesure de m'aider, car je ne pouvais pas changer. Je comprenais à présent pourquoi mes poils repoussaient sitôt que je les avais coupés. Pareil avec mes ongles – mes griffes, maintenant.

Papa était absent, et Magda était repartie chez elle. Mon père avait augmenté son salaire en lui faisant jurer de garder le secret. Attrapant une paire de ciseaux de cuisine, j'ai taillé les poils de mon bras gauche aussi court que possible puis, armé d'un rasoir, j'ai raclé ma peau jusqu'à ce qu'elle soit aussi lisse qu'avant le sortilège. Ensuite, j'ai guetté le processus, les yeux rivés sur mon bras. Il ne s'est rien produit. La solution était peut-être de raser au plus près, de ne pas couper mais d'éradiquer mon pelage. Même s'il fallait que mon père paye quelqu'un pour m'enduire de cire chaude tous les jours, cela en vaudrait la peine, du moment que j'avais l'air un petit peu plus normal. Je suis retourné dans ma chambre, bercé par une bouffée d'espoir, émotion que je n'avais pas ressentie depuis le jour où j'avais contacté Sloane pour qu'elle vienne m'embrasser.

Malheureusement, sous la lumière vive qui régnait dans la pièce, j'ai constaté que les poils avaient repoussé. En comparant mes deux bras, j'ai vu que la toison du gauche semblait même plus dense que celle du droit. Quelque chose – un cri de souffrance, peut-être – était coincé dans ma gorge. Je me suis rué sur la fenêtre. J'avais envie de hurler à la lune bienveillante, telle une bête de film d'horreur. Mais l'astre était caché entre deux immeubles. Malgré tout, j'ai ouvert la fenêtre et j'ai rugi dans la touffeur de l'été.

— La ferme ! a crié quelqu'un, depuis un des appartements du dessous.

Sur le trottoir, une femme a pressé le pas en serrant son sac contre elle. Un couple se pelotait dans l'ombre, loin des réverbères. Ces deux-là ne m'ont même pas entendu.

Courant à la cuisine, je me suis emparé du plus gros couteau possible avant de me barricader dans la salle de bains. Les dents serrées à cause de la douleur, j'ai découpé un morceau de chair dans mon bras. J'ai contemplé le sang qui s'écoulait de l'entaille. Si la puissance de son mal rouge me plaisait, j'ai dû détourner la tête. Quand j'ai pu regarder de nouveau, le trou s'était refermé. J'étais indestructible, immuable. Cela signifiait-il que j'étais supra-humain ? Immortel ? Et si l'on me tirait dessus ? Dans l'affirmative, qu'est-ce qui était le pire ? Mourir, ou vivre à jamais dans la peau d'un monstre ?

Lorsque je me suis de nouveau approché de la fenêtre de ma chambre, il n'y avait plus personne dehors. Il était tard. J'avais envie de surfer sur Internet, de me brancher sur une messagerie et de discuter avec mes potes, comme auparavant. J'avais marché dans la prétendue pneumonie inventée par mon père pour justifier mon absence jusqu'à la fin de l'année scolaire. Puis ce serait un voyage en Europe pour les vacances et un pensionnat à la rentrée. Par mail, j'avais promis de revoir mes copains avant l'automne – un mensonge. Cela n'aurait pas dû avoir d'importance. Ils m'avaient à peine répondu. Il allait de soi que je refusais de retourner à Tuttle, pas dans cet état. Là-bas, on embêtait les élèves qui avaient des chaussures bon marché ; avec ma tronche, les élèves se jetteraient sur moi avec des fourches. Ils me croiraient atteint d'une maladie, à l'instar de mon père, et me banniraient. Et même si ce n'était pas le cas, je ne supporterais pas d'être une bête dans l'établissement où j'avais été le membre le plus éminent de la clique des beaux et des bien-nés.

Dans la rue, un clochard est passé, titubant sous le poids d'un énorme sac à dos. À quoi cela ressemblait-il d'être lui, de n'avoir personne, d'être fui par tous ? Je l'ai suivi des yeux jusqu'à ce que, comme la lune, il disparaisse entre deux bâtiments.

Je me suis affalé sur mon lit. Quand ma tête a touché l'oreiller, j'ai senti un objet dur dessous. Je l'ai sorti de là, l'ai observé à la lumière. Un miroir.

Je ne m'étais pas regardé dans une glace depuis ma transformation, depuis le jour où j'avais brisé celui qui était accroché dans ma chambre. Celui-ci était un miroir à main carré dans un cadre d'argent. Le même que celui de Kendra. J'ai failli le casser en mille morceaux – on se console comme on peut. Mais mon reflet m'a attiré l'œil, car il me retournait mon visage, mon *ancien* visage, celui aux traits dénués d'imperfections, aux yeux bleus, celui que j'avais encore dans mes rêves. Tenant la glace à deux mains, je l'ai approchée de moi, comme une fille que je me serais apprêté à embrasser.

Mon image s'est alors dissipée, remplacée par celle du monstre. Perdais-je l'esprit ? J'ai soulevé le miroir, prêt à le réduire en miettes.

— Attends !

La voix émanait de l'objet. Lentement, j'ai baissé le bras. Le reflet s'était de nouveau modifié, affichant les traits de Kendra, la sorcière.

— Qu'est-ce que tu fiches ici ?

— Ne brise pas ce miroir, m'a-t-elle conseillé. Il a des pouvoirs magiques.

— Ah ouais ! Et alors ?

— Je ne plaisante pas. Je t'observe depuis plus d'un mois, maintenant. Je constate que tu as compris que tu ne te sortirais pas de ce mauvais pas avec l'argent de papa. Des dermatologues, des plasticiens ! Ton père a même appelé la clinique du Costa Rica où il a subi sa dernière opération secrète. Toutes ces personnes t'ont dit la même chose : « Navré, gamin, apprends à vivre avec. Vois un psy. »

— Comment as-tu...

— J'ai également assisté à l'agression de Sloane.

— Je ne l'ai pas agressée. Je l'ai embrassée avant qu'elle ait eu le temps de me voir.

— Et elle ne t'a pas changé, hein ?

J'ai secoué la tête.

— Je t'avais pourtant précisé que les sentiments devaient être partagés. Aimes-tu Sloane ?

J'ai gardé le silence.

— C'est bien ce qu'il me semblait. Bref, ce miroir est magique, tu peux y voir qui tu désires, partout dans le monde. Pense à quelqu'un, à l'un de tes anciens amis, par exemple… (Elle a ricané en prononçant le mot « anciens ».) Demande, et la glace te montrera cette personne, où qu'elle soit.

Je n'en avais pas envie. Je n'avais pas du tout envie de lui obéir. Ç'a été plus fort que moi, cependant. J'ai songé à Sloane et, en un rien de temps, l'image a changé pour révéler l'appartement de Mme Hagen. Vautrée sur le canapé, Sloane se bécotait avec un type.

— Bon, et après ? ai-je braillé avant de me demander si Sloane pouvait m'entendre.

Kendra est réapparue.

— M'entend-elle ? ai-je chuchoté.

— Non, je suis la seule. Pour tous les autres, ça ne marche que dans un sens, comme un Babyphone. Tu souhaitais voir autre chose ?

J'allais dire non quand, de nouveau, mon inconscient m'a trahi. J'ai pensé à Trey.

Derechef, le miroir m'a montré l'appartement de Mme Hagen. C'était Trey qui tripotait Sloane.

— Alors ? a repris Kendra en resurgissant au bout d'une minute. Où en es-tu ? Tu comptes retourner au lycée ?

— Bien sûr que non ! Je ne peux pas y aller tant que je suis un monstre. Mais mes liens avec mon père se sont renforcés.

J'ai jeté un coup d'œil au réveil. Vingt-deux heures passées, et il n'était toujours pas là. Il m'évitait. Durant ces quelques semaines à courir de consultation en consultation, nous nous étions fréquentés comme jamais auparavant. Je savais cependant que ça n'aurait qu'un temps. J'avais retrouvé ma vie d'autrefois, où je ne voyais papa qu'à la télé. Cela m'avait laissé froid, lorsque j'avais une vie. À présent, je n'avais plus rien ni personne.

— As-tu réfléchi à la manière dont tu vas briser la malédiction ?

— Tu pourrais me redonner mon ancienne apparence, ai-je tenté, mi-figue mi-raisin.

— Je ne peux pas, a-t-elle répondu en détournant la tête.

— Tu ne *veux* pas.

— Non, ça m'est impossible, je te le jure. C'est à toi de lever le sortilège. Et la seule façon d'opérer, c'est de trouver le grand amour.

— Ben voyons ! Je suis un monstre, je te rappelle.

— Oui, c'est vrai, a-t-elle admis avec un pauvre sourire.

— Et c'est ta faute ! ai-je ragé en secouant le miroir.

— Tu étais un petit saligaud, s'est-elle défendue avant d'ajouter avec une grimace : Et arrête de secouer ce truc !

— Ça te gêne ? Dommage !

J'ai une fois encore agité la glace.

— J'ai peut-être eu tort de te transformer. J'ai peut-être tort de vouloir t'aider, à présent.

— M'aider ? De quoi parles-tu, puisque tu n'es pas en mesure de me rendre mon corps ?

— De conseils. Le premier, c'est de ne pas casser ce miroir. Il te rendra service, tu verras.

Sur ce, elle s'est effacée.

Doucement, j'ai posé l'objet sur la table de nuit.

5.

Parfois, quand on se promène à New York – partout sans doute, mais c'est flagrant à New York à cause de la cohue –, on croise des gens comme des gars en fauteuil roulant avec des moignons en guise de jambes, ou des grands brûlés du visage. Ils ont peut-être sauté sur une mine, on leur a peut-être jeté de l'acide à la tête, je ne leur avais jamais vraiment prêté attention. Ou alors, juste pour les éviter, pour qu'ils ne me frôlent pas. Ils me dégoûtaient. Désormais, je pensais à eux constamment, songeant qu'il suffisait d'un rien, d'une minute, d'un minuscule événement pour passer de normal – voire de beau – à meurtri au-delà du réparable. Un monstre. J'étais un monstre, et il me restait cinquante, soixante, soixante-dix ans à vivre. Or j'allais les endurer dans la peau d'une bête, à cause de cette minute où Kendra avait lancé sa malédiction.

Ce miroir était un drôle de truc. Après avoir commencé à le consulter, j'ai fini par en être obsédé. D'abord, j'ai espionné chacun de mes amis (de mes anciens amis, pour reprendre la formulation de Kendra), les surprenant dans des moments bizarres : en train d'être engueulés par leurs parents, en train de se curer le nez, ou nus, et plus généralement, ne pensant jamais à moi. J'ai aussi épié Sloane et Trey. Ils sortaient ensemble, certes, mais elle avait un autre mec aussi, un type qui ne fréquentait pas Tuttle. Je me suis demandé si elle m'avait également trompé avec lui.

Puis je me suis mis à observer d'autres personnes. Août se traînait, et j'étais désœuvré. Magda me préparait mes repas, mais je n'émergeais de ma chambre que si je l'entendais passer l'aspirateur à l'autre bout de l'appartement ou si elle sortait. Je n'avais pas oublié qu'elle avait dit avoir peur pour moi. Elle estimait sûrement que je n'avais que ce que je méritais. Rien que pour ça, je la détestais.

Je prenais l'annuaire du bahut, je choisissais une page et un élève au hasard – mais plutôt un nul dont je ne m'étais jamais soucié du temps où j'allais au lycée. Je lisais le nom de l'élu puis regardais quelles activités il pratiquait. Moi qui croyais avoir connu tout le monde à Tuttle, je découvrais que ce n'était pas vrai. Maintenant, si. Je jouais à choisir une personne puis à imaginer l'endroit où elle serait, dans le miroir. Parfois, c'était facile. Les dingues d'informatique étaient *toujours* derrière leur ordi, les sportifs dehors, à courir sur un stade.

Un dimanche matin, je me suis arrêté sur Linda Owens. Elle me disait vaguement quelque chose, jusqu'à ce que je m'aperçoive qu'elle était celle à qui, au bal, j'avais offert la rose pour laquelle elle avait montré tant d'enthousiasme, celle grâce à qui Kendra m'avait accordé une seconde chance. Avant ce jour-là, je ne lui avais jamais prêté attention. Sa notice dans l'annuaire ressemblait à un CV : membre de la Société honoraire nationale[1], membre de la Société honoraire de français, membre de la Société honoraire d'anglais... bref, membre de toutes les sociétés honoraires.

Celle-ci ne pouvait être qu'à la bibliothèque. Bien qu'on soit en août.

— Je veux voir Linda, ai-je dit à la glace.

Le miroir opérant comme une caméra panoramique, j'ai guetté le bâtiment de la Cinquième Avenue, avec ses lions montant la garde près du perron. Au lieu de quoi, l'image s'est arrêtée sur un quartier où je n'étais jamais allé – et où je n'avais pas l'intention de mettre les pieds un jour. Deux femmes épuisées vêtues de tee-shirts moulants se disputaient sur le trottoir. Un camé se piquait sur un pas de porte. Puis l'optique a zoomé sur un immeuble, s'est engouffrée à l'intérieur, grimpant le long d'un escalier aux marches défoncées éclairé par une ampoule nue aux fils apparents avant d'atterrir dans un appartement. La peinture s'écaillait, le lino était déchiré. Des cartons servaient d'étagères. Mais tout était d'une propreté étincelante, et Linda était assise au milieu du taudis, occupée à lire. Au moins, je ne m'étais pas trompé là-dessus.

Elle a tourné une page, une autre, une troisième. J'ai dû l'espionner pendant au moins dix minutes. L'ennui n'expliquait pas que je m'attarde autant, il y avait autre chose : je trouvais cool qu'elle puisse lire ainsi, insoucieuse de son environnement.

— Hé, gamine ! a braillé une voix.

J'ai sursauté. Le silence avait été tel, dans la pièce, que je ne

1. Association créée en 1921 et distinguant les meilleurs élèves du secondaire, tant pour leurs résultats académiques que pour leur activisme social.

m'étais pas aperçu que Linda avait de la compagnie. Elle a levé les yeux de son bouquin.

— Oui ?

— J'ai... froid. Apporte-moi une couverture, tu veux ?

En soupirant, elle a retourné son livre. J'ai repéré le titre : *Jane Eyre*. Je me suis dit que, un jour, je le lirais peut-être. C'est vous dire si je me faisais suer.

— Tout de suite ! a-t-elle lancé. Tu veux du thé aussi ?

Elle se mettait déjà debout, se dirigeait vers la cuisine.

— Ouais, a grommelé la voix. Mais grouille.

Linda a tourné le robinet, laissant couler l'eau pendant qu'elle s'emparait d'une bouilloire rouge cabossée. Elle l'a remplie, l'a mise à chauffer.

— Elle arrive, cette couvrante ? a râlé la voix.

— Oui, oui. Désolée.

Jetant un coup d'œil plein de regret à son roman, elle a sorti un maigre plaid bleu d'un placard et l'a porté à un homme blotti sur un vieux canapé. Il était déjà sous une couverture, si bien que je n'ai pas distingué ses traits. Il frissonnait en dépit de la chaleur. Linda l'a bordé.

— Ça va mieux ?

— Pas terrible, non.

— Le thé te fera du bien.

Elle a préparé la boisson, a farfouillé dans le réfrigérateur presque vide, a renoncé et a apporté son thé au type. Il s'était endormi. Elle s'est agenouillée à son côté, a tendu l'oreille, puis elle a glissé la main sous le divan, comme si elle cherchait quelque chose. Sans résultat. Elle s'est replongée dans son livre en sirotant le thé. J'ai continué à l'observer, mais il ne s'est rien passé d'autre.

D'ordinaire, je n'épiais une personne qu'une seule fois. Cependant, la semaine suivante, j'ai continué à espionner Linda. Pas qu'elle soit sexy ni qu'elle fasse quelque chose d'intéressant. La plupart des élèves de Tuttle étaient en camp d'ados, voire en Europe. Si j'avais voulu, j'aurais pu suivre quelqu'un au Louvre. Ou, pour être honnête, j'aurais reluqué les douches communes d'une colonie avec des tas de nanas à poil dedans. Bon, d'accord, ça aussi, je l'ai fait. N'empêche, je consacrais pas mal de temps à regarder Linda lire. Qu'elle avale autant de bouquins en un été m'estomaquait. Il arrivait qu'elle rie tout en lisant et, un jour, elle a fondu en larmes. Pareilles réactions face à un ouvrage, ça me dépassait.

Une fois, alors qu'elle était en pleine lecture, il y a eu un bruit. On tambourinait à la porte. Elle a ouvert. Une main s'est emparée d'elle, j'ai tressailli.

— Où c'est ? a grondé une voix.

Une silhouette impressionnante s'est dessinée sur le miroir. Un homme dont je n'apercevais pas les traits. Mais il était grand et costaud. J'ai failli appeler les flics.

— Où est quoi ? a répondu Linda.

— Tu sais bien. Qu'en as-tu fait ?

— Non, j'ignore de quoi tu parles.

Elle s'exprimait avec calme. Se dégageant de la poigne de l'individu, elle est retournée à son bouquin. Le mec l'a rattrapée et l'a attirée à lui.

— Donne-la-moi.

— Je ne l'ai plus.

— Salope !

Il l'a giflée, si fort qu'elle a trébuché avant de tomber.

— J'en ai besoin. Tu te crois plus maligne que moi ? Tu penses pouvoir me voler ? Rends-la-moi !

Le gars l'a fixée comme s'il allait la soulever du sol, mais elle l'a devancé et s'est réfugiée derrière la table, récupérant au passage son livre, qu'elle a brandi comme un bouclier.

— Ne t'approche pas, sinon je préviens les flics.

— Tu ne ferais pas ça à ton père.

Pour le coup, j'ai carrément sursauté. Ce type louche était son père ? Celui-là même qu'elle avait bordé la semaine précédente ?

— Je ne l'ai pas, a-t-elle répété en retenant ses larmes avec difficulté. Je l'ai flanquée aux toilettes.

— Quoi ? T'as balancé cent dollars de blanche aux chiottes ? Espèce de...

— Tu n'étais pas censé en avoir ! Tu avais promis...

Il s'est jeté sur elle, mais il titubait, et elle a filé vers la porte. Sans lâcher son roman, elle a quitté l'appartement minable, a dévalé les escaliers crasseux et s'est précipitée dehors.

— C'est ça, sauve-toi ! a braillé son paternel. Quitte-moi comme l'ont fait tes garces de sœurs !

Elle a couru jusqu'à la station de métro. Je l'ai regardée dégringoler les marches et sauter dans un wagon. Ce n'est qu'alors qu'elle a éclaté en sanglots.

J'ai regretté de ne pouvoir la réconforter.

M. Anderson : Merci de votre présence. Aujourd'hui, nous allons parler des changements que votre transformation a induits dans votre habitat.

Froggie : Ai jamais aimé mares. C tjrs le cas.

Mutique : Pourquoi ça, Froggie ?

Froggie ! Pourquoi ??? Sont humides !

Mutique : Mais tu es un amphibien.

Froggie : Et alors ?

Mutique : Tu estimes préférable de vivre sur la terre ferme alors que tu peux respirer sous l'eau ? Pourquoi ça ? Ça m'intéresse.

Froggie : D'abord, mes affaires arrêtent pas de dériver !

Monsterkid vient de se connecter.

Monsterkid : Vous pouvez commencer, je suis là.

Mutique : On ne t'a pas attendu.

Monsterkid : Je blaguais.

M. Anderson : Nous n'en sommes jamais très sûrs, avec toi, Monster. Mais bienvenue.

Monsterkid : Je déménage cette semaine. Je ne sais pas où.

Mutique : Moi, j'ai une annonce à vous faire, aujourd'hui.

M. Anderson : Laquelle, Mutique ?

Mutique : J'ai décidé de me lancer.

Froggie : Te transformer ?

Mutique : Oui.

Monsterkid : Pourquoi veux-tu faire pareille ânerie ?

M. Anderson : Sois poli, Monster.

Monsterkid : N'empêche, c'est idiot. Quelle idée de risquer une malédiction quand on n'y est pas obligé !

Mutique : J'y ai longuement réfléchi, Monster.

GrizzlyGuy vient de se connecter.

Mutique : Je sais qu'il y a un risque, un grand risque. Si je n'obtiens rien du marin, je serais réduite en écume. Mais je pense que le grand amour vaut la peine de courir ce danger.

GrizzlyGuy : En écume ?

`Froggie : Gd amour mérite.`

Monsterkid : Puis-je dire quelque chose ?

`Froggie : Peut-on t'en empêcher ?`

Monsterkid : Tous les mecs sont des cons. Et si tu te sacrifiais pour un type qui n'en vaut pas la peine, Mutique ? Personne n'est digne qu'on finisse en écume.

Mutique : Tu ne le connais même pas !

Monsterkid : Toi non plus. Tu vis sous la mer et lui sur terre !

Mutique : J'en sais assez. Il est parfait.

`Froggie : Sûr et certain.`

Monsterkid : Je suis réaliste, c'est tout... Et s'il ne te remarque pas ? N'as-tu pas dit que tu devrais renoncer à ta voix ?

Mutique : Je l'ai sauvé de la noyade ! Oh, laisse tomber !

Froggie : Monster = monstre, Mute. L'écoute pas.

Mutique s'est déconnectée.

Monsterkid : Désolé, mais c'est vraiment dur d'être un monstre à New York.

TROISIÈME PARTIE

LE CHÂTEAU

I.

Le mois suivant, j'ai déménagé. Mon père a acheté une maison en pierre de taille à Brooklyn et m'a informé que nous nous installions là-bas. Magda a empaqueté mes affaires. Je ne l'ai pas aidée.

La première chose que j'ai remarquée en arrivant, ç'a été les fenêtres, à l'ancienne, genre bow-windows joliment encadrés. Celles de la plupart des demeures du quartier étaient dotées de voilages ou de stores et donnaient sur la rue bordée d'arbres. Apparemment, papa ne souhaitait pas que je voie les arbres ; ou, pour être plus exact, il ne souhaitait pas que quiconque me voie, car notre nouvelle résidence était équipée d'épais volets en bois sombre qui, même ouverts, empêchaient la lumière d'entrer et obstruaient la vue sur les environs. L'odeur du bois fraîchement scié et verni m'a permis de comprendre qu'ils étaient neufs. Toutes les fenêtres étaient munies d'alarmes, toutes les portes de caméras de vidéosurveillance.

La maison comptait cinq niveaux, chacun presque aussi vaste que notre logement de Manhattan. Au rez-de-chaussée, un appartement privé avec salon et cuisine m'était destiné. Un immense écran plasma occupait presque entièrement un des murs du salon. Il était flanqué d'un lecteur DVD et d'un stock quasi complet de films à succès. Tout ce dont avait besoin un invalide.

La chambre à coucher ouvrait sur un jardin si nu et brun qu'il évoquait une steppe balayée par les vents. Au fond s'élevait une palissade en bois toute récente. Bien qu'il n'y ait pas de portail, une caméra était pointée sur la clôture, en cas d'intrusion intempestive. Mon père avait pensé à tout pour me garder au secret. Aucune importance, puisque je n'avais pas l'intention de m'aventurer dehors.

Histoire de peaufiner le thème du handicapé confiné chez lui, la pièce donnait sur un bureau équipé de son propre écran plat réservé à la PlayStation. Si les étagères croulaient sous le poids des jeux vidéo, il n'y avait pas un seul livre.

Quant à la salle de bains, elle était dépourvue de miroir. En dépit de la couche de peinture, j'ai distingué les contours d'une glace qu'on avait dévissée avant de recouvrir les trous d'enduit.

Magda avait déjà déballé et rangé mes affaires, à l'exception de trois choses que je lui avais dissimulées. J'ai glissé les deux pétales de rose et le miroir de Kendra sous des pulls, dans le tiroir du bas de ma commode.

Je suis monté au premier étage, lequel comportait un salon, une salle à manger et une seconde cuisine. Cette maison était bien trop grande pour deux. D'ailleurs, pourquoi mon père voulait-il s'installer à Brooklyn ? Ici, la salle de bains avait un miroir. Je ne me suis pas contemplé dedans.

Le deuxième avait une grande chambre à coucher, décorée comme un salon, mais vide, ainsi qu'un bureau sans livres. Il y avait un écran plasma là aussi.

Au troisième, j'ai découvert trois chambres supplémentaires. La plus petite était encombrée par des valises que je n'ai pas reconnues. Le quatrième et dernier étage contenait tout un bazar de vieux meubles, de malles et de cartons poussiéreux. J'ai éternué – la poussière avait tendance à s'accrocher à mon pelage – avant de redescendre dans mes quartiers et de me poster devant la porte-fenêtre donnant sur le jardin. Magda est entrée.

— Ça vous dérangerait de frapper d'abord ?

— Ah, désolée, s'est-elle excusée avant de se mettre à jacasser comme un écureuil espagnol. Votre chambre vous plaît, monsieur Kyle ? Je l'ai arrangée pour vous. C'est une pièce belle et gaie.

— Où est mon père ?

— Au travail, a-t-elle répondu en consultant sa montre. Ça va être l'heure du JT.

— Non, je veux dire, où s'installera-t-il ? Où se trouve sa chambre ? Là-haut ?

— Non, a murmuré Magda en perdant sa bonne humeur. Non, monsieur Kyle, pas à l'étage. C'est moi.

— Mais quand il reviendra ?

Elle a baissé la tête.

— C'est moi qui reste, monsieur Kyle. Je suis navrée.

— Vous ne comprenez pas, je…

Soudain, j'ai pigé. « C'est moi qui reste. » Papa n'avait pas de chambre, il n'avait pas l'intention de vivre ici. J'emménageais seul à Brooklyn. Avec Magda, ma nouvelle tutrice. Ma gardienne de prison. Rien qu'elle et moi, exilés en banlieue, tandis que papa, délivré de Kyle, allait pouvoir mener une existence heureuse. J'ai contemplé les murs interminables dépourvus de miroirs et de fenêtres, tous peints de couleurs joyeuses (le salon en rouge, ma chambre en vert émeraude). Allaient-ils pouvoir m'engloutir, de façon à ce qu'il ne reste rien de moi, sinon le souvenir d'un beau garçon qui avait disparu ? Serais-je comme ce camarade de collège qui était mort dans un accident en cinquième ? Tout le monde avait pleuré, mais j'avais à présent oublié son prénom. Comme tout un chacun, j'imagine. Comme on oublierait le mien.

— Formidable, ai-je commenté en m'approchant de la table de nuit. Où est le téléphone ?

Silence.

— Pas de téléphone.

Elle mentait mal.

— Ah bon ? Vous en êtes certaine ?

— Monsieur Kyle…

— J'ai besoin de parler à mon père. Espère-t-il vraiment pouvoir me larguer ici sans même me dire au revoir ? En m'achetant des DVD et des jeux (d'un revers de la main, j'ai envoyé valser le contenu d'une étagère par terre) pour ne pas se sentir coupable de me rejeter ?

J'ai eu l'impression que les murs verts se refermaient sur moi. Je me suis laissé tomber sur le canapé.

— Où est le téléphone ?

— Monsieur Kyle…

— Cessez de m'appeler ainsi ! ai-je hurlé en expédiant au sol d'autres jeux. Vous avez l'air idiote quand vous vous adressez à moi comme ça. Combien vous paie-t-il pour que vous restiez avec moi ? A-t-il triplé votre salaire pour que vous acceptiez de vivre avec son monstre de fils et que vous la boucliez ? Si je m'enfuis, vous perdrez votre boulot, vous en êtes consciente ?

Elle ne me quittait pas des yeux, et j'ai eu envie de cacher mon visage. Je me suis souvenu de la peur que je lui inspirais.

— Je suis méchant, ai-je repris. C'est pour ça que j'ai cette tronche. Si ça se trouve, une nuit, je vous assassinerai dans votre sommeil. Le vaudou, l'engeance du diable, on ne croit pas à ces trucs dans votre pays ?

— Non. On croit...

— Vous savez quoi ?

— Quoi ?

— Je me fiche de votre patelin. Je me fiche de tout ce qui vous concerne.

— Vous êtes triste...

Une vague de chagrin m'a brusquement envahi la tête, s'accumulant au niveau de mon nez. Mon père me haïssait au point de ne même pas vouloir partager une maison avec moi.

— Je vous en supplie, Magda, autorisez-moi à lui parler. J'en ai besoin. Il ne vous renverra pas parce que vous m'avez laissé le contacter. Il n'a sans doute trouvé personne d'autre à qui me confier.

Elle a réfléchi un moment avant d'acquiescer.

— Je vais chercher le téléphone. J'espère que ça vous aidera, comme j'essaye de vous aider.

Elle s'est éclipsée avant que j'aie eu le temps de lui demander ce que signifiait sa dernière phrase. Avait-elle tenté – sans résultat – de convaincre mon père de vivre avec moi, de se comporter en humain ? Je l'ai entendue monter l'escalier, sûrement pour gagner sa chambre, celle aux valises que je ne connaissais pas.

Bon Dieu ! Elle était tout ce que j'avais. Elle pouvait empoisonner ma nourriture si je me montrais trop odieux. Qui s'en inquièterait, hein ? Je me suis agenouillé afin de ramasser les jeux que j'avais renversés. Ça n'a pas été facile, avec mes griffes. Au moins, mes pattes avaient gardé la forme de mains, avec un pouce de la taille de celui d'un gorille. Au bout de quelques minutes, Magda est réapparue avec un téléphone portable. Elle n'avait pas menti – la maison n'avait pas de ligne. Mon père était vraiment gonflé !

— Je... je range, ai-je balbutié, les bras pleins de boîtiers. Excusez-moi, Magda.

Elle a haussé un sourcil surpris, s'est contentée de dire :

— Il n'y a pas de mal.

— Je sais que ce n'est pas votre faute si mon père...

J'ai haussé les épaules. Elle m'a débarrassé des jeux.

— Vous voulez que je l'appelle ? a-t-elle proposé.

J'ai secoué la tête.

— Il faut que je lui parle seul à seul.

Elle a opiné, a rangé les boîtiers sur leur étagère et a quitté la pièce.

— Qu'y a-t-il, Magda ? a maugréé mon père quand il a décroché.

Il était irrité, et ça n'allait pas s'arranger quand il allait découvrir que c'était moi son interlocuteur.

— Ce n'est pas Magda mais moi, Kyle. Nous devons parler de certaines choses.

— Je suis en plein...

— Comme toujours. Je ne serai pas long. Il sera même plus rapide que tu écoutes ce que j'ai à te dire plutôt que de protester.

— Je sais que tu n'as pas envie de t'installer là-bas, Kyle, mais c'est la meilleure solution. J'ai essayé de rendre la maison confort...

— Tu m'as banni.

— Pour ton bien. Je te protège du regard des autres, de ceux qui risqueraient de tirer profit de la situation et...

— Arrête de débiter ces conneries, l'ai-je interrompu en fixant les murs verts. C'est toi que tu protèges. Tu ne veux pas qu'on apprenne ce qui m'est arrivé.

— Je refuse de discuter de cela plus longtemps.

— Pourtant, tu vas continuer. Ne me raccroche pas au nez, sinon je débarque chez NBC et je leur accorde une interview. Je te jure que je n'hésiterai pas.

La menace a fonctionné.

— Que veux-tu, Kyle ?

Aller au lycée, avoir des amis, retrouver tout ce que j'ai perdu. Ça ne risquait pas de se produire. Aussi, j'ai répondu :

— J'ai besoin de quelques petits trucs. Donne-les-moi, et je respecterai ta décision. Sinon, je fous le camp.

De l'autre côté des volets presque opaques, j'ai vu que la nuit était tombée.

— Quels trucs ?

— Un ordinateur avec une connexion Internet. Tu as peur que je commette une bêtise, style convoquer la presse et lui donner une photo de moi. (*Ose leur dire que je suis ton fils.*) Mais je ne le ferai pas, pas si tu réponds à mes demandes. Je souhaite juste continuer à voir le monde et, peut-être... je ne sais pas encore, adhérer à un forum en ligne.

Ça paraissait tellement débile que j'ai failli me boucher les oreilles pour ne plus entendre ces paroles ridicules.

— OK, OK, je m'en occupe.

— Ensuite, j'exige un répétiteur.

— Quoi ? Mais le lycée t'intéressait à peine !

— J'ai changé. Je n'ai rien de mieux à faire qu'étudier, aujourd'hui.

Comme il ne relevait pas, j'ai enchaîné :

— Et puis, imagine que je guérisse d'un seul coup ? Après tout, j'ai été transformé en l'espace d'un soir. Si ça se trouve, mon état s'améliorera de la même manière. Des fois que la sorcière se ravise et me rende ma forme. Il me paraît bon de ne pas me couper entièrement des choses.

Je savais que ça n'arriverait pas, et que lui ne me croyait toujours pas. Au fond de moi, je continuais d'espérer que je rencontrerais une fille, sur Internet, peut-être. Voilà pourquoi je voulais l'ordi. Quant au répétiteur, je ne comprenais pas trop ce qui m'avait poussé à en réclamer un. Papa avait raison, je détestais le bahut. Mais maintenant qu'on m'en avait privé, j'en avais envie. Et puis, un prof particulier serait quelqu'un avec qui discuter.

— Très bien, a-t-il cédé, je vais dégoter quelqu'un. Autre chose ?

J'ai pris une profonde inspiration.

— Ne me rends pas visite.

Ayant deviné qu'il n'y tenait pas, autant le formuler. Son attitude avait été limpide. S'il se pointait, ce serait par obligation. Je refusais cela, je refusais de l'attendre et de céder au désespoir quand il ne se montrerait pas.

J'ai attendu qu'il proteste, qu'il joue les bons pères.

— D'accord, a-t-il cependant dit. Si c'est ce que tu veux, Kyle.

Typique.

— Oui.

J'ai raccroché avant de changer d'avis et de le supplier de venir me chercher.

2.

Papa n'a pas perdu de temps. Le répétiteur s'est présenté la semaine suivante.

— Je vous présente Will Fratalli, Kyle, votre professeur.

Magda avait cessé de me donner du « monsieur » depuis que je l'avais engueulée. Ça la rendait à peine moins énervante. Le type qui l'accompagnait était grand, la vingtaine finissante, l'air d'un véritable crétin. Il avait un chien, un labrador jaune, et portait un jean usé, trop large pour lui aller, pas assez pour lui donner une apparence cool, ainsi qu'une chemise bleue. Un pur produit de l'école publique, et même pas d'un établissement potable. Il a avancé.

— Bonjour, Kyle.

Il ne s'est pas enfui en courant après m'avoir découvert. Un bon point pour lui. Le mauvais point, c'est qu'il évitait de poser les yeux sur moi, préférant les focaliser sur le côté. J'ai agité la main.

— Par ici. On va avoir du mal à travailler ensemble, si vous n'arrivez pas à me regarder.

Le clebs a grondé. Le type, Will, a éclaté de rire.

— Ça va être difficile, a-t-il lâché.

— Comment ça ?

— Je suis aveugle.

Oh !

— Assis, Pilote ! a-t-il ordonné.

Pilote a refusé d'obéir, préférant tourner en rond sur lui-même. Renversant. Mon père – du moins, sa secrétaire – avait réussi à dégoter un prof aveugle qui ne pourrait pas constater à quel point j'étais laid.

— Oh, pardon. C'est... c'est votre chien ? Va-t-il habiter ici ? Vous aussi ?

C'était la première fois que je parlais à un non-voyant, même si j'en avais croisé dans le métro.

— Oui, a acquiescé Will. Je vous présente Pilote. Nous vivrons tous deux ici. Votre père est dur en affaires.

— Je m'en doute. Que vous a-t-il raconté à mon sujet ? Désolé, asseyez-vous.

Je lui ai pris le bras, il s'est vivement dégagé.

— Ne faites jamais ça, s'il vous plaît.

— Navré, j'essayais d'aider.

— N'attrapez pas les gens sans les prévenir d'abord. Vous apprécieriez que je vous saute dessus comme ça ? Si vous tenez à rendre service, demandez d'abord son avis à la personne concernée.

— OK, OK, je m'excuse.

Ça commençait bien ! Mais bon, il fallait absolument que ce mec et moi accrochions.

— Alors, vous avez besoin d'aide ?

— Non merci, je suis capable de me débrouiller.

Avec une canne que je n'avais pas remarquée, il s'est frayé un chemin jusqu'au canapé et s'est assis. Le chien n'arrêtait pas de me regarder d'un air mauvais, comme s'il craignait que je sois un animal susceptible d'attaquer son maître. De nouveau, il a grogné.

— Vous explique-t-il où aller ? ai-je demandé.

Je n'avais pas peur. Je savais que si le clébard me mordait, je guérirais aussi sec. Me penchant, j'ai plongé mes yeux dans les siens. *Tout va bien.* La bête s'est assise, puis couchée sans cesser de me fixer. Enfin, elle a arrêté de protester.

— Pas vraiment, non. Je trouve mon chemin tout seul, mais si je m'apprête à dévaler tête la première dans un escalier, il s'arrête.

— Je n'ai jamais eu de chien, ai-je dit en songeant à quel point ma remarque semblait idiote.

Pauvre petit New-Yorkais privé d'animal de compagnie !

— Vous n'aurez pas celui-ci non plus. Il est à moi.

Vlan ! Prends-ça !

— Pigé. Inutile de monter sur vos grands chevaux.

Je me suis installé sur un fauteuil, face à Will. Le regard de Pilote ne manifestait plus d'hostilité, maintenant. Il paraissait intrigué, comme s'il essayait de déterminer si j'étais un animal ou un homme.

— Qu'est-ce que mon père vous a raconté à mon propos ? ai-je répété.

— Que vous étiez un invalide ayant besoin d'un répétiteur afin de poursuivre vos études. J'imagine que vous êtes un élève sérieux.

J'ai ri. « Invalide » était le mot juste. Au sens où je n'étais plus valide, que je ne valais plus rien, que j'étais périmé.

— Un invalide, hein ? A-t-il précisé de quelle maladie je souffrais ?

— Non, a répondu Will en se trémoussant sur le divan. Souhaitez-vous en discuter ?

J'ai secoué la tête avant de me rendre compte qu'il ne pouvait pas me voir.

— Il y a juste une chose que vous devez savoir. Je suis en parfaite santé. Seulement, je suis un monstre.

Will a sursauté en entendant le terme, mais il n'a pas fait de commentaire.

— C'est vrai, ai-je insisté. Pour commencer, je suis couvert de poils de la tête aux pieds. Un pelage épais pareil à celui d'un chien. J'ai également des crocs et des griffes. Voici pour les mauvais côtés. L'atout, c'est que je semble constitué de Téflon. Une coupure ? Elle se referme immédiatement. Je pourrais être un superhéros, sauf que si jamais je tentais de sauver un malheureux d'un immeuble en feu, il préférerait se jeter en hurlant dans les flammes plutôt que m'approcher.

Je me suis tu. Will n'a pas réagi, les yeux rivés sur moi comme s'il me voyait mieux que les autres, comme s'il voyait celui que j'avais été avant.

— Vous en avez terminé ? a-t-il fini par lâcher.

Qu'est-ce que c'est que ce ton ? Pour qui se prend-il ?

— Que voulez-vous dire ?

— Je suis aveugle, pas idiot. Vous ne me ferez pas marcher. Votre père m'a laissé entendre que vous vouliez vraiment un prof particulier. Si ce n'est pas le cas…

Il s'est levé.

— Non ! Vous vous trompez. Je ne suis pas en train de vous mener en bateau. Je raconte la vérité. Pilote le sait, lui. Vous n'avez pas senti son comportement ? Il a la frousse.

J'ai tendu le bras en direction de Will. Aussitôt, le chien a grondé. Je l'ai regardé droit dans les yeux, et il a arrêté.

— Touchez mon bras.

J'ai roulé la manche de ma chemise, Will s'est exécuté, reculant très vite la main.

— C'est votre... Vous ne portez pas un manteau ni rien ?

— Tâtez bien, ai-je persisté en retournant le bras, vous ne découvrirez pas de coutures. Je n'en reviens pas que mon père ne vous ait pas averti.

— Il a soumis mon embauche à des conditions plutôt... étranges.

— Genre ?

— Un salaire énorme et l'usage d'une carte de crédit pour couvrir nos dépenses. J'avoue ne pas avoir protesté. Il a exigé que je m'installe ici. Ma paie me sera versée par le biais d'une entreprise, je n'ai pas le droit de poser de question ni sur son identité ni sur les raisons de mon recrutement. J'ai signé un contrat de trois ans, qu'il pourra rompre selon son bon vouloir. Si je reste jusqu'au bout, il remboursera les dettes que j'ai contractées pour payer mes études et règlera les frais de mon inscription en thèse. Enfin, j'ai été contraint de promettre que je ne divulguerais rien aux médias et que je ne rédigerais pas de livre. J'ai cru que vous étiez une vedette de cinéma.

J'ai éclaté de rire.

— Il ne vous a pas précisé qui il est ?

— Juste qu'il est dans les affaires.

Et il a pensé que je tiendrais ma langue ?

— Nous en reparlerons… enfin, si vous êtes toujours d'accord pour travailler ici, maintenant que vous savez que je ne suis pas une vedette de cinéma, juste un monstre de la nature.

— En avez-vous envie ?

— Oui. Vous êtes la première personne à qui j'adresse la parole depuis trois mois, en dehors des médecins et de la gouvernante.

Il a hoché la tête.

— Alors, j'accepte le poste. J'avoue que l'idée d'une star me rebutait, mais l'argent me sera bien utile.

Il a tendu la main, je l'ai serrée.

— Ravi de vous aider dans vos études, Kyle.

— Kyle Kingsbury, fils de Rob Kingsbury, me suis-je présenté, très satisfait par son expression choquée. Vous avez bien dit que mon père vous avait donné une carte de crédit ?

3.

On pourrait dire que Will et moi nous sommes liés d'amitié au cours de la semaine suivante, grâce à la carte de crédit de papa. Nous avons commencé par commander des livres, puisque j'étais soudain un élève assidu. Des manuels scolaires, mais également des romans, avec une version en braille pour Will. Le regarder lire avec les doigts était plutôt cool. Nous avons acheté des meubles et une radio satellite pour sa chambre. Il a bien tenté de calmer mes ardeurs dépensières, mais sans y mettre beaucoup d'énergie.

Je lui ai confié l'histoire de Kendra et du sortilège.

— Absurde, a-t-il décrété. Les sorcières n'existent pas. Votre état relève sûrement d'une raison médicale.

— Vous dites ça parce que vous ne me voyez pas. Sinon, vous vous mettriez à croire aux sorcières.

Je lui ai expliqué aussi comment j'étais censé trouver le grand amour afin de rompre la malédiction. Bien qu'il ne l'ait pas admis, j'ai deviné qu'il se laissait plus ou moins convaincre.

— Je vous ai choisi un livre qui vous plaira, m'a-t-il répondu en désignant la table.

Notre-Dame de Paris, ai-je lu sur la couverture.

— Vous êtes malade ? ai-je objecté. Il y a au moins cinq cents pages !

Il a haussé les épaules.

— Au moins, essayez, m'a-t-il encouragé. Il y a plein d'action. Si vous ne vous révélez pas assez intelligent pour celui-ci, nous changerons pour plus facile.

Je l'ai lu. Les heures et les jours s'écoulaient, infinis, alors je me suis mis à lire. J'aimais me réfugier au dernier étage. J'avais tiré un vieux divan près d'une fenêtre. J'y restais longtemps, alternant lecture et observation des gens qui, en bas dans la rue, se rendaient à la station de métro ou effectuaient des achats, ou des élèves de mon âge qui se rendaient au lycée ou séchaient les cours. J'avais l'impression de les connaître tous.

Mais je dévorais aussi mon roman, découvrant Quasimodo, le bossu qui vivait à l'intérieur de la cathédrale. J'avais compris pourquoi Will m'avait suggéré cet ouvrage – Quasimodo me ressemblait, exilé, confiné. Dans ma chambre sous le toit d'où je surveillais la ville, je me sentais pareil à lui. Le bossu épiait les Parisiens et Esméralda, une belle et jeune bohémienne qui dansait sur le pavé, et moi j'épiais Brooklyn.

— Ce Victor Hugo devait être un sacré rigolo, ai-je lancé à Will durant une de nos leçons. J'aurais eu plaisir à l'inviter à une bringue.

C'était de l'ironie, bien sûr. Le bouquin était carrément déprimant, à croire que l'auteur détestait l'humanité.

— Il était subversif, a protesté Will.

— Pourquoi ? Parce que son prêtre est le méchant et son bossu le gentil ?

— En partie. En tout cas, preuve est faite que vous êtes assez intelligent pour lire un gros livre.

— Il n'est pas difficile.

Ses intentions étaient claires : il essayait de me conditionner pour que je fournisse plus d'efforts. Pourtant, j'ai souri. Je ne m'étais jamais considéré comme très malin. Des profs avaient affirmé le contraire, mettant mes mauvaises notes sur le compte d'un manque d'application, la rengaine que les enseignants servent toujours, histoire de vous créer des ennuis avec vos parents. C'était peut-être vrai, cependant. Je me suis demandé si ma laideur me poussait à développer mes capacités intellectuelles. Will m'avait expliqué que les aveugles privilégiaient leurs autres sens – l'odorat, l'ouïe – afin de compenser leur cécité. Pouvais-je devenir plus intelligent pour contrebalancer ma monstruosité physique ?

Je lisais le matin, et nous discutions ensuite. Will me convoquait vers onze heures, en général.

Un samedi, il ne s'est pas manifesté. Au début, je ne m'en suis pas aperçu, car j'étais plongé dans un passage important du roman, celui où Quasimodo sauve Esméralda de l'exécution puis l'emporte précipitamment dans la cathédrale en hurlant : « Asile ! Asile ! » Mais bien qu'il l'ait tirée des pattes du bourreau, la bohémienne se fiche du bossu comme d'une guigne – il est trop moche.

Rien de tel pour vous remonter le moral ! Entendant l'horloge sonner midi, je suis descendu.

— Debout, Will ! Il est l'heure de dispenser un peu de savoir !

Magda m'a intercepté au deuxième étage.

— Il n'est pas là, Kyle. Il avait un rendez-vous très important. Il a dit que vous n'aviez qu'à vous considérer en congé.

— Ma vie entière n'est qu'un vaste congé !

— Il reviendra bientôt.

Comme, après déjeuner, je n'avais plus envie de lire, je me suis connecté sur Internet. La semaine précédente, j'avais déniché un site génial qui offrait des vues satellites du monde. Jusqu'à présent, j'avais trouvé l'Empire State Building, Central Park et la statue de la Liberté. J'étais même tombé sur ma maison. Ne serait-ce pas cool de découvrir Notre-Dame de Paris ? J'ai d'abord réessayé New York, zoomant sur Saint-Patrick. La cathédrale française était-elle aussi grande ? Il me fallait un atlas et un guide de voyage. Je les ai commandés en ligne.

Puis, comme je n'avais rien de mieux à faire, je suis allé sur myspace.com. J'avais entendu parler d'élèves de mon ancien lycée qui draguaient sur la toile. Je rencontrerais peut-être une fille de cette manière, l'amènerais à tomber amoureuse de moi au fil de nos échanges, quitte à lui expliquer plus tard, et en douceur, mon animalité. Bref, j'ai traqué les nanas. J'avais encore mon profil du temps où j'étais le Kyle normal. À l'époque, je n'avais jamais tenté d'accrocher quelqu'un par ce biais – c'était inutile. J'ai donc ajouté quelques photos et descriptions, et j'ai répondu au questionnaire, citant mes intérêts (le hockey), mon film préféré (*Orgueil et préjugés* – Sloane m'y avait traîné, je l'avais détesté du début à la fin, mais je savais que les filles étaient raides dingues de ce genre de truc), mes héros (papa, naturellement, un choix reflétant ma sensibilité). À la rubrique

Qui j'aimerais rencontrer, j'ai écrit : « le grand amour ». Ça, c'était la vérité.

Ensuite, je me suis mis en chasse. Comme il n'y avait pas de tranche d'âge me concernant, j'ai cliqué sur les 18-20 ans. De toute façon, tout le monde mentait à ce sujet. J'ai récupéré soixante-quinze profils. J'ai cliqué sur certains. Un bon nombre se sont révélés être des portails pour des sites pornos payants. Du coup, je me suis efforcé d'éviter tous les descriptifs comportant le mot « érotique » et j'ai fini par tomber sur une fille qui paraissait normale. Son pseudo était Timidinette23, ce que contredisait complètement son profil :

> Des nanas comme moi, il y en a peu, paraît-il. Je ne crois pas que quiconque me ressemble, d'ailleurs. 1m60, blonde, yeux bleus. Regardez mes photos. J'adore danser et passer du temps avec mes amis. J'aime les gens authentiques et j'adore bringuer. Je prends des cours d'art dramatique à l'université de Californie pour devenir actrice. J'aime m'amuser et vivre à fond…

J'ai consulté le miroir de Kendra.

— Montre-moi Timidinette23, lui ai-je ordonné.

L'image s'est fixée sur une salle de classe avant de s'arrêter sur une gamine qui, clairement, n'avait pas plus de douze ans et une seconde. J'ai tapé sur la touche de retour avant de cliquer sur un nouveau profil, puis un troisième. Je tâchais de choisir des gens habitant un autre État que celui de New York, cela retarderait d'autant une éventuelle rencontre. Car je leur dirais quoi, moi ? « Je suis le monstre qui a une fleur jaune au revers de sa veste » ? Après tout, je disposais de deux ans pour tomber amoureux et me faire aimer.

— Montre-moi DanseuseEtoile112, ai-je demandé à la glace.

Une vioque de quarante balais.

Trois heures durant, j'ai ratissé MySpace et Xanga. Pêché à l'aveuglette, plutôt, mes prises suivantes étant successivement : une femme au foyer dans la quarantaine qui exigeait une photo à poil, un vieux schnock, une gosse de dix ans, un flic. Tous avaient affirmé avoir mon âge et être de sexe féminin. Pourvu que le policier ne soit là que pour choper les pervers ! J'ai tapé un message d'avertissement à la môme de dix ans, laquelle m'a vertement répondu que je n'étais pas sa mère.

À cet instant, Magda a déboulé, armée de l'aspirateur.

— Ah ! Je ne savais pas que vous étiez ici, Kyle. Ça ne vous dérange pas que je fasse le ménage ?

— Pas du tout. Je suis seulement sur Internet. J'essaye de rencontrer une fille.

J'ai souri.

— Une fille ?

Se rapprochant, elle a contemplé l'écran de l'ordi, a plissé le front. Je me suis dit qu'elle ignorait sans doute ce qu'était un forum, voire le Net.

— OK, a-t-elle fini par lâcher, je n'en ai pas pour longtemps.

J'ai continué à surfer. Il y avait bien quelques personnes qui avaient l'air normales, mais elles n'étaient pas en ligne. Il faudrait que je me reconnecte à un autre moment.

J'ai consacré une demi-heure supplémentaire à Google, tapant des mots tels que : « monstre », « transformation », « sortilège », « malédiction ». Juste pour voir si ce genre de malheur était arrivé à un humain en dehors des contes de Grimm et de *Shrek*. J'ai découvert un site extrêmement bizarre, fondé par un type appelé Chris Anderson et comportant toutes sortes de forums de discussion, dont un consacré à ceux qui avaient subi des mutations. Sûrement un machin d'ados fréquenté par des gars qui aimaient écrire des fanfictions de *Harry Potter.* Toutefois, j'ai noté de revenir jeter un coup d'œil un de ces prochains jours.

J'ai fini par couper l'ordi. J'avais entendu Will rentrer des heures auparavant, mais il n'était pas passé me voir.

— Les vacances sont terminées, Will ! ai-je braillé dans la cage d'escalier.

Pas de réponse. Je suis monté le chercher. Personne. Du coup, je suis redescendu au rez-de-chaussée.

— Kyle ? C'est vous ?

Sa voix provenait du jardin. Je n'y avais pas mis les pieds depuis mon arrivée. Il était trop flippant de se heurter à la palissade de deux mètres cinquante de haut que mon père avait fait ériger afin de me protéger de la curiosité des autres. Je gardais même les rideaux tirés, ce qui expliquait pourquoi je n'avais pas remarqué Will. Je me suis approché de la porte-fenêtre et j'ai tiré les tentures. Will était cerné par des pots, des plantes, de la terre et des pelles. Il avait même réussi à se faire coincer contre un mur par un énorme sac de terreau.

— Bon sang, Will ! ai-je crié à travers la vitre. Vous vous verriez !

— Justement, je n'y vois rien, espèce d'idiot, alors venez me donner un coup de main ! a-t-il rétorqué.

Je me suis précipité dehors. Lorsque j'ai dégagé Will, de la terre s'est répandue partout, surtout sur lui.

— Désolé.

J'ai constaté qu'il était en train de planter des rosiers par dizaines. Dans les anciens parterres, dans des pots, le long des treillages. Des rouges, des jaunes, des roses et, pis encore, des blancs – qui me rappelaient comment s'était achevée la pire nuit de mon existence. J'avais beau ne pas vouloir regarder les fleurs, j'ai fait un pas en avant et j'ai tendu le doigt pour en effleurer une. J'ai bondi. Une épine. Mes griffes se sont déployées. J'ai pensé à la fable d'Ésope, *Le Lion et la Souris*. J'ai arraché l'épine, la mince blessure a aussitôt cicatrisé.

— Pourquoi cette brusque envie de jardiner ? ai-je demandé.

— J'aime ça, et j'aime l'odeur des roses. J'en avais également assez que vous broyiez du noir derrière vos rideaux. Je me suis dit qu'un vrai jardin améliorerait peut-être votre humeur et j'ai décidé de suivre vos conseils et de dépenser l'argent de votre père.

— Comment avez-vous deviné que je n'ouvrais jamais les tentures ?

— Une pièce confinée dégage une certaine froideur. Vous n'avez pas vu le soleil une seule fois depuis que je suis ici.

— Et vous espérez que planter des fleurs y changera quelque chose ?

J'ai donné du poing dans un des rosiers, lequel s'est vengé en me poignardant la main.

— Quelle naïveté ! ai-je ricané. On se croirait dans une de ces émissions chichiteuses de la chaîne Lifetime. « La vie de Kyle était vide et désespérée. Le jour où on lui a offert des roses, tout a basculé. » Vous êtes sérieux ?

— Tout le monde a besoin d'un peu de beauté, a-t-il répondu en secouant la tête.

— Que savez-vous de la beauté ? Vous n'êtes même pas capable de distinguer ma monstruosité !

— Je n'ai pas toujours été aveugle. Ma grand-mère avait une

roseraie et, petit, elle m'a appris à m'en occuper. « Une rose peut modifier l'existence », avait-elle coutume de dire. Elle est morte quand j'avais douze ans, à l'époque où j'ai commencé à perdre la vue.

— Parce que ç'a été progressif ? me suis-je étonné, en décidant de traiter par le mépris la sentence de sa mémé.

— Au début, j'ai cessé d'y voir la nuit. Puis j'ai perdu la vision périphérique, j'ai dû me contenter de celle en tunnel. J'étais furieux, car cela m'a privé de base-ball, un sport où je me défendais plutôt bien. Enfin, j'ai quasiment cessé de voir.

— Ç'a dû vous flanquer les jetons, non ?

— Merci de vous montrer aussi compatissant, mais inutile de me la jouer Lifetime, Kyle, a-t-il raillé en humant une rose rouge. Leur parfum me rappelle ces années-là. Je les vois mentalement.

— Je ne sens rien.

— Fermez les yeux.

J'ai obéi. Les doigts sur mon épaule, il m'a guidé vers les fleurs.

— Bien. Respirez, maintenant.

J'ai inhalé. Il avait raison. L'air était saturé de fragrances. Malheureusement, elles ont ravivé la fameuse nuit, et je me suis revu sur scène avec Sloane, puis dans ma chambre avec Kendra. Mon estomac s'est noué, et j'ai reculé.

— Comment avez-vous choisi vos différentes roses ? me suis-je enquis sans desserrer les paupières.

— Je les ai commandées en fonction de leur nom, puis j'ai croisé les doigts. Lorsqu'on m'a livré, je leur ai attribué un code selon leur teinte. Je discerne vaguement les couleurs.

— Ah oui ? De quelle couleur sont celles-ci, alors ?

Il m'a lâché.

— Ce sont celles qui sont dans le pot orné d'un visage de Cupidon.

— Mais de quelle couleur sont-elles ?

— Blanches.

J'ai ouvert les yeux. Il ne s'était pas trompé. Les roses qui avaient réveillé un souvenir aussi fort en moi étaient blanches. Je me suis rappelé les mots de Magda : « Ceux qui ne sont pas capables de distinguer ce qui compte dans l'existence ne seront jamais heureux. »

— Voulez-vous m'aider à planter le reste ?

— Bah, ça m'occupera.

Will a dû m'expliquer la quantité de terreau, de tourbe horticole et d'engrais à mettre dans le pot.

— Notre petit citadin n'avait encore jamais plongé les mains dans la terre ? s'est-il moqué.

— Un fleuriste livrait des arrangements toutes les semaines.

Il a ri, puis s'est repris :

— Vous ne plaisantez pas, hein ?

Suivant les instructions de Will, j'ai écrasé le pot en plastique contenant le rosier, puis j'ai soulevé ce dernier et l'ai placé dans une plate-bande.

— Magda aime les roses blanches.

— Vous devriez lui en porter, alors.

— Je ne sais pas.

— En vérité, c'est elle qui m'a suggéré de m'attaquer au jardin. Elle m'a raconté que vous passiez vos matinées au dernier étage, à regarder par la fenêtre. « Comme une fleur qui cherche le soleil », m'a-t-elle dit. Elle s'inquiète pour vous.

— En quel honneur ?

— Aucune idée. Elle a peut-être bon cœur ?

— Des clous ! Elle est payée pour, après tout.

— Elle est payée, que vous soyez heureux ou non, n'est-ce pas ?

Encore une fois, il avait raison. Je racontais n'importe quoi. Je m'étais toujours mal comporté envers Magda, et pourtant elle se souciait de moi. À l'instar de Will.

— Merci d'avoir pensé au jardin.

— Tout le plaisir est pour moi.

D'un coup de pied, il a envoyé le sac d'engrais dans ma direction, histoire de me rappeler ce que j'étais censé verser ensuite dans mon trou.

Dans la soirée, j'ai coupé trois roses blanches et les ai apportées à Magda. J'avais prévu de les lui donner mais, une fois sur le palier, je me suis senti idiot. Du coup, je les ai laissées dans la cuisine. J'ai espéré qu'elle comprendrait qu'elles venaient de moi, pas de Will. Plus tard, quand elle a frappé à ma porte avec le plateau de mon dîner, je n'ai cependant pas osé l'affronter. J'ai fait semblant d'être aux toilettes et je lui ai crié de déposer mon repas dans le couloir.

4.

Ce même soir, pour la première fois depuis que j'avais emménagé à Brooklyn, je me suis aventuré dans la rue. J'ai attendu la tombée de la nuit et, bien qu'on ne soit qu'au début du mois d'octobre, j'ai enfilé un gros manteau dont j'ai rabattu la capuche sur mon visage. J'ai aussi enroulé mon menton et mes joues dans une écharpe. Je rasais les bâtiments, je me détournais quand je croisais des passants, je plongeais dans des ruelles pour éviter de trop m'approcher de quelqu'un. Je m'en suis voulu d'agir ainsi. J'étais Kyle Kingsbury ; j'étais spécial. Je n'aurais pas dû être contraint de rôder dans les venelles, de me cacher derrière les poubelles, de guetter le moment où un inconnu me traiterait de monstre ; j'aurais dû me mêler librement à la foule. Pourtant, j'étais là à rôder, à me cacher, à guetter. Par bonheur, personne ne m'a remarqué, même ceux qui semblaient regarder droit dans ma direction. Incroyable.

J'avais un but précis. Gin Elliott, un camarade de Tuttle, organisait les soirées les plus dingues qui soient chez ses parents dans SoHo quand ces derniers s'absentaient. Ayant consulté le miroir, j'avais appris qu'ils partaient en week-end. Je n'étais pas en mesure d'aller à la fête, ni en tant qu'étranger, ni en tant que moi-même, en tant que Kyle Kingsbury réduit à néant.

En revanche, il était possible – peut-être – de rester dehors et d'observer, de contempler les allées et venues. Bien sûr, j'aurais pu le faire depuis Brooklyn à l'aide de la glace de Kendra, mais j'avais envie d'être sur place. Personne ne m'identifierait. Le seul risque était qu'on m'aperçoive, qu'on m'attrape, qu'on me capture comme un animal sauvage, une bête de foire. Un danger réel. Cependant, mon isolement de ces derniers mois me rendait plus brave. J'étais capable d'affronter ce péril.

Les badauds continuaient de me croiser, l'air de me regarder sans me voir pour autant.

Oserais-je emprunter le métro ? Oui. Je n'avais pas le choix, de toute manière. Arrivé à la station que j'avais vue à tant de reprises de derrière le carreau, et tout en repoussant une fois encore l'idée d'être parqué dans un zoo où mes anciens amis viendraient me rendre visite un jour de sortie scolaire, j'ai acheté un ticket et j'ai patienté sur le quai.

La rame est apparue. Il n'y avait pas grand-monde. Les heures de pointe étaient passées. Cela ne m'a pas empêché de me poster à l'écart des autres passagers, sur le pire siège, au fond, face à la vitre. Malgré mes précautions, une femme installée dans le coin s'est levée lorsque je me suis assis. Je l'ai examinée dans la fenêtre alors qu'elle me contournait en retenant son souffle. Si elle s'en était donné la peine, elle aurait saisi mon reflet bestial. Mais elle s'est bornée à avancer en titubant sous les soubresauts du wagon, le nez froncé, comme si une mauvaise odeur l'assaillait. Elle a gagné le bout opposé de la voiture, sans un mot.

Soudain, j'ai compris. La température était agréable, en ce début d'automne. Avec mon manteau et mon écharpe, j'avais l'air d'un SDF. Voilà ce pour quoi me prenaient les gens. Voilà pourquoi ils me fuyaient des yeux. Personne ne s'attarde sur un clochard. J'étais invisible. Je pouvais arpenter les rues : tant que je dissimulerais mes traits, personne ne me prêterait attention. En un sens, c'était la liberté. Encouragé, j'ai observé les parages. Comme de bien entendu, aucun regard n'a croisé le mien. Les passagers se plongeaient dans leur bouquin, s'intéressaient brusquement à leurs amis ou détournaient la tête, tout bonnement.

Je suis descendu à la station Spring Street, moins timoré à présent. J'ai longé des rues mieux éclairées, resserrant mon écharpe autour de mon visage et ignorant l'impression de suffocation qui en résultait, prenant soin de rester près des murs. Ma grande terreur était que Sloane m'aperçoive. Si elle avait commis l'erreur de parler de moi, les autres s'étaient sûrement moqués d'elle. Alors, elle ne manquerait pas de me montrer du doigt, histoire de leur prouver qu'elle n'avait pas menti.

Je suis parvenu à l'appartement de Gin. Il y avait un concierge, ce qui m'interdisait d'entrer dans le hall. D'ailleurs, je n'y tenais guère, à cause des lumières, de mes anciens camarades, de la fête qui battait son plein sans moi, comme si je n'avais jamais existé. Une vaste jardinière surplombait le perron extérieur. J'ai attendu que les environs soient déserts et je me suis glissé dessous, m'installant le plus confortablement possible. Un parfum familier flottait dans l'air. J'ai jeté un coup d'œil au-dessus de ma tête : des roses rouges poussaient dans la jardinière. Will aurait été fier que je les aies remarquées.

La soirée avait sans doute débuté vers vingt heures. Il était vingt et une heures, et les retardataires se pressaient. J'ai observé leur défilé, comme si la fête était une émission du style caméra cachée, repérant des choses qui auraient dû rester secrètes – les filles remontant leur culotte sur leurs fesses ou avalant une dernière dose de je ne sais quelle substance avant de pénétrer dans l'immeuble, les gars plastronnant sur le contenu de leurs poches et sur les nanas avec lesquelles ils avaient bien l'intention de l'utiliser. Plus d'une fois, j'aurais juré que certains invités m'avaient repéré. Mais personne ne m'a vu ; personne ne m'a traité de monstre. C'était bien et triste en même temps.

Tout à coup, Sloane a surgi, scotchée aux lèvres de Sullivan Clinton, un type de terminale, dans une démonstration de tendresse publique à tout casser et digne d'un porno. Ils pouvaient se bécoter devant moi parce que j'étais invisible. Je me suis d'ailleurs demandé si je ne l'étais pas devenu pour de bon, invisible. Enfin, le couple a fini par disparaître à l'intérieur du bâtiment.

Ainsi s'est écoulée la nuit. Les gens arrivaient, les gens repartaient. Vers minuit, fatigué et crevant de chaud, j'ai songé à m'en aller aussi. C'est alors que j'ai perçu une voix au timbre familier, en provenance du perron qui me surplombait.

— Super bringue, hein ?

C'était Trey. Il était en compagnie d'un autre de mes anciens amis, Graydon Hart.

— Géniale ! a acquiescé ce dernier. Encore mieux que celle de l'an passé.

— Laquelle ? En général, je suis tellement bourré que je ne me rappelle rien.

Je me suis blotti en espérant qu'ils allaient s'éloigner. Soudain, on a prononcé mon nom.

— Tu sais bien, disait Graydon, celle où Kyle Kingsbury s'est ramené avec cette traînée qui lui a mis la main au panier pendant la moitié de la soirée !

— Kyle Kingsbury, a rigolé Trey, un nom qui appartient à l'Histoire. Cher vieux Kyle.

J'ai souri, envahi par une chaleur réconfortante.

— À propos, qu'est-il devenu ?

— Il est parti en pension.

— Il devait nous trouver pas assez bien pour lui, hein ?

Je les ai scrutés attentivement, surtout Trey, m'attendant à ce qu'il prenne ma défense.

— De lui, ça ne m'étonnerait pas, a-t-il cependant renchéri. Il ne se prenait pas pour de la merde, avec son père qui présentait le JT.

— Quel connard !

— Ouais. Je suis content qu'il se soit tiré.

Je me suis détourné. Ils ont fini par partir. Mes joues et mes oreilles étaient en feu. Tout n'avait été que mensonges – mes amis de Tuttle. Ma vie. Qu'auraient dit ces gens s'ils avaient pu me voir à présent, eux qui me détestaient déjà quand j'avais belle apparence ? J'ignore comment je suis rentré à la maison, mais personne ne m'a remarqué. Tout le monde s'en fichait. Kendra avait eu raison. À propos de tout.

5.

J'étais de nouveau sur MySpace.

— Montre-moi Angelbaby1023, ai-je ordonné au miroir.

À la place, c'est le visage de Kendra qui s'est encadré dedans.

— Ça ne marchera pas, tu sais…

— Qu'est-ce que tu fiches ici ?

— Je te libère de tes illusions. Ce n'est pas sur Internet que tu trouveras le grand amour.

— Pourquoi pas ? D'accord, certaines nanas sont tarées, mais elles ne peuvent pas toutes…

— On ne tombe pas amoureux d'un ordinateur. Ou plutôt, ce n'est pas de l'amour.

— Les gens passent leur temps à se rencontrer sur la toile. Il y en a même qui se marient.

— Établir une relation uniquement sur Internet, et se convaincre qu'on aime à trente États de distance est une chose.

Mais nouer des liens, voir la personne et s'en éprendre, c'en est une autre.

— Quelle différence ? Tu pars du principe que l'apparence compte. Ce n'est pas vrai sur le Net, où tout repose sur la personnalité. En fait, tu es furax, parce que j'ai trouvé un moyen de contourner ta malédiction, une façon de m'attacher une fille qui ne partira pas en courant à cause de ce que tu m'as infligé.

— Pas du tout. Je t'ai jeté un sort pour te donner une leçon. Si ça marche, tant mieux. Je ne tiens pas à ce que tu te plantes, j'essaye de t'aider. Mais ça, c'est voué à l'échec.

— Pourquoi ?

— Parce qu'on ne tombe pas amoureux de quelqu'un qu'on ne connaît pas. Ton profil est un tissu de mensonges.

— Tu l'as lu ? C'est illég...

— « J'adore sortir et bringuer avec mes amis... »

— Arrête !

— « Mon père et moi sommes très proches... »

— La ferme ! La ferme ! La ferme !

Je me suis bouché les oreilles, mais ses paroles ont continué à résonner, moqueuses. J'ai eu envie de briser le miroir, l'ordi, tout. Elle avait raison, je le savais. J'avais juste essayé d'accrocher une nana qui m'aime et qui rompe le sortilège. Ma démarche était vaine, cependant. Si je ne pouvais rencontrer personne en ligne, comment devrais-je donc procéder ?

— Tu comprends, Kyle ?

La voix de Kendra m'est parvenue, assourdie. J'ai détourné les yeux, refusant de lui répondre. Je ne voulais pas qu'elle se rende compte de la grosse boule qui m'obstruait la gorge.

— Kyle ?

— Pigé ! ai-je braillé. Et maintenant, fous-moi la paix, OK ?

6.

J'ai changé de nom.

Kyle n'existait plus. Il ne restait plus rien de lui. Kyle Kingsbury étant mort, je ne voulais plus porter son nom.

J'avais cherché la signification de Kyle en ligne, et le résultat m'avait convaincu : Kyle veut dire « beau ». Je ne l'étais pas. J'ai trouvé un prénom de substitution, équivalent à « laid » : Feo. Mais quels parents appelleraient leur enfant comme ça ? J'ai finalement opté pour Adrian, lequel signifie « sombre ». C'était tout moi. Désormais, tout le monde – Magda et Will, donc – m'appelait Adrian. Je n'étais qu'obscurité.

Je vivais dans l'obscurité également. Je me suis mis à dormir le jour, écumant les rues et le métro la nuit, quand on ne me voyait pas. J'ai terminé le livre de Hugo (à la fin, tous les héros meurent, c'est d'un gai !) et je suis passé au *Fantôme de l'Opéra*. Dans le roman, contrairement à la comédie musicale ringarde d'Andrew Lloyd Weber, le fantôme n'est pas seulement un looser romantique incompris. Il est un meurtrier qui terrorise l'Opéra pendant des années avant d'enlever une jeune chanteuse et de tenter de la forcer à lui donner l'amour qu'on lui a refusé.

Voilà qui me parlait. Je savais ce qu'était le désespoir ; ce que c'était aussi d'errer dans les ténèbres, en quête d'un petit peu d'espérance, et de ne rien trouver ; ce que c'était de se sentir seul à mourir.

J'ai regretté de ne pas disposer d'un opéra. J'ai regretté de ne pas disposer d'une cathédrale. J'ai regretté de ne pas pouvoir grimper au sommet de l'Empire State Building comme King Kong. Moi, je n'avais que les livres, les livres et les rues anonymes de New York avec ses millions de passants imbéciles et ignorants. J'ai pris la manie de rôder dans les venelles derrière les bars, où les couples se pelotaient. Je percevais leurs gémissements et leurs soupirs. Lorsque j'assistais à ce genre de spectacle, je m'imaginais à la place de l'homme, la fille posant ses mains partout sur mon corps, son haleine tiède me réchauffant l'oreille. Plus d'une fois, j'ai songé à enfoncer mes griffes dans le cou du type, à le liquider et à emporter la nana dans mon repaire secret pour la contraindre à m'aimer, qu'elle le veuille ou non. Je ne serais pas passé à l'acte, certes, mais ce genre de pensées me fichaient la trouille. *Je* me fichais la frousse.

— Il faut que nous ayons une conversation, Adrian.

J'étais encore couché quand Will est entré. Les yeux à demi fermés, je contemplais le jardin qu'il avait planté, de l'autre côté de la fenêtre.

— Presque toutes les roses sont mortes, Will.

— Tel est le lot des fleurs. Nous sommes en octobre. Bientôt, il n'y en aura plus, jusqu'au printemps prochain.

— Je les aide, vous savez ? Lorsque l'une d'elles vire au brun mais ne tombe pas, je l'aide. Les épines me sont indifférentes, je guéris vite.

— Vous voyez, votre état présente quelques avantages.

— Oui. Je crois qu'il est bien de leur faciliter la mort. Une chose qui se débat ainsi… elle ne devrait pas souffrir, n'est-ce pas ?

— Adrian…

— Il m'arrive de souhaiter que quelqu'un me rende ce genre de service.

Will ne me quittait pas de ses yeux aveugles.

— Mais il y en a quelques-unes, ai-je repris, qui s'accrochent encore à leur branche, comme cette rose rouge, là-bas. Elle ne tombe pas. Elle m'angoisse.

— S'il vous plaît, Adrian.

— Vous ne voulez pas parler fleurs ? Je croyais que vous les aimiez, Will. C'est vous qui les avez plantées.

— Je les aime, Adrian, mais pour le moment, je souhaiterais évoquer notre relation prof-élève.

— Et ?

— Nous n'en avons pas. J'ai été embauché comme répétiteur or, pour l'instant, ça signifie seulement que je touche un salaire énorme pour vivre ici et rattraper mes lectures en retard.

— Cela ne vous convient pas ?

Dehors, la dernière rose rouge a été agitée par une bourrasque de vent.

— Non. Accepter un salaire contre rien, c'est du vol.

— Prenez-le comme une juste redistribution des richesses. Mon père est un salaud friqué qui ne mérite pas tout ce qu'il possède. Vous êtes un peu comme le type qui volait les nantis pour donner aux pauvres. Il y a un livre, sur ce thème.

Pilote était assis aux pieds de Will. J'ai remué les doigts pour l'attirer à moi.

— De toute façon, ai-je enchaîné, j'ai étudié. J'ai lu *Notre-Dame de Paris*, *Le Fantôme de l'Opéra*, *Frankenstein*. En ce moment, je suis dans *Le Portrait de Dorian Gray*.

Will a souri.

— J'ai l'impression qu'il y a une logique à toutes ces lectures.

— L'obscurité. Les hommes qui hantent les ténèbres.

Je continuais à agiter mes doigts, mais cet idiot de cabot ne bougeait pas.

— Nous pourrions parler de ces livres. Avez-vous des questions sur...

— Cet Oscar Wilde, il était homo ?

— Ah ! J'avais raison. Vous êtes d'une perspicacité qui vous permet d'apporter une contribution intelligente à...

— Cessez de vous fiche de moi, Will. Alors, il l'était ?

— Plutôt deux fois qu'une, oui.

Il a tiré sur le harnais de Pilote.

— Le chien n'ira pas vers vous, Adrian, a-t-il dit ensuite. Vous le dégoûtez autant que vous me dégoûtez, à traîner encore au lit en pyjama à une heure de l'après-midi.

— D'où tenez-vous que je porte un pyjama ?

C'était le cas.

— Je le sens d'ici. Le chien aussi. Et nous sommes tous les deux révulsés.

— D'accord, je vais m'habiller dans une minute. Satisfait ?

— Je le serai encore plus si vous vous douchiez.

— OK, OK. Allez, parlez-moi d'Oscar Wilde.

— Il a été condamné après avoir eu une liaison avec le fils d'un lord. Le père du jeune homme a soutenu que son innocent de rejeton avait été séduit par Wilde, lequel est mort en prison.

— Je suis en prison.

— Adrian...

— C'est vrai. Quand on est enfant, les adultes vous racontent que ce qui compte, c'est ce qu'il y a à l'intérieur de vous. Que l'apparence n'a aucune importance. C'est entièrement faux. Les types comme Phœbus, celui de *Notre-Dame de Paris*, ou Dorian, ou Kyle Kingsbury, ils peuvent se comporter comme des enfoirés envers les femmes, ils s'en sortent toujours, parce qu'ils sont beaux. La laideur est une forme d'emprisonnement.

— Je ne suis pas d'accord, Adrian.

— L'aveugle et ses opinions ! Ha ! Croyez-le ou non, j'ai raison.

— Pourrions-nous revenir au livre ? a-t-il soupiré.

— Les fleurs sont en train de mourir, Will.

— Si vous ne cessez pas de dormir toute la sainte journée, si vous ne me laissez pas vous enseigner quelque chose, je m'en vais.

Je l'ai scruté. Je savais qu'il était furieux, mais je n'avais pas imaginé qu'il menacerait de partir.

— Où irez-vous ? Il ne doit pas être facile de trouver du boulot quand on est...

— Oui. Les gens pensent qu'on est incapables, ils refusent de courir le risque. Ils estiment que les aveugles ne sont pas dignes de confiance. Un jour, lors d'un entretien d'embauche, un recruteur m'a lancé : « Et si vous trébuchez et blessez un élève ? Si votre chien mord quelqu'un ? »

— Voilà pourquoi vous êtes condamné à fréquenter des nullards comme moi.

Il n'a pas acquiescé ni renchéri. À la place, il a dit :

— J'ai bossé dur pour devenir autonome, pour ne dépendre de personne. Je refuse de renoncer à cela.

C'était moi qu'il décrivait, là. C'était ce que je faisais, vivre aux crochets de mon père ; c'était ce que je ferais tant que je n'aurais pas trouvé un moyen de rompre le sortilège.

— Je ne veux pas que vous partiez, ai-je admis.

— Il existe une solution : c'est de nous remettre à nos cours de façon régulière.

— Demain, ai-je cédé. Pas aujourd'hui. Aujourd'hui, j'ai quelque chose de prévu.

— Sûr ?

— Oui. Demain. Promis.

7.

J'étais conscient que les jours où je pourrais sortir m'étaient comptés. Au fur et à mesure que le froid s'installait, mon manteau détonnait moins, et je ressemblais moins à un SDF. Les derniers temps, à plusieurs reprises, des gens s'étaient mis à me reluquer, et ce n'était que grâce à mes réflexes que j'avais réussi à me détourner, si bien que lorsqu'un inconnu me regardait de nouveau, il ne voyait que mon dos et devait penser que mes traits de bête sauvage n'étaient que le fruit de son imagination. Je ne pouvais me permettre ce genre de risques. J'ai commencé à retarder mes expéditions, à ne me glisser dans les rues et le métro qu'à l'heure où ils étaient moins populeux, où j'étais moins susceptible d'être attrapé. Cela ne m'apportait aucune satisfaction, cependant. J'avais envie de participer à la vie. De plus, j'étais désormais lié par la promesse que j'avais faite à Will. Il m'était impossible de veiller toute la nuit et d'étudier le lendemain. Or, la perspective que Will me quitte m'était insupportable.

L'hiver promettait d'être long. Aujourd'hui cependant, je savais que je pouvais sortir sans crainte. Aujourd'hui était le seul jour de l'année où personne ne sursauterait en ma présence. Aujourd'hui était Halloween.

J'avais toujours adoré cette fête. Notamment depuis mes huit ans, la fois où, accompagné de Trey, j'avais bombardé d'œufs la porte du vieil Hinchey, parce qu'il avait refusé de participer à la distribution de bonbons de l'immeuble. Trey et moi nous en étions tirés sans dommage, parce qu'il y avait environ deux mille mômes déguisés en Spiderman dans toute la ville. Halloween était définitivement devenu mon jour préféré la fois où, au cours d'une fête dans mon collège, j'avais soudain été cerné par des filles de Tuttle costumées en boniches coquines à bas résille.

Ce soir, pour la première fois, tout pourrait être normal.

Je n'envisageais pas vraiment de rencontrer une nana susceptible de me délivrer de la malédiction. Non, je voulais juste adresser la parole à une représentante du sexe opposé, danser avec elle, peut-être, qu'elle me tienne dans ses bras, même si ce n'était que le temps d'une nuit.

J'étais donc posté près d'un lycée qui avait organisé une réception pour l'occasion. C'était la cinquième du genre devant laquelle je passais, mais les précédents avaient affiché des pancartes stipulant : PAS DE COSTUMES EFFRAYANTS, MERCI. Or, mon visage risquait d'être jugé trop repoussant. Cet établissement-là était sans doute privé, car les élèves semblaient plutôt du genre propres sur eux. Toutefois, ce n'était pas un bahut top select à la Tuttle. Dans le gymnase aux éclairages tamisés, des ados dansaient. Certains étaient en bande, mais beaucoup étaient seuls. À l'extérieur, une fille vendait des tickets, sans vérifier les identités de chacun, cependant. Bref, l'endroit idéal où taper l'incruste.

Alors, pourquoi n'entrais-je pas ?

J'étais à quelques pas de la vendeuse de billets, laquelle était habillée en Dorothy, du *Magicien d'Oz*, mais avec tifs rouges et tatouages. Je surveillais les arrivants, surtout les nanas. On ne me retournait guère mes regards, ce qui était très bien. J'ai repéré les cliques habituelles – pom-pom girls, activistes des bonnes causes, politiciens précoces et futurs, sportifs, et la masse de ceux qui allaient au lycée rien que pour être brutalisés. Il y avait également des originaux qui n'appartenaient à aucun groupe. Longtemps, je les ai observés.

— Chouette costume.

Le DJ a lancé *Monster Mash*, et la piste de danse s'est remplie.

— Hé, je te parle ! J'aime vraiment ton déguisement.

C'était Dorothy. Nous étions seuls, le flot des arrivants s'étant tari à présent.

— Oh ! Merci. Le tien est cool aussi.

C'était la première fois depuis des mois que j'adressais la parole à quelqu'un de mon âge.

— Merci.

En souriant, elle s'est levée, et j'ai découvert ses bas résille.

— J'ai surnommé ce costume « Au diable le Kansas[1] ! »

J'ai ri.

— Les tatouages sont vrais ?

— Non. Et mes cheveux, c'est du colorant alimentaire. Ma

1. État où vit Dorothy, l'héroïne du *Magicien d'Oz*.

mère n'est pas encore au courant, or ça va tenir un mois. Elle croit que c'est un spray. Je devrais produire un sacré effet la semaine prochaine, pour les soixante-quinze ans de ma grand-mère.

J'ai continué à rire. Elle n'était pas vilaine, et ses jambes couvertes de résille étaient sexy.

— Tu n'entres pas ?

J'ai secoué la tête.

— Non, j'attends quelqu'un.

Pourquoi avais-je raconté ces salades ? Il était clair que j'avais réussi le test. Cette fille trouvait mon déguisement très chiadé. J'aurais dû acheter un ticket et me joindre à la fête.

— Oh ! a-t-elle murmuré en consultant sa montre. OK.

Je me suis attardé encore un quart d'heure. Maintenant que j'avais parlé d'un rendez-vous, il m'était difficile de changer d'histoire et d'entrer. J'aurais dû m'éloigner, faire semblant d'arpenter le trottoir, prendre de plus en plus de distance et m'éclipser. Mais quelque chose – les lumières, la musique, les danseurs – m'incitait à rester sur place, même si j'étais coincé dehors. D'ailleurs, ça ne me gênait pas. L'air était frais.

— Tu sais ce que je préfère dans ton costume ? a repris la préposée aux billets.

— Non, quoi ?

— Que tu aies mis des vêtements normaux par-dessus. Comme si tu était mi-humain, mi-monstre.

— Merci. On est en pleine étude des monstres littéraires, en cours d'anglais. *Le Fantôme de l'Opéra*, *Notre-Dame de Paris*, *Dracula*. Le prochain bouquin, ce sera *L'Homme invisible*. Et puis, je me suis dit que ce serait chouette d'être dans la peau d'un homme transformé en monstre.

— Très cool, oui. Très inventif.

— J'ai utilisé un vieux costume de gorille que j'ai transformé.

— C'est lequel, ton cours d'anglais ?

Je l'ai jaugée, cherchant à évaluer son âge. Un peu moins que moi, sans doute. Pas plus, en tout cas.

— Hum… celui de M. Ellison. Terminale.

— Il faudra que je le suive, alors. Je suis encore en seconde.

— Moi…

Je me suis interrompu. J'avais failli répondre que, moi aussi, j'aurais dû l'être, si j'avais continué le lycée.

— Moi, j'y prends mon pied, me suis-je corrigé.

Le silence s'est installé. Soudain, elle l'a rompu :

— Écoute, ce n'est pas dans mes habitudes d'inviter les mecs, mais j'ai l'impression que ta copine t'a laissé tomber. Ma corvée se termine dans cinq minutes. Tu veux bien être mon cavalier ?

J'ai souri.

— Avec plaisir.

— Très impressionnant.

— Quoi donc ?

— Ton sourire. C'est comme si ton masque avait des expressions faciales. Je m'appelle Bronwen Kreps.

Elle m'a tendu la main, je l'ai serrée.

— Adrian… Adrian King.

— Ta main aussi semble réelle. Effrayant.

— Merci. J'ai bossé pendant des semaines sur ce costume.

— Wouah ! Tu dois vraiment être fan de Halloween.

— Je le suis. Gosse, j'étais super timide. J'aimais bien endosser la peau d'un autre.

— Oui, pareil pour moi. D'ailleurs, je le suis encore, timide.

— Ah bon ? Je n'aurais jamais deviné, vu comment tu m'as adressé la parole.

— Oh, ça, ce n'est rien. Ta copine t'a lâché, et tu me ressembles un peu, comme si nous étions des âmes soeur.

— Des âmes sœur ? Ouais, peut-être.

De nouveau, j'ai souri.

— Arrête ça, OK ?

Une allusion au sourire. C'était une fille originale à la peau blanche et aux cheveux rouges, pas le genre de traînée à se déguiser en boniche coquine. Ses parents devaient être artistes. Quelques mois auparavant, je l'aurais envoyée bouler. Désormais, parler à la première venue m'enthousiasmait.

Quelqu'un a enfin pris la relève au comptoir des billets, et nous sommes entrés dans le gymnase. À présent qu'elle était debout, cheveux rejetés en arrière, j'ai remarqué qu'elle avait déchiré le col de son tablier à la Dorothy et entrebâillé son corsage de manière aguichante. Le tatouage d'une araignée ornait son sein gauche.

— J'adore, ai-je dit en l'effleurant.

J'ai espéré qu'elle croirait que je la touchais avec de fausses mains en caoutchouc, ce qui ne portait pas à conséquence.

— Je suis assise depuis des heures, a-t-elle riposté. Allons danser.

— Quelle heure est-il ?

— Presque minuit.

— L'heure des sorcières.

Je l'ai entraînée sur la piste. Une mélodie langoureuse et lente a succédé à la précédente, rapide et rythmée. J'ai serré ma cavalière dans mes bras.

— Alors, à quoi ressembles-tu, là-dessous ? m'a-t-elle demandé.

— Est-ce important ?

— Non, je voulais juste savoir si on s'était déjà croisés.

— Je ne pense pas, ai-je éludé. Toi, tu ne me dis rien.

— Tu as peut-être raison. Tu participes à beaucoup d'activités extrascolaires ?

— Autrefois, oui, ai-je répondu en me souvenant de Kendra qui m'avait reproché mes mensonges. Maintenant, je me contente surtout de lire. Et de jardiner.

— Drôle de passe-temps par ici.

— Il y a un petit jardin derrière chez moi. J'aime regarder les roses pousser. J'envisage de construire une serre, histoire de pouvoir les admirer en hiver aussi.

Au moment où je prononçais ces mots, je me suis rendu compte qu'ils correspondaient à la réalité.

— Cool. C'est la première fois que je rencontre un mec qui s'intéresse aux fleurs.

— Tout le monde a besoin d'un peu de beauté.

Je l'ai attirée contre moi, jouissant de la tiédeur de son corps.

— Sérieux, Adrian, à quoi tu ressembles ?

— Et si j'avais la tronche du *Fantôme de l'Opéra* ?

— Ha ! s'est-elle esclaffée. Il était sacrément romantique, non ? *Music of the Night* et tout le toutim. J'aurais presque aimé que Christine se mette à la colle avec lui. Comme bien des femmes, d'ailleurs.

— Et si j'avais cette tête-là ? ai-je insisté en montrant mon visage de monstre.

— Retire ton masque que je vérifie, a-t-elle plaisanté.

— Et si j'étais très beau, me le reprocherais-tu ?

— Peut-être un peu…

J'ai sourcillé, et elle s'est empressée d'ajouter :

— Je blague. Bien sûr que non.

— Alors, mon apparence ne compte en rien. Contentons-nous de danser, d'accord ?

— D'accord, a-t-elle admis à contrecœur.

On s'est collés l'un à l'autre.

— Mais comment te retrouverai-je, lundi ? a-t-elle chuchoté. Je t'apprécie vraiment, Adrian. J'ai envie de te revoir.

— C'est moi qui te trouverai. Je te chercherai dans les couloirs et…

Elle avait glissé la main dans ma chemise et tâtonnait, en quête du bas de mon masque.

— Hé, arrête !

— Je veux seulement voir.

— Stop !

Je me suis débattu. Elle s'accrochait encore à mon cou.

— Comment diable ce…

— Ça suffit !

Ma protestation a eu les échos d'un rugissement, et les autres danseurs nous ont toisés, moi en particulier. J'ai repoussé Bronwen, mais nous étions imbriqués l'un dans l'autre, et elle a titubé, essayant de se raccrocher à mon cou. Attrapant son bras, je l'ai tordu dans son dos, et un craquement sinistre a retenti. Elle s'est mise à hurler.

Je me suis enfui, poursuivi par ses cris. J'ai couru jusqu'au métro.

M. Anderson : Merci d'être revenus cette semaine. Comme il a été difficile de s'en tenir aux sujets prédéfinis les fois précédentes, j'ai décidé de laisser libre cours à vos échanges.

GrizzlyGuy : J'ai une annonce importante à faire.

Froggie : Personne n'a de nouvelles de Mutique.

GrizzlyGuy : J'ai un toit ! Je dors dans un studio ! Elles m'y ont autorisé.

Monsterkid : Qui ?

GrizzlyGuy : Les 2 filles... elles m'ont recueilli.

Froggie : Génial, Grizz !

Monsterkid : <– Je suis jaloux.

M. Anderson : Tu nous racontes, GrizzlyGuy ?

GrizzlyGuy : La 1re nuit, elles m'ont laissé entrer, et j'ai dormi sur le tapis de bain. Comme je n'ai dévoré personne, elles ont dû estimer qu'elles pouvaient me réinviter toutes les nuits.

Monsterkid : C'est super !

Mutique vient de se connecter.

Froggie : Slt, Mutique.

Mutique : Salut, Froggie, salut à tous. Vous ne devinerez jamais d'où j'écris.

Monsterkid : D'où ? (tu acceptes de me parler ou tu es encore fâchée ?)

Mutique : Je parle à tout le monde. J'écris de chez lui !

Froggie : Chez lui ? <soupir>

Monsterkid : Formidable !

Froggie : Moi suis tjrs dans mare.

Mutique : Je l'ai rencontré en boîte. J'ai perdu ma voix, mais j'ai dansé avec lui, et ça lui a plu, même si j'avais mal aux pieds. Il a convaincu ses parents de m'accueillir sur le canapé de leur bureau. Nous sommes bons amis. Bien sûr, j'ai envie de plus.

GrizzlyGuy : Bien sûr.

Mutique : Nous faisons du bateau ensemble et de longues balades.

GrizzlyGuy : C'est vrai, tu peux marcher, maintenant.

Monsterkid : Comment ça se passe ?

Mutique : C'est dur, pour moi. Mes pieds n'arrêtent pas de saigner, mais je fais comme si ce n'était rien du tout, parce que je veux pas qu'il se sente mal. Je l'aime tellement ! Même s'il me traite de carpe.

M. Anderson : De carpe ?

Monsterkid : Quel con ! Tu n'es pas une carpe, tu es une sirène !

Mutique : Carpe au sens où je ne parle pas.

Monsterkid : N'empêche.

Mutique : Bref, tout va bien, je crois. Désolée de m'attarder sur mon cas. Comment vont les autres ?

GrizzlyGuy : Tu dors sur un canapé, moi j'ai juste droit à un matelas par terre.

Froggie : Tjrs pareil, ici. Pas bcp espoir.

Monsterkid : Même chose pour moi. J'attends qu'il se produise quelque chose.

QUATRIÈME PARTIE

L'INTRUS DANS LE JARDIN

7 MOIS PLUS TARD

1.

Prenant un pétale sur ma commode, je l'ai jeté par la fenêtre et je l'ai regardé tomber. Plus qu'une année. Depuis la nuit de Halloween, je n'avais parlé qu'à Will et à Magda. Je n'étais pas ressorti. Je n'avais pas vu de lumière autre que celle de ma roseraie.

Dès le 1er novembre, lendemain de cette atroce soirée, j'avais confié à Will que je souhaitais bâtir une serre. Je n'avais encore jamais rien construit de mes propres mains, pas même une mangeoire pour les oiseaux ou un rond de serviette en colonie de vacances. Mais maintenant, je ne disposais que de temps et de la carte de crédit de papa. J'avais donc acheté des revues, des plans, du matériel. Je ne voulais pas d'une vulgaire serre en plastique ; par ailleurs, il fallait que les murs soient assez opaques pour me protéger des regards. Je m'y étais attaqué seul, sur toute la surface du jardin. Magda et Will avaient apporté leur contribution, effectuant les travaux extérieurs. Je m'étais échiné le jour, pendant que la plupart des voisins étaient au travail.

En décembre, j'avais terminé. Quelques semaines plus tard, encouragées par le printemps artificiel, des feuilles jaunâtres avaient commencé à apparaître sur les branches, suivies par des boutons verts. Aux premières neiges, toutes mes plantes s'épanouissaient, les têtes roses nimbées par le soleil hiémal.

Ces rosiers étaient devenus toute ma vie. J'avais rajouté des parterres et des pots jusqu'à posséder des centaines de fleurs d'une dizaine de couleurs et de formes différentes, des hybrides de thé et des grimpantes, des centfeuilles mauves grosses comme ma paume ouverte, et des naines pas plus grandes que l'ongle de mon pouce. Je les adorais. Même les épines ne me gênaient pas. Toutes les créatures ont besoin de se défendre, n'est-ce pas ?

J'avais renoncé aux jeux vidéo, j'avais cessé d'espionner la vie des autres dans le miroir. Je n'ouvrais plus les fenêtres, je ne regardais jamais dehors. Je me pliais à la corvée de mes entretiens formateurs avec Will (que je ne considérais plus comme un répétiteur, puisque j'avais abandonné l'idée de reprendre mes études un jour) et je consacrais le reste de mes journées dans le jardin, à lire ou à admirer mes fleurs.

Je lisais des manuels de jardinage également. La lecture était devenue un parfait substitut à une existence normale, et je traquais les meilleurs engrais et terreaux. Je me refusais à utiliser des solutions chimiques contre les parasites, me bornant à laver les rosiers avec de l'eau savonneuse si je découvrais des hôtes indésirables, surveillant toute nouvelle tentative d'invasion. Pourtant, malgré les centaines de têtes multicolores et resplendissantes, j'étais conscient de chaque petite mort qu'apportait le matin, cependant que les roses fanaient. D'autres les remplaçaient, bien sûr, mais ce n'étaient pas les mêmes. Le moindre atome vital qui se transformait en fleur ne devait sa survie qu'à son enfermement dans la serre, jusqu'au moment de mourir. En cela, mes rosiers et moi nous ressemblions.

Un jour que j'arrachais quelques amies mortes à leur branche grimpante, Magda est entrée.

— Je pensais bien vous trouver ici, a-t-elle dit.

Elle tenait un balai et a entrepris de ramasser quelques feuilles sèches.

— Non, laissez-moi m'en occuper. J'aime ça. Cela fait partie de mon labeur quotidien.

— Et moi, je n'ai pas de travail. Vous n'êtes jamais à l'intérieur, alors je n'ai rien à nettoyer.

— Vous préparez mes repas, vous vous chargez des courses, vous achetez de la terre horticole, vous lavez mon linge. Sans vous, ma vie ne serait pas ce qu'elle est.

— Vous avez cessé de vivre.

J'ai cueilli une rose blanche.

— Vous avez dit une fois que vous aviez peur pour moi. Sur le moment, le sens de vos paroles m'a échappé. Plus maintenant. Vous craigniez que je ne sache apprécier la beauté.

Je lui ai tendu la rose. Il m'était difficile de couper les objets de ma fierté, sachant qu'ils mourraient plus vite. J'apprenais toutefois à laisser couler. J'avais déjà tant laissé couler.

— Ce même soir, ai-je enchaîné, il y avait une jeune fille, au bal. Je lui ai offert une rose. Elle était aux anges. Je n'ai pas compris pourquoi une rose stupide à laquelle il manquait des pétales lui faisait tellement plaisir. À présent, je saisis. Depuis que la beauté a disparu de mon existence, j'en ai besoin comme de nourriture. Cette fleur parfaite, j'ai presque envie de la manger, de l'avaler pour remplacer la beauté que j'ai perdue. Cette fille était ainsi, elle aussi.

— Mais vous ne... vous n'allez pas tenter de lever la malédiction ?

— J'ai tout ce qu'il me faut ici. Je ne réussirai jamais à rompre le sortilège.

D'un geste, je lui ai indiqué de me passer le balai. Hochant tristement la tête, elle a obtempéré.

— Pourquoi êtes-vous ici, Magda ? ai-je demandé en me mettant au travail. (C'était une question que je m'étais posée, quelquefois.) Que faites-vous à New York, à nettoyer la crasse d'un morveux comme moi ? Vous n'avez donc pas de famille ?

Je pouvais me permettre ce genre de question, car elle était au courant pour la famille que je n'avais plus. Elle savait que j'avais été abandonné.

— Les miens sont au pays, a-t-elle répondu. Mon mari et moi sommes venus ici gagner de l'argent. J'étais enseignante, mais il n'y avait pas de poste pour moi, là-bas. Alors, nous avons émigré. Malheureusement, mon mari n'a pas obtenu de permis de séjour, et il a dû rentrer. Je m'échine pour les aider.

Je me suis baissé pour ramasser les feuilles avec la pelle.

— Avez-vous des enfants ?

— Oui.

— Où sont-ils ?

— Ils ont grandi. Loin de moi. Ils sont plus vieux que vous, maintenant, ils ont leurs propres enfants, que je n'ai jamais vus.

J'ai soulevé ma récolte.

— Vous savez donc ce que c'est de n'avoir personne ?

— Oui, a-t-elle acquiescé en me débarrassant de la pelle et du balai. Mais je suis une vieille femme, maintenant. J'ai plus vécu que vous. Quand j'ai fait ce choix, il y a des années, je ne pensais pas que c'était pour toujours. C'est une autre chose que de renoncer aussi jeune.

— Je n'ai pas renoncé. J'ai juste décidé de vivre pour mes roses.

Ce soir-là, j'ai consulté le miroir. Je l'avais rangé au dernier étage, en haut d'une armoire.

— Je veux voir Kendra, ai-je dit.

Il a fallu un moment, mais elle a fini par apparaître. Elle a semblé heureuse de me retrouver.

— Ça fait un bail, a-t-elle lancé.

— Pourquoi le miroir met-il tant de temps à te montrer à moi, alors que les autres s'y dessinent aussitôt ?

— Parce qu'il m'arrive d'être occupée à des activités dont tu ne dois rien savoir.

— Genre ? Aller aux toilettes ?

— Des activités de sorcière, a-t-elle riposté en fronçant les sourcils.

— Ah oui, j'avais oublié.

Ce qui ne m'a pas empêché de chantonner : « Kendra était sur le pot ! »

— Pas du tout !

— Alors, que mijotes-tu, quand je ne te vois pas ? Tu transformes les princes en grenouilles ?

— Non. Pour l'essentiel, je voyage.

— Sur American Airlines ou par projection astrale ?

— Les lignes commerciales sont pénibles. Je ne possède pas

de carte de crédit, et de nos jours, qui règle en liquide semble être un danger public.

— Ce que tu es, non ? Je croyais que tu n'avais qu'à remuer le nez pour te retrouver à bord d'un avion.

— Ces trucs-là ne sont pas bien vus. Et puis, je suis en mesure de voyager dans le temps, pour peu que j'en aie l'occasion.

— Vraiment ?

— Oui. Toi, tu voudrais aller à Paris afin de voir Notre-Dame. Mais ne serait-ce pas encore mieux d'assister à sa construction ? Ou de visiter Rome sous Jules César ?

— Bon Dieu ! Tu es capable de ça, mais pas de contrer le mauvais sort que tu m'as lancé ! Hé, tu m'emmènes en vacances ?

— Certainement pas. Si je traînais en compagnie d'un monstre, tout le monde se douterait que je suis une sorcière. Or, on a brûlé mes semblables, fut un temps. C'est pourquoi je préfère notre époque. Elle est moins dangereuse, et les gens s'adonnent à des tas de pratiques bizarres, surtout à New York.

— Connais-tu d'autres tours de magie ? Tu as avoué regretter de m'avoir transformé en bête. Pourrais-tu me rendre un service, histoire de te faire pardonner ?

Soupçonneuse, elle a plissé le front.

— Quoi, par exemple ?

— Il s'agit de mes amis, Magda et Will.

Elle a paru étonnée.

— Oui ? Que désires-tu ?

— Will est un excellent enseignant, mais il n'arrive pas à décrocher de poste. Autre que celui qui consiste à me supporter, s'entend, parce que personne ne veut embaucher un aveugle. Quant à Magda, elle bosse très dur pour envoyer de l'argent à ses enfants et petits-enfants qu'elle ne voit jamais. C'est injuste.

— La vie est injuste. Depuis quand es-tu aussi versé dans la philanthropie, Kyle ?

— C'est Adrian, maintenant. Il s'agit de mes amis, de mes seuls amis. Je sais que mon père leur verse un salaire, n'empêche, ils sont gentils avec moi. Si tu ne peux rien pour moi, essaye de faire quelque chose pour eux. Rendre la vue à Will, amener la famille de Magda ici ou l'envoyer elle, là-bas, au moins pour un congé.

Kendra m'a longuement dévisagé, puis elle a secoué la tête.

— Impossible.

— Pourquoi ? Tu disposes de pouvoirs extraordinaires, non ? Existe-t-il une espèce de loi chez les sorcières qui te permet de transformer les humains en monstres et t'interdit en revanche de les aider ?

J'avais cru lui clouer le bec, au lieu de quoi elle a répondu :

— Eh bien, oui. En quelque sorte. Je ne suis pas en état de réaliser des vœux simplement parce que quelqu'un les exprime. Je ne suis pas un génie. Si j'essayais d'agir comme tel, je risquerais de terminer au fond d'une lampe.

— Ah. J'ignorais que vous aviez tant de règles.

— Je sais, ça craint.

— Pour résumer, je n'ai pas le droit d'obtenir une chose, alors que je la demande pour d'autres que moi et que je n'ai encore jamais rien exigé ?

— Je te le répète, ça craint. Bien d'accord avec toi. Ne bouge pas.

S'emparant d'un gros livre, elle l'a feuilleté.

— Il est écrit ici que je peux te rendre un service si, et seulement si, il est lié à un acte que toi, tu accompliras.

— Comme quoi ?

— Par exemple, il suffirait que tu rompes la malédiction, et je serais en mesure d'aider Magda et Will.

— Voilà qui revient à dire non. Je ne briserai jamais le charme.

— En as-tu envie ?

— Non. Je tiens à rester un monstre toute ma vie.

— Un monstre ayant un jardin magnifique...

— ... reste un monstre. Oui, j'adore jardiner. Ça ne changerait pas si j'étais normal.

Kendra n'a rien dit. Elle était de nouveau plongée dans son grimoire. Elle a sourcillé.

— Quoi encore ?

— La situation n'est peut-être pas aussi désespérée que tu le penses, a-t-elle murmuré.

— Si.

— Je ne crois pas. Parfois, des événements inattendus surviennent.

2.

Cette nuit-là, alors que j'étais couché et sur le point de m'endormir, j'ai entendu un fracas. Plaquant les mains sur mes oreilles, j'ai tenté de l'ignorer. Mais lorsque des bruits de verre brisé me sont parvenus, je me suis dressé dans mon lit. La serre ! Quelqu'un était en train d'envahir ma serre, mon unique sanctuaire. Sans même m'habiller, j'ai foncé dans le salon et ouvert en grand la porte-fenêtre.

— Qui ose perturber mes roses ?

Qu'est-ce qui me prend de parler comme ça ?

La serre était nimbée par la lueur de la lune et la lumière des réverbères, ce qui rendait encore plus évident le trou béant qui défigurait un des panneaux vitrés. Une silhouette était blottie dans un coin. L'intrus avait mal choisi son endroit pour entrer, à côté d'une treille, laquelle était tombée. Les branches des rosiers étaient cassées, souillées de terre.

— Mes fleurs !

J'ai sauté sur le type au moment où il essayait de se carapater. Mes jambes de bête étaient cependant plus rapides et plus fortes que les siennes. Mes griffes ont plongé dans la chair molle de sa cuisse. Il a poussé un cri.

— Lâchez-moi ! J'ai un flingue ! Je vais tirer !

— Vas-y !

J'ignorais si j'étais invulnérable aux balles, mais la colère qui faisait battre mon sang dans mes veines me rendait insoucieux, invincible. J'avais perdu tout ce qu'il était possible de perdre. Si je perdais mes roses aussi, autant mourir. J'ai jeté le malfrat sur le sol avant de bondir sur lui et de lui clouer les bras par terre afin d'arracher ce qu'il avait dans les mains.

— C'est avec ça que tu comptais me canarder ? ai-je grondé.

J'ai brandi la clé à molette que je lui avais prise, l'ai visé avec :

— Pan !

— Je vous en prie, laissez-moi partir ! a-t-il hurlé. Pitié, ne me dévorez pas ! Je ferai tout ce que vous voudrez.

Ce n'est qu'alors que je me suis rappelé à quoi je ressemblais. Il me prenait pour un monstre. Il croyait que j'allais réduire ses os en farine pour en cuire mon pain. Pourquoi pas, d'ailleurs ? M'esclaffant, j'ai coincé son cou sous mon aisselle. Il s'est débattu – immobiliser ses bras a été un jeu d'enfant. Je l'ai traîné dans l'escalier, étage par étage, bien décidé à gagner le dernier et sa fenêtre. Ouvrant celle-ci, j'ai propulsé le gars dehors. Sous la lune, j'ai distingué ses traits. Sa tête ne m'était pas inconnue. J'avais dû le croiser un jour dans la rue.

— Qu'est-ce que vous fichez ? a-t-il haleté.

Aucune idée.

— Je vais te balancer sur le trottoir, sac à merde !

— Je vous en supplie, non ! Je ne veux pas mourir.

— Comme si ce que tu veux m'importait !

Je n'avais pas l'intention de le lâcher du quatrième, pas vraiment. Cela aurait attiré les flics et leurs questions, ce que je ne pouvais me permettre. D'ailleurs, il ne m'était même pas possible de les alerter pour qu'ils arrêtent ce voleur. N'empêche, je tenais à ce qu'il ait peur, peur pour sa vie. Il avait abîmé mes roses, la seule chose qui me restait. Je voulais qu'il pisse de trouille dans son froc.

— Je sais bien que vous vous en moquez !

Le type tremblait, pas seulement sous l'effet de la terreur, mais parce qu'il était en train d'atterrir. Un camé. J'ai fouillé ses poches, en quête de la drogue que j'étais presque sûr d'y trouver. Je m'en suis saisi, de même que de son permis de conduire.

— Pitié, continuait-il de me supplier. Épargnez-moi ! Je vous donnerai ce que vous voudrez !

— Et qu'as-tu dont je pourrais bien avoir envie, hein ?

Tout en se tortillant, il a réfléchi.

— Ma came. Gardez-la ! Je vous en obtiendrai plus. Autant qu'il vous en faudra. J'ai beaucoup de clients.

Ah ! Une petite entreprise.

— Je ne me drogue pas, raclure !

C'était vrai. J'avais bien trop la frousse de péter les plombs en plein trip, genre sortir au grand jour. Je l'ai poussé un peu plus par-dessus le rebord de la fenêtre.

— Du fric ! a-t-il piaillé.

— Qu'en ferais-je ? ai-je ricané en lui serrant le cou.

Il s'étranglait, pleurait, à présent.

— S'il vous plaît… il y a sûrement quelque chose.

J'ai resserré mon étreinte.

— Tu n'as rien que je désire.

Il a tenté de me flanquer un coup de pied, de m'échapper.

— Une gonzesse ?

J'ai failli le lâcher tant il m'avait surpris. J'en enfonçais mes griffes, lui arrachant un hurlement de douleur.

— Une copine ? a-t-il insisté. Une poule ?

— Arrête de te foutre de moi. Je te préviens, si...

Il avait cependant saisi qu'il avait éveillé mon intérêt. Il s'est débattu pour rentrer dans la pièce, je n'ai pas résisté.

— J'ai une fille, a-t-il pantelé.

— Et alors ?

Donnant du mou, je l'ai autorisé à reprendre pied sur le plancher.

— Je vous l'offre. Je vous l'amènerai. Mais laissez-moi partir.

— Quoi ? ai-je sursauté.

— Je vous l'offre, a-t-il répété. Je l'amènerai ici.

Il mentait. Il mentait pour que je le libère. Quel père vendrait sa propre fille ? À un monstre, qui plus est ! N'empêche...

— Je ne te crois pas.

— Juré ! Ma fille. Elle est belle...

— Parle-moi d'elle. Dis-moi un truc qui m'amène à penser que tu ne me racontes pas de salades. Quel âge a-t-elle ? Comment s'appelle-t-elle ?

Il a ri, comme s'il avait deviné qu'il me tenait.

— Seize ans. Ou dix-sept, je ne suis pas sûr. Elle s'appelle Lindy. Elle adore... les bouquins. Lire, étudier, ce genre d'âneries. S'il vous plaît, prenez-la, faites-en ce que vous voulez. Prenez-la, mais laissez-moi partir.

Ça commençait à sonner vrai. Une fille ! Une fille de seize

ou dix-sept ans ! Tiendrait-il sa promesse, toutefois ? Et serait-elle celle qui m'était destinée, celle dont j'avais besoin ? J'ai repensé à Kendra : « Parfois, des événements inattendus surviennent. »

— Il est sûr qu'elle sera mieux loin de toi, ai-je grondé.

Pour me rendre aussitôt compte que j'étais sérieux. N'importe quel gosse aurait dû être retiré à ce père. Je l'aiderais, cette fille. Enfin, c'est ce que je me suis dit.

— Vous avez raison, s'est-il exclamé, partagé entre le rire et les larmes. Ce serait mieux pour elle. Alors, prenez-la.

Je me suis brusquement décidé.

— Dans une semaine, tu conduiras ta fille ici, et elle s'installera chez moi.

Il était aux anges, à présent.

— D'accord. Promis. Je vais m'en aller, maintenant, mais je vous la ramènerai.

Je le voyais venir, ce coco-là.

— N'espère pas t'en sortir si tu n'obéis pas.

Une fois encore, je l'ai projeté par-dessus le rebord de la fenêtre, appuyant sur sa nuque encore plus violemment qu'un peu plus tôt. Il a braillé comme s'il croyait que j'allais le lâcher. Je me suis contenté de désigner la caméra de vidéosurveillance, en bas.

— Il y a des mouchards autour de toute la maison. J'ai les preuves de ton délit. J'ai ton permis de conduire. Et j'ai autre chose.

Le traînant pas ses longs cheveux gras, je me suis approché de l'armoire où je rangeais le miroir.

— Montre-moi sa fille Lindy, ai-je ordonné.

Sur la surface lisse, mon reflet grotesque a laissé place à un lit où dormait une jeune fille. Au fur et à mesure que l'image s'améliorait, j'ai distingué une longue natte rousse, puis un visage. Linda ! C'était Linda Owens, de Tuttle. La fille à la rose, celle que j'avais déjà espionnée. Se pouvait-il vraiment qu'elle soit la môme de cette ordure ? J'ai fourré le miroir sous le nez du camé.

— C'est elle ?

— Mais comment avez-vous...

— Donne-moi l'adresse de cet endroit, ai-je lancé à la glace.

L'image s'est focalisée sur la porte d'un appartement puis sur la plaque d'une rue.

— Tu ne m'échapperas pas, ai-je grogné à l'adresse du voleur en lui montrant le résultat. Où que tu ailles, je te retrouverai.

J'ai examiné son permis de conduire avant de déclarer :

— Si tu ne reviens pas, Daniel Owens, je t'attraperai, et les conséquences seront terribles.

« Les conséquences seront terribles ? » Nom d'un chien ! Qui s'exprimait comme ça ?

— Je pourrais aller voir les flics, a-t-il objecté.

— Sauf que tu ne le feras pas.

Je l'ai ramené au rez-de-chaussée puis jusqu'à la serre.

— On s'est bien compris, toi et moi ?

Il a hoché la tête. Quand il a tendu la main, j'ai compris qu'il réclamait sa drogue et ses papiers.

— Je vous l'amènerai demain.

— Dans une semaine. Il me faut le temps de me préparer. En attendant, je conserve ça, histoire de m'assurer que tu reviendras.

Je l'ai laissé partir, et il a déguerpi dans la nuit.

Après l'avoir suivi des yeux, je suis rentré. Je dansais presque. Linda. Will descendait les marches.

— J'ai entendu le vacarme, m'a-t-il lancé, mais j'ai jugé qu'il valait mieux ne pas m'en mêler.

— Et vous avez eu raison, ai-je répondu en souriant. Nous aurons bientôt de la visite. J'aurai besoin que vous sortiez acheter quelques affaires pour qu'elle soit à l'aise.

— Elle ?

— Oui, Will, il s'agit d'une fille. De *la* fille. Celle qui rompra le sortilège. Peut-être. Si elle... m'aime.

Je me suis presque étranglé sur le dernier mot, tant il sonnait improbable.

— C'est ma seule chance, ai-je ajouté.

Il a acquiescé.

— Comment savez-vous que ce sera la bonne ?

— Parce que c'est forcé.

J'ai songé au père de Linda, prêt à vendre son enfant pour sa dose et sa liberté. Un véritable père aurait refusé, quitte à être arrêté. Le mien aurait agi comme celui de Linda.

— Et parce que tout le monde se fiche d'elle aussi, ai-je murmuré.

— Je vois. Quand arrive-t-elle ?

— Dans huit jours au plus tard.

Songeant à la drogue que j'avais gardée, j'ai précisé :

— Avant, sans doute. Nous serons obligés de faire vite, mais tout devra être parfait.

— Hum... j'imagine très bien ce que cela signifie.

— Oui, la carte de crédit paternelle.

3.

Les jours suivants, je me suis démené comme jamais, décorant l'appartement du deuxième étage que personne n'occupait. Les meubles étaient ceux d'un salon, avec ses étagères vides, comme pour me rappeler que mon père n'avait pas l'intention de me rendre visite. Je l'ai transformé en chambre de jeune fille et bibliothèque idéales, expédiant Will me chercher des catalogues d'ameublement, de papiers peints, de tout.

— Vous croyez qu'il est bien de la forcer à venir ici ? protestait mon prof à domicile. Je n'ai pas envie de participer à...

— Un enlèvement ?

— Oui.

— Vous n'avez pas vu son père, Will. Il est entré chez nous par effraction, sans doute afin de voler des choses pour se payer de la drogue. Puis, pour se sortir d'affaire, il m'a offert sa fille. Il s'est peut-être déjà adonné à ce genre de marché odieux, vous y avez pensé ? Du coup, j'ai accepté. Je n'ai pas l'intention de la blesser ou de l'obliger à quoi que ce soit. Je veux l'aimer.

Bon sang ! Je ressemblais de plus en plus au Fantôme de l'Opéra.

— Je continue d'estimer que ce n'est pas correct. Ne serait-ce que parce que vous pouvez en retirer un bénéfice. Et elle ?

— Quoi, elle ? Si son père me l'a donnée, il est sûrement capable de la donner à n'importe qui. De la vendre comme esclave, voire pire, rien que pour acheter sa came. Je suis au moins sûr d'une chose, c'est que je ne lui ferai pas de mal. Pouvez-vous en dire autant du prochain type dans les pattes duquel il la collera ?

Will a hoché la tête. Au moins, il réfléchissait à mes paroles.

— Et comment savez-vous qu'elle sera celle dont vous tomberez amoureux ? a-t-il insisté. D'autant que son père est une ordure ?

Parce que je la connais ; parce que je l'ai observée.

— C'est ma seule chance. Il faut que je l'aime. Et elle doit m'aimer en retour, sinon, je suis cuit.

Et puis, si elle était capable d'aimer son looser de père, elle arriverait peut-être à dépasser mon apparence et à s'attacher à moi.

Trois jours se sont écoulés. J'ai acheté des couettes et des oreillers en plume, l'imaginant s'enfoncer dans son lit, le meilleur qu'elle ait jamais eu. J'ai choisi les tapis d'Orient les plus raffinés, des lampes de cristal. Comme je n'arrivais pas à dormir, je m'activais de quatre heures du matin à tard le soir. J'ai peint les murs du bureau transformé en bibliothèque d'un jaune chaleureux à parements blancs. Pour la chambre, j'ai préféré un papier peint décoré de treilles sur lesquelles s'enroulaient des roses. Will et Magda m'ont donné un coup de main, mais j'étais le seul à bosser la nuit. Enfin, j'ai jugé le résultat parfait. Presque incapable de croire qu'elle viendrait, je suis allé encore plus loin. À l'aide du miroir, j'ai visité son appartement et fouillé ses placards. Puis, en ligne, j'ai commandé des vêtements chez Macy que j'ai rangés dans le dressing de la chambre. J'ai également acquis des livres, par centaines, et je les ai placés sur les rayonnages qui allaient du sol au plafond. J'ai pris des ouvrages recommandés par les libraires, de même que mes favoris. Ainsi, nous pourrions en discuter. Il serait tellement agréable d'avoir quelqu'un de mon âge avec qui parler. Même si ce n'était que de littérature.

Tous les après-midi, c'était un défilé de livreurs ; tous les matins, je m'échinais, ponçant, peignant, décorant. Je tenais à ce que l'ensemble soit parfait. Il le fallait d'ailleurs, si je souhaitais qu'elle oublie ma laideur, qu'elle trouve un peu de bonheur ici, une manière de m'aimer. J'ai refusé d'envisager comment ça se passerait concrètement ; qu'elle puisse me haïr pour l'avoir acceptée comme monnaie d'échange. Je voulais que ça marche.

Le soir du sixième jour, je suis entré dans les pièces que je lui avais destinées. Ma serre, ma si belle serre, n'était toujours pas réparée. Heureusement, le temps était à la douceur. Je m'y attaquerais plus tard. Pour l'instant, j'admirais mon travail. Les planchers cirés comme des miroirs luisaient près des tapis vert et or. L'air sentait l'encaustique et les roses. J'en avais coupé des dizaines, élisant les jaunes, dont j'avais lu quelque part qu'elles symbolisaient la joie, la reconnaissance, l'amitié et la promesse d'un nouveau départ. Je les avais placées dans des vases en cristal et disposées un peu partout dans l'appartement. En son honneur, j'avais planté un nouveau rosier, nain, jaune également, appelé Little Linda. Je n'avais pas cueilli de ses fleurs, comptant les lui montrer la première fois qu'elle visiterait ma roseraie. Bientôt. J'espérais qu'elle les aimerait. J'en étais sûr.

Armé d'un pochoir et d'un pinceau trempé dans de la peinture dorée, j'ai posé la dernière touche à mon œuvre. Je n'avais jamais été du genre soigneux, mais ceci était important. Sur la porte, j'ai écrit :

Chambre de Lindy

Quand j'ai regagné mon appartement, j'ai consulté le miroir que je gardais de nouveau près de mon lit.

— Je veux voir Lindy.

J'avais employé le diminutif. Ça a fonctionné, et le reflet me l'a montrée, endormie – il était plus d'une heure du matin. Une petite valise usée était posée près de la porte. Elle allait venir.

Je me suis couché et endormi d'un sommeil paisible, ce qui ne m'était pas arrivé depuis plus d'un an. Ce n'était pas le sommeil de l'ennui, de l'échec ou de l'épuisement, mais celui de l'attente teintée d'espoir. Demain, elle serait ici. Alors, tout changerait.

4.

On frappait. On frappait ! Il m'était impossible d'ouvrir. Je ne tenais pas à l'effrayer au premier abord. Je suis resté confiné dans mes quartiers, mais j'ai suivi la scène grâce au miroir. C'est Will qui s'est chargé de l'accueillir.

— Où est-il ? a demandé le minable de père.

Où était sa fille, oui ?!

— Qui est où ? a répondu Will, affable.

Le type a hésité. C'est alors que j'ai vu qu'elle l'accompagnait, qu'elle se tenait derrière lui. En dépit de la pénombre qui régnait dans le hall d'entrée, il ne m'a pas échappé qu'elle pleurait. C'était bien elle. Je n'y avais pas cru, me suis-je rendu compte.

Lindy. Linda. Elle était venue !

Elle allait adorer les roses. Après tout, c'était elle qui, la première, m'avait appris à les apprécier. Il fallait peut-être que je sorte, que je la reçoive, que je lui montre sa chambre, la serre. Soudain, sa voix m'est parvenue :

— Mon père s'est fourré dans la tête qu'un monstre vit ici, et que je suis condamnée à être enfermée dans des oubliettes.

Un monstre. C'est ainsi qu'elle me considérerait si je me montrais. Non. Qu'elle commence par découvrir les lieux, les pièces et les fleurs somptueuses. Ensuite seulement, elle affronterait le spectacle horrible que j'étais.

— Il n'y a pas de monstre ici, mademoiselle, du moins, je n'en ai vu aucun, a plaisanté Will. Mon employeur est un jeune homme affligé, m'a-t-on dit, d'une fort malheureuse apparence, à cause de laquelle il ne sort jamais. Rien de pire.

— Alors, je suis libre de partir ? a demandé Lindy.

— Naturellement. Mais mon employeur a passé un marché avec votre père, d'après ce que j'en sais. Votre présence ici en échange de son silence quant à certaines activités criminelles qui ont été enregistrées par nos caméras. À propos...

Will a tiré de sa poche le permis de conduire et le sachet que j'avais pris à l'intrus.

— Ceci est bien votre réserve de drogue, monsieur ?

Lindy s'est emparée de l'objet.

— Ainsi, c'est de ça dont il s'agit ? Tu m'as traînée ici afin de récupérer ta came ?

— Il m'a chopé, gamine. Je suis entré par effraction chez lui.

— Ce qui ne doit pas être nouveau, pour vous, est intervenu Will.

Rien qu'à son expression, j'ai deviné qu'il avait pris la mesure du type. Son sixième sens d'aveugle avait confirmé ce que je lui en avais raconté.

— D'ailleurs, la seule existence de ce sachet suffirait à vous envoyer en prison, j'imagine.

— Oui, a acquiescé l'ordure. De quinze ans à perpète.

— Perpète ! s'est exclamée Lindy avant de se tourner vers Will : Et vous, vous avez accepté que je sois emprisonnée à sa place ?

J'ai retenu mon souffle, guettant la réponse.

— Mon employeur a ses raisons, a-t-il plaidé. (Il a eu l'air d'avoir envie de poser sa main sur l'épaule de Lindy ou d'avoir un geste amical de la sorte, mais il s'est retenu, devinant un probable rejet.) Il vous traitera bien, sûrement mieux que... Écoutez, si vous voulez partir, à votre guise. Rappelez-vous juste que mon employeur possède les preuves de l'intrusion et n'hésitera pas à les faire parvenir à la police.

Linda a regardé son père avec des yeux suppliants.

— Vas-y ! a-t-il lancé en lui arrachant le sachet de drogue. Moi, je m'occupe de ça.

Sans un au revoir, il est sorti, claquant la porte derrière lui. (Mais sans oublier de récupérer son permis des doigts de Will.) Sa fille a contemplé l'endroit qu'il venait de quitter comme si elle allait s'effondrer.

— Je sens que la journée a été rude, bien qu'il ne soit que dix heures, mademoiselle, est intervenu Will. Suivez-moi, s'il vous plaît, je vais vous montrer vos appartements.

— Parce qu'il y en a plusieurs ?

— Deux pièces, mademoiselle. Deux très belles pièces. Monsieur Adrian, le jeune homme pour lequel je travaille, a déployé beaucoup d'efforts pour qu'elles vous plaisent. Il m'a prié de vous dire de ne pas hésiter à formuler toute requête que vous pourriez avoir, à l'exception d'une ligne téléphonique et d'un accès Internet. Il tient à ce que vous soyez heureuse.

— Heureuse, a-t-elle répété d'une voix atone. Mon geôlier croit vraiment que je pourrais l'être ? Ici ? Est-il fou ?

Le mot « geôlier » m'a fait tressaillir.

— Non, mademoiselle.

Will a tiré une clé de sa poche et a verrouillé la porte. Une simple formalité. Je ne m'attendais pas à ce qu'elle fuie – la liberté de son père était en jeu. Néanmoins, le bruit des serrures et des verrous m'a été insupportable. J'étais un ravisseur. Malgré moi.

— Je m'appelle Will, a repris ce dernier. Je suis à votre service. Magda aussi. C'est la gouvernante, vous la rencontrerez là-haut. Nous montons ?

Il lui a offert son bras, qu'elle a refusé. Après un ultime coup d'œil plein de regrets vers la sortie, elle l'a suivi dans l'escalier.

Je l'ai espionnée, cependant que Will l'entraînait au deuxième et poussait la porte. Ses joues et ses yeux étaient bouffis et rouges tant elle avait pleuré. En entrant, elle a retenu un petit cri, ébahie par les meubles, les tableaux, les murs peints du même jaune que les roses dans leurs vases en cristal. Elle a fixé le lit immense et ses draps griffés. Elle s'est approchée de la fenêtre.

— Il me serait difficile de sauter, d'aussi haut, a-t-elle murmuré en effleurant la vitre.

— En effet, a acquiescé Will. De plus, les fenêtres ne s'ouvrent pas entièrement. Essayez de vous habituer. Qui sait ? Si vous restez, vous finirez peut-être par trouver cet endroit moins abominable.

— Moins abominable ? Avez-vous déjà été emprisonné ? L'êtes-vous ?

— Non.

Je l'ai observée. Mes souvenirs d'elle dataient de notre première rencontre, le soir du bal. Avec ses cheveux roux, ses taches de rousseur et ses vilaines dents, je l'avais jugée ordinaire, alors. Si sa dentition ne s'était pas améliorée, elle n'était pas vraiment banale. J'étais content qu'elle ne soit pas belle, contrairement à ce qu'avait affirmé son père. Une belle fille n'aurait jamais accepté de voir au-delà de ma propre laideur. Elle y parviendrait, peut-être.

— Moi, si, a-t-elle répondu. Durant dix-sept ans. Mais j'ai réussi à creuser un tunnel pour m'échapper. Sans l'aide de personne, j'ai demandé une bourse dans l'un des lycées privés les plus réputés de la ville. Je m'y rendais en train tous les jours. Les élèves, des gosses de riches, ne m'adressaient pas la parole, puisque je n'étais pas de leur clique. Ils me traitaient comme une moins que rien. Ils avaient peut-être raison, cela ne m'a pas empêchée d'étudier dur, d'obtenir les meilleures notes. Je savais que c'était la seule façon d'échapper à ma condition, de continuer à percevoir une bourse pour aller à la fac. Au lieu de quoi, je me retrouve enfermée ici afin d'épargner la prison à mon père. C'est injuste.

— Je vous comprends, a dit Will.

Il était forcément impressionné par son niveau de langage. Elle avait même recouru à la métaphore du tunnel. Elle était intelligente.

— Que me veut-il ? s'est-elle soudain écriée. Que je travaille pour lui ? Que je couche avec lui ?

— Non. Autrement, j'aurais refusé d'entrer dans son jeu.

— Ah bon ? a-t-elle riposté, légèrement soulagée. Quoi, alors ?

— Je pense… Je sais qu'il se sent seul.

Elle l'a toisé sans rien dire.

— Je vais vous laisser, a fini par enchaîner Will. Histoire que vous testiez les lieux. Magda vous apportera votre déjeuner à midi. Vous ferez sa connaissance à ce moment-là. Si vous avez besoin de quoi que ce soit, il vous suffit de demander.

Il est sorti en refermant derrière lui.

Elle a inspecté la chambre et sa salle de bains, effleurant divers objets. Ses yeux se sont attardés sur les roses. Elle s'est emparée d'une fleur jaune, celle que je trouvais la plus jolie, et l'a portée à son nez, la humant puis s'en caressant la joue avant de la remettre dans le vase. Elle a ouvert les portes et les tiroirs. Si la garde-robe choisie avec soin l'a laissée de marbre, elle s'est arrêtée net et a poussé une exclamation étouffée devant la seconde pièce, la bibliothèque. Inclinant la tête, elle a contemplé les rayonnages qui montaient jusqu'au plafond. J'avais pris soin d'acquérir les ouvrages qui lui plaisaient, pas seulement des romans, mais de la philosophie, m'achetant du coup les mêmes, de façon à pouvoir lire ce qui retenait son attention. Je m'étais également attaqué à l'élaboration d'une base de données informatique, classant les œuvres par titre, auteur et sujet, à l'instar d'une véritable bibliothèque, mais je ne l'avais pas encore achevée.

Elle est montée sur l'escabeau, a choisi un livre, puis un deuxième. Elle les a plaqués contre sa poitrine, comme elle l'aurait fait d'une couverture protectrice ou d'un bouclier. Cela au moins était une réussite. Elle a rapporté les volumes dans la chambre, les a placés sur la table de nuit, puis elle s'est écroulée sur le lit en sanglotant.

J'aurais aimé la réconforter, ce qui était malheureusement impossible. Pas tout de suite, en tout cas. J'ai prié pour que, un jour, elle comprenne.

5.

À midi, Magda a apporté son repas à Lindy. Certains jours, pour le déjeuner, elle achetait des plats à emporter, car les produits de restauration rapide me manquaient. Aujourd'hui cependant, je l'avais priée de préparer des mets susceptibles de plaire à une jeune fille – des sandwiches au pain de mie, une soupe raffinée. La porcelaine était rehaussée d'une bordure de roses d'un rose pâle ; le verre à pied en cristal, les couverts d'argent. Le tout invitait à la dégustation.

J'ai regardé. Lindy n'a rien avalé, rendant un plateau intact à Magda. Elle était au lit, plongée dans un des livres qu'elle avait pris sur l'étagère et que j'ai identifié comme un recueil des sonnets de Shakespeare.

J'avais peur de monter la voir. Tôt ou tard, il me faudrait faire le premier pas, mais j'ignorais encore comment procéder sans la terrifier. Serait-il exagéré de brailler : « S'il te plaît, laisse-moi entrer, je promets de ne pas te dévorer » ? Sans doute. Ma voix l'effraierait sûrement, d'ailleurs. En même temps, je tenais à ce qu'elle sache que, si elle daignait sortir de ses appartements, je serais gentil avec elle.

Je me suis résolu à rédiger un mot.

Chère Lindy,
Bienvenue ! N'ayez pas peur. J'espère que vous vous plairez dans votre nouvelle maison. Quelle que soit la chose dont vous ayez besoin, demandez-la. Je veillerai à ce que vous l'obteniez immédiatement.
J'attends avec impatience le dîner de ce soir, afin de vous rencontrer.
Bien à vous,
Adrian King

J'ai effacé la dernière phrase avant d'imprimer mon message et de le porter au deuxième étage, où je l'ai glissé sous la porte.

Au bout d'une minute, il m'a été retourné de la même manière.

Le mot « *NON* », en capitales, barrait la page.

Je n'ai pas bougé du palier, perdu dans mes réflexions. Était-il envisageable que, tel un héros romantique, je lui écrive des lettres qui l'amèneraient à s'éprendre de moi ? Hors de question. Je n'étais pas un épistolier. Et moi, comment arriverais-je à l'aimer, alors que je ne l'avais vue qu'à travers le miroir ? Je devais la forcer à m'adresser la parole. M'approchant de la porte, j'ai frappé, un coup mesuré, timide. N'obtenant aucune réaction, j'ai recommencé. Plus fort.

— Je ne veux rien, a-t-elle lancé. Allez-vous-en, s'il vous plaît !

— Il faut que je vous parle.

— Que… qui est là ?

— Adrian…

Kyle. Le maître de cette demeure. Le monstre qui habite ici.

— Je m'appelle Adrian. Je suis celui qui…

Celui qui te retient prisonnière.

— J'aimerais vous rencontrer.

— Pas moi ! Je vous déteste !

— Mais… aimez-vous l'appartement ? Je me suis efforcé de le rendre agréable. Rien que pour vous.

— Vous êtes malade ? Vous m'avez enlevée ! Vous êtes un ravisseur !

— Je ne vous ai pas enlevée. Votre père vous a donnée à moi.

— Parce qu'il y a été forcé.

— Ben voyons ! me suis-je emporté. Il est entré chez moi par effraction. Vous l'a-t-il précisé ? Il était en train de me voler. Tout a été enregistré par les caméras de vidéosurveillance. Ensuite, au lieu d'assumer son geste et d'accepter son châtiment, il vous a amenée ici, afin que vous soyez punie à sa place. Il vous aurait vendue pour sauver sa peau. Je n'ai pas l'intention de vous faire du mal, ce qu'il ignorait. Je vous enfermerais dans une cage qu'il s'en ficherait comme d'une guigne !

Elle n'a pas répondu, et je me suis demandé quelle fable il lui avait servie, si mes paroles étaient une révélation, pour elle.

— Quel moins que rien, ai-je marmonné en commençant à m'éloigner.

— Taisez-vous ! Vous n'avez pas le droit !

Elle assenait de grands coups sur la porte, soit du poing, soit à l'aide d'un objet, d'une chaussure. *Quel imbécile !* Je devais reconnaître que l'expression – celle qu'elle-même avait utilisée pour décrire le mépris dont elle avait été l'objet à Tuttle – était des plus mal choisies et prêtait à confusion. Une fâcheuse tendance chez moi, ces derniers temps. Avais-je balancé des mots dignes d'un fou furieux à la tête des gens, avant ? Peut-être. Et je m'en étais toujours tiré. Jusqu'à Kendra.

— Écoutez, je suis désolé. Ce n'est pas vous que je visais.

Crétin, crétin, crétin.

Silence.

— Vous m'avez entendu ? Je vous répète que je suis navré.

Rien. J'ai tambouriné au battant, je l'ai appelée. J'ai fini par renoncer.

Une heure plus tard, elle était encore confinée chez elle, et j'arpentais ma chambre en repensant à ce que j'aurais dû dire. Je l'avais enlevée ? Quelle différence, hein ? Elle n'avait rien à regretter. Cette maison était cent fois mieux que le taudis auquel elle avait eu droit jusqu'à présent. Même en rêve, elle n'aurait pu imaginer cela. Pourtant, se montrait-elle reconnaissante ? Non. J'ignore ce à quoi je m'étais attendu, mais ce n'était pas à ça.

Je suis allé trouver Will.

— Je veux qu'elle sorte. Pouvez-vous m'aider ?

— Et comment m'y prendrais-je ?

— Dites-lui que je l'exige, qu'elle n'a pas le choix.

— Je lui dis que vous l'ordonnez ? Comme vous avez ordonné à son père de vous céder sa fille ? Avec les résultats qu'on sait.

Je n'avais pas envisagé les choses ainsi, mais c'était bien ça, c'était ce que je désirais.

— Oui.

— Comment va-t-elle réagir, d'après vous ? Que ressent-elle ?

— Et moi ? Qu'en est-il de ce que je ressens ? J'ai bossé toute la semaine pour l'installer, pour lui offrir un cadre merveilleux, et cette... ingrate ne daigne même pas me voir ?

— Vous voir ? Mais elle ne veut pas voir celui qui l'a arrachée à son foyer et à son père. Vous la retenez prisonnière, Adrian !

— Son père est une ordure.

Je n'avais pas mentionné le miroir à Will, ni que j'avais déjà espionné Linda, que j'avais été témoin des coups que Daniel Owens portait à Linda.

— Elle est bien mieux sans lui, ai-je poursuivi. Et je ne la considère pas comme une prisonnière. Ce que je souhaite…

— Je sais ce que vous désirez. Mais pas elle. Elle ne remarque pas les roses dans les vases ni les murs que vous avez repeints. Elle vous envisage seulement comme un monstre alors qu'elle ne vous a pas encore vu.

Instinctivement, ma main s'est plaquée sur mon visage, bien que j'aie compris que Will évoquait mon comportement, pas mon apparence.

— Un monstre, a-t-il enchaîné, qui l'a amenée ici pour toutes les raisons possibles et imaginables. L'assassiner dans son sommeil, la réduire en esclavage, etc. Elle a peur, Adrian.

— OK, j'ai pigé. Mais comment lui faire comprendre que ce n'est pas pour cela qu'elle est ici ?

— Vous tenez vraiment à mon avis ?

— Vous voyez quelqu'un d'autre que vous et moi, dans cette pièce ?

Il a grimacé.

— Non, je ne *vois* personne.

Il a tâtonné, à la recherche de mon épaule, a fini par la trouver et par poser la main dessus.

— Ne lui donnez aucun ordre. Si elle préfère rester dans sa chambre, laissez-la faire. Qu'elle se rende compte que vous respectez son droit de choisir.

— Sauf que si elle ne sort pas, je n'aurais jamais l'occasion de l'amener à m'aimer.

— Donnez une chance au temps.

Il a tapoté mon épaule.

— Merci, ai-je ricané avec amertume. Vous m'avez été très utile.

Tournant les talons, j'ai commencé à m'éloigner.

— Adrian ?

Je me suis arrêté.

— Parfois, il n'est pas mauvais d'étouffer son orgueil.

— De mieux en mieux ! Sachez que je n'ai plus d'orgueil, aujourd'hui.

Néanmoins, une heure plus tard, je frappais de nouveau à la porte de Lindy, prêt à taire ma fierté, à n'exprimer que des regrets. Ce qui promettait d'être difficile, car je n'avais pas l'intention de la laisser partir. Cela était au-dessus de mes forces.

— Allez-vous-en ! a-t-elle crié. Ce n'est pas parce que vous me retenez ici que je suis obligée de…

— J'en ai conscience. Mais, puis-je… accepteriez-vous de m'écouter, rien qu'une minute ?

— Ai-je le choix ?

— Oui. Vous avez des milliers de choix. Vous pouvez m'écouter ou m'envoyer paître. Vous pouvez m'ignorer jusqu'à la fin du monde. Vous avez raison. Vous avez rempli votre devoir en venant ici. Nous ne sommes pas obligés d'être amis.

— Ha ! C'est ça, que vous appelez l'amitié ?

— C'est ce que…

Je me suis interrompu. Il me paraissait vraiment trop minable de formuler mes espoirs, d'avouer que je n'avais pas d'amis et que je souhaitais, à en mourir, qu'elle me parle, qu'elle soit à mon côté, qu'elle dise quelque chose qui me fasse rire et me reconnecte à la réalité, même si ça s'arrêtait là. L'aurais-je dit, toutefois, j'aurais été un nullard de première.

Me sont revenues les paroles de Will sur l'orgueil.

— J'espère que vous et moi arriverons à être amis, un jour. Je comprendrais que vous vous y refusiez, que vous soyez…

Je n'ai pas pu prononcer les mots « dégoûtée », « répugnée », « terrifiée ».

— Écoutez, il faut que vous sachiez que je ne me nourris pas de chair humaine ni rien. Je suis un homme, même si je n'en ai pas l'apparence. Et je ne vous forcerai à rien que vous ne vouliez, sinon à demeurer ici. J'espère que vous vous déciderez à sortir bientôt.

— Je vous *hais* !

— Oui, vous l'avez déjà dit, ai-je continué, en dépit de son ton cinglant. Will et Magda travaillent ici. Si vous en avez envie, Will pourra vous servir de prof. Magda préparera vos repas. Elle nettoiera votre chambre, votre linge, fera vos courses, tout ce que vous voudrez.

— Je… je ne veux rien. Juste récupérer ma vie.

— Je sais…

Je n'avais pas oublié ce que Will avait souligné de sa réaction et de ses sentiments. Une heure durant, j'y avais songé, finissant par admettre qu'elle pouvait aimer son horrible père de la même façon – Dieu qu'il me coûtait de le reconnaître ! – que j'avais aimé le mien.

— J'espère que…

Je me suis tu, décidant que Will devait avoir raison.

— J'espère que vous accepterez de sortir, parce que…

Je me suis étranglé.

— Parce que quoi ?

J'ai entrevu mon reflet dans la vitre d'un des cadres qui ornaient les murs du couloir. Je n'ai pas pu. Pas pu.

— Rien.

L'heure du dîner est arrivée. Magda avait cuisiné un riz au poulet à la mexicaine qui embaumait. À ma requête, elle a frappé chez Linda avec un plateau.

— Je refuse de descendre, a lancé Linda.

— Je vous ai apporté un plateau. Vous voulez manger chez vous ?

Il y a eu un silence, puis :

— Oui, merci. Ce serait très bien. Merci beaucoup.

J'ai dîné seul avec Magda et Will, comme toujours. À la fin du repas, j'ai annoncé que j'allais me coucher. En partant, j'ai lancé un regard à Will, un regard assurant que j'avais suivi ses conseils, en vain. Bien qu'il n'ait pu distinguer mon expression, il a dit :

— Patience.

J'ai été incapable de dormir, conscient qu'elle était là, deux étages au-dessus de moi, sentant sa haine comme si elle traversait le système de climatisation, les murs et les planchers. Je n'avais pas voulu ça. Ça ne marcherait jamais. J'étais un monstre, je mourrais en monstre.

6.

— J'ai pensé à quelque chose susceptible d'aider à décoincer la situation, a annoncé Will le lendemain de l'arrivée de Lindy.

— Quoi donc ?

— Le silence. Si vous la laissez tranquille, elle finira peut-être par changer d'avis.

— Ce conseil explique sans doute pourquoi vous n'êtes pas assailli par les nanas, Will.

— Lui parler n'a pas franchement fonctionné non plus, n'est-ce pas ?

Il marquait un point. J'ai donc décidé de tester sa méthode. J'étais effrayé, parce que Lindy ne m'avait pas encore vu. Comment réagirait-elle le moment venu ?

Les jours suivants, je me suis donc astreint à la réserve. Lindy restait claquemurée chez elle, je l'espionnais via le miroir. Elle n'appréciait que les livres et les roses. Je lisais tout ce qu'elle lisait, veillant tard dans la nuit pour ne pas être distancé. Je n'ai même pas tenté de renouer le contact. Tous les soirs, quand, de fatigue, mon ouvrage me tombait des mains, je me couchais, nimbé par sa haine, qui, tel un fantôme, hantait les couloirs sombres. Mon plan avait peut-être été une mauvaise idée. Avais-je une autre solution, cependant ?

— Je l'ai sous-estimée, ai-je avoué à Will un matin.

— En effet.

— Vous le pensez aussi ? me suis-je étonné.

— Depuis le début. Mais dites-moi, Adrian, qu'est-ce qui vous a amené à cette conclusion ?

— Je croyais l'impressionner avec ce que je lui ai acheté, les meubles élégants, les vêtements. Elle est pauvre, j'ai songé qu'avec des bijoux et de jolies choses elle m'accorderait une chance. Sauf qu'elle ne veut rien de tout cela.

— Non, elle ne veut rien, a acquiescé Will avec un sourire. Juste sa liberté. Pas vous ?

— Si.

J'ai songé à Tuttle et au bal, à la réflexion que j'avais confiée à Trey sur cette soirée qui m'évoquait une forme légalisée de prostitution. Ça semblait remonter à si loin.

— Je n'ai encore jamais rencontré personne qui ne puisse être acheté, ai-je poursuivi. Pour cela, j'apprécie Lindy.

— Dommage que cette prise de conscience ne suffise pas à rompre le sortilège. Je suis fier de vous.

« Fier de vous. » C'était la première fois qu'on m'adressait pareil compliment. L'espace d'une seconde, j'ai regretté de ne pouvoir serrer Will dans mes bras. Juste pour sentir le contact d'un autre être humain. Mais pareils épanchements auraient été fort mal venus.

Ce soir-là, je suis resté éveillé plus longtemps que d'habitude, à l'affût des bruits de la vieille maison. J'avais l'impression d'entendre des pas, en haut. Les siens ? Impossible. Je n'aurais pu les percevoir, à deux étages de distance. Ne parvenant toujours pas à dormir, je me suis relevé et je suis monté au premier afin de regarder la télévision au salon. J'ai mis une chaîne de sport, tout doucement, pour ne pas gêner Lindy. J'avais pris soin de revêtir un jean et un tee-shirt, alors que, autrefois, je serais resté en caleçon. Elle avait beau avoir fait le serment de ne pas quitter ses appartements, je ne voulais pas risquer de lui montrer plus que mon visage. Lequel était déjà bien assez effrayant.

J'étais sur le point de m'endormir à force d'ennui quand j'ai entendu une porte s'ouvrir. Était-ce elle ? Sur le palier ? Non, sans doute juste Magda, voire Pilote, qui errait dans la maison. Les bruits semblaient cependant provenir du deuxième étage. Je me suis forcé à ne pas broncher, les yeux fixés sur l'écran, histoire de ne pas lui flanquer la trouille de sa vie en m'aventurant dans les couloirs obscurs. J'ai attendu.

C'était bien elle. Elle est descendue à la cuisine, où il m'a semblé qu'elle rinçait une assiette et des couverts avant de les placer dans le lave-vaisselle. Je me suis retenu de lui dire qu'elle n'avait pas à s'occuper de ça, que c'était le travail de Magda, que nous la payions pour cela. Toutefois, quand je l'ai entendue entrer dans le salon, si proche qu'elle risquait de me découvrir, je n'ai pu m'empêcher de l'avertir :

— Je suis assis dans le canapé, ai-je murmuré, tout doucement. N'ayez pas peur.

Si elle n'a pas répondu, ses yeux se sont posés sur moi. La lumière qui régnait dans la pièce était tamisée, en provenance du seul téléviseur. Pourtant, j'ai eu envie de plaquer un coussin sur ma figure, de me cacher. Je m'en suis abstenu. Un jour ou l'autre, il faudrait bien qu'elle me voie. Kendra avait été très claire à ce sujet.

— Vous êtes descendue, ai-je enchaîné.

Elle m'a affronté en face, ses prunelles faisant la navette entre moi et la pièce.

— Vous êtes vraiment un monstre, a-t-elle lâché. Mon père… l'avait dit. J'ai cru qu'il planait. Il lui arrive de raconter n'importe quoi, sous l'emprise de la drogue. J'ai cru que… mais vous avez vraiment quelque chose d'une bête. Oh mon Dieu ! (Elle a détourné les yeux.) Mon Dieu !

— S'il vous plaît… Je n'ai pas l'intention de vous faire du mal. Je sais de quoi j'ai l'air, sauf que ce n'est pas moi. Je vous en supplie. Je ne vous attaquerai pas, Lindy.

— Je n'y avais pas réfléchi. Je pensais que vous n'étiez qu'un type… un pervers ordinaire qui… pourtant, vous n'avez pas enfoncé ma porte, ni rien… Comment cela vous est-il…

— Je suis heureux que vous soyez sortie de chez vous, Lindy, ai-je lancé en m'efforçant de garder un ton calme. Je m'inquiétais tant à propos de cette première rencontre. Maintenant qu'elle a eu lieu, vous vous habituerez peut-être. Je craignais que vous ne quittiez jamais votre chambre.

— Je n'avais pas le choix, a-t-elle répondu en respirant profondément. Je marche la nuit. Il m'est impossible de rester confinée là-haut. J'ai l'impression d'être un animal en… Oh, pardon !

J'ai ignoré sa nervosité. Si je me comportais en humain, elle verrait peut-être que j'en étais un.

— Le *picadillo* préparé par Magda ce soir était délicieux,

n'est-ce pas ? ai-je dit sans la regarder, afin, peut-être, de diminuer sa frayeur.

— Oui, c'était merveilleux.

Elle ne m'a pas remercié pour ce repas. Je ne m'y attendais pas. J'avais appris ma leçon.

— Magda est bonne cuisinière, ai-je enchaîné, histoire d'alimenter la conversation, y compris par des broutilles. Lorsque je vivais chez mon père, il refusait qu'elle concocte des plats sud-américains. Du coup, elle se bornait à des trucs normaux, viande grillée et pommes de terre. Quand il nous a exilés ici, je n'ai guère prêté attention à ce que je mangeais et, peu à peu, elle a servi des spécialités de chez elle. J'imagine que ça lui est plus facile, et je préfère.

J'ai interrompu mon bavardage stérile, me creusant la tête pour trouver d'autres sujets tout aussi anodins. Elle m'a devancé, cependant.

— Exilés ? Que voulez-vous dire ?

— Je vis avec Magda et Will, ai-je expliqué en continuant à ne pas la regarder. Will est mon répétiteur. Si vous le souhaitez, il peut s'occuper de vous aussi.

— Un répétiteur ?

— Comme il m'est impossible d'aller au lycée… bref, il est chargé de mon éducation.

— Le lycée ? Mais quel âge avez-vous ?

— Dix-sept ans, comme vous. Bientôt dix-huit.

Son étonnement ne m'a pas échappé. Elle avait dû croire que j'étais une espèce de vieux pervers.

— Où sont vos parents ? a-t-elle fini par demander.

Et les vôtres ? Nous étions dans la même galère, en quelque sorte, abandonnés par nos chers pères. Je n'ai pas posé la question, cependant. Will m'avait conseillé de ne pas la brusquer.

— Ma mère est partie depuis longtemps, me suis-je borné à préciser. Quant à mon père… il n'a pas supporté mon apparence. Il est très branché « normalité ».

Elle a hoché la tête, tandis qu'un éclair de pitié traversait ses yeux. Or, je ne voulais pas de sa pitié. Si c'était le sentiment que je lui inspirais, elle allait me considérer comme une créature pathétique prête à n'importe quoi pour la forcer à être mienne, à l'instar du Fantôme de l'Opéra. En même temps, la pitié valait mieux que la haine.

— Vous manque-t-il ? a-t-elle insisté. Votre père ?

— Je m'efforce de ne pas y penser, ai-je dit, optant pour la vérité. Après tout, ceux à qui nous ne manquons pas ne devraient pas nous manquer, n'est-ce pas ?

Elle a acquiescé.

— Quand la situation avec mon père a commencé à dégénérer pour de bon, mes sœurs se sont installées chez leurs petits amis. J'étais furieuse qu'elles ne soient pas restées pour me seconder. Néanmoins, elles me manquent.

— Je suis désolé.

Estimant que le sujet paternel présentait trop de risques, je suis passé à autre chose :

— Aimeriez-vous suivre des cours avec Will ? Nous avons des sessions quotidiennes. Vous êtes sans doute plus intelligente que moi, qui ne suis guère appliqué. Mais j'imagine que vous avez côtoyé des élèves médiocres au lycée, non ?

Comme elle ne répondait pas, j'ai ajouté :

— Il peut aussi vous prendre à part, si vous préférez. Je sais que vous m'en voulez. C'est légitime.

— Oui, ça l'est.

— Je voudrais cependant vous montrer quelque chose.

— Quoi ? a-t-elle aussitôt rétorqué, inquiète, sa voix me donnant l'impression d'un rideau qui se refermait.

— Ne vous tracassez pas ! me suis-je empressé de la rassurer. Il s'agit d'une serre. Je l'ai construite de mes propres mains à partir de plans. Elle ne contient que des rosiers. Aimez-vous les roses ? (C'était le cas, je le savais.) C'est Will qui m'a initié à leur culture. Il a dû estimer que j'avais besoin d'un passe-temps. Mes préférées sont les floribunda, des roses grimpantes. Elles sont moins raffinées que les hybrides de thé, au sens où elles ont moins de pétales. Mais elles atteignent de telles hauteurs ! Jusqu'à trois mètres, si on les étaye correctement. Ce à quoi je veille.

Je me suis tu. Je me faisais l'effet d'un de ces ringards comme on en croisait des tonnes au bahut, de ceux qui dégoisaient à l'infini sur les statistiques sportives ou connaissaient *Le Seigneur des anneaux* sur le bout des doigts, à croire que Frodo le Hobbit était leur cousin.

— Les fleurs dans ma chambre, a-t-elle chuchoté, elles viennent de vous ? C'est vous qui les avez cultivées ?

— Oui.

Depuis son arrivée, j'avais prié Magda de changer les roses jaunes pour des blanches – symbole de la pureté – au fur et à mesure qu'elles fanaient. J'espérais un jour les remplacer par des rouges, celles de l'amour.

— Je suis heureux que vous en profitiez. Avant vous, je n'avais personne à qui les offrir, excepté Magda. J'en ai encore des tas. Si vous acceptez de descendre au rez-de-chaussée pour les admirer ou pour suivre des cours, je peux demander à Will ou à Magda d'être présents. Ainsi, vous n'aurez pas à vous soucier d'une éventuelle agression de ma part.

Je n'ai pas insisté sur une évidence, à savoir qu'elle était seule avec moi en ce moment, qu'elle était chez moi depuis des jours, uniquement protégée par un aveugle, une femme âgée et une porte faiblarde, et que je ne lui avais infligé encore aucun sévice. J'ai simplement espéré qu'elle parviendrait d'elle-même à cette conclusion.

— Vous êtes vraiment comme ça ? a-t-elle fini par lâcher avec un rire nerveux. Vous ne vous cachez pas derrière un masque comme le font les ravisseurs ?

— Non, et je le regrette. Je vais me lever et m'approcher, de façon à ce que vous puissiez vous en rendre compte en personne.

Cela m'a coûté. Être examiné par elle m'était difficilement tolérable, et j'étais content de m'être habillé de pied en cap. Néanmoins, j'ai tressailli sous son regard inquisiteur, songeant à Esméralda incapable de regarder Quasimodo en face. J'étais un monstre, après tout. Un monstre repoussant.

— Je vous autorise à toucher mon visage, si vous le souhaitez.

Elle a secoué la tête.

— Je vous crois.

À présent que j'étais plus près, ses yeux me détaillaient sans vergogne. Ils n'ont pas manqué de remarquer mes mains griffues. Quand elle a enfin eu un petit geste du menton, j'ai décelé la compassion qu'elle éprouvait.

— Je pense que j'apprécierais d'avoir cours en compagnie de Will, a-t-elle annoncé. Nous essaierons de travailler ensemble, afin de ne pas gaspiller son temps, mais si vous êtes trop nul pour suivre le mouvement, il faudra changer de système. Je suis habituée à un certain niveau.

Si elle plaisantait, certes, elle était un peu sérieuse aussi. J'ai failli lui redemander si elle désirait visiter ma serre, si elle descendrait le lendemain matin pour prendre son petit déjeuner avec Will, Magda et moi, mais je me suis retenu, ne voulant pas en rajouter.

— Les cours ont lieu dans mes appartements, ai-je juste précisé. Près de la roseraie. Au rez-de-chaussée. Nous commençons à neuf heures, en général. Nous sommes plongés dans les sonnets de Shakespeare, en ce moment.

— Ah oui ?

— Oui.

J'ai cherché un vers que je puisse citer. J'avais appris par cœur des pages et des pages de poésie durant mon confinement. Je tenais-là l'occasion de l'impressionner. Malheureusement, le silence de ma bêtise a été assourdissant.

— Shakespeare est super, me suis-je finalement contenté de lâcher.

Pff ! Shakespeare ? Trop cool, mec !

Pourtant, elle a souri.

— Oui. J'adore son théâtre et ses poèmes.

Elle m'a gratifié d'un deuxième sourire gêné. Était-elle aussi soulagée que moi par cette première rencontre ?

— Mieux vaut que je retourne me coucher, alors. Pour être en forme demain.

— En effet.

Tournant les talons, elle est partie. Je l'ai regardée grimper les marches, j'ai tendu l'oreille au bruit de ses pas, quand elle a atteint le deuxième étage. Ce n'est que lorsque j'ai entendu sa porte se refermer que j'ai laissé libre cours à mes instincts bestiaux pour me lancer dans une danse de sauvage autour du salon.

7.

Je me suis levé avant l'aurore pour ôter leurs feuilles mortes aux rosiers, balayer la serre et arroser les fleurs. Je tenais à effectuer ces tâches avant les cours, de manière que tout soit impeccable en cas de visite. Pas de boue. J'ai même rincé les meubles en fer forgé, alors qu'ils étaient propres. La tiédeur était suffisante pour s'asseoir un moment. Je voulais mettre toutes les chances de mon côté.

À six heures, j'ai estimé que c'était parfait. J'avais même réarrangé certains grimpants pour qu'ils montent plus haut, comme s'ils avaient tenté de s'échapper. Ensuite, j'ai réveillé Will en frappant bruyamment à sa porte.

— Elle sera là, lui ai-je annoncé.

— Qui ? a-t-il répondu d'une voix ensommeillée.

— Chut ! Elle va vous entendre. Lindy assistera au cours, ce matin.

— Génial ! C'est dans combien de temps ? Quatre, cinq heures ?

— Trois. Je lui ai donné rendez-vous à neuf. Je n'étais pas capable d'attendre plus longtemps. Avant, j'ai besoin de vous.

— Pour quoi donc, Adrian ?

— Il faut que vous me prépariez à l'avance.

— Quoi ? En quel honneur ferais-je un truc pareil au lieu de dormir ?

Derechef, j'ai tambouriné au battant.

— Vous allez m'ouvrir, oui ? Je ne veux pas qu'elle me surprenne dans le couloir.

— Retournez vous coucher, alors !

— S'il vous plaît, Will. C'est important.

Il a enfin daigné se bouger et s'est encadré sur le seuil de sa chambre.

— Qu'est-ce qui est si important ?

Derrière lui, Pilote avait la tête entre les pattes.

— Il faut que vous me donniez un cours tout de suite.

— Pourquoi ?

— Vous ne m'avez pas écouté ? Elle assistera à la leçon.

— À neuf heures. Elle doit dormir, là.

— Je ne veux pas qu'elle me prenne pour un imbécile. Déjà que je suis hideux ! Vous devez m'apprendre des trucs avant elle, de façon à ce que j'aie l'air malin.

— Contentez-vous d'être vous-même, Adrian, et tout ira bien.

— Être moi-même ? Auriez-vous oublié que ce moi-même est un monstre ? (Malgré mes efforts pour contenir ma voix, j'ai presque rugi ce dernier mot.) Ce sera la première fois qu'elle me verra en pleine lumière. Ça lui a demandé plus d'une semaine pour s'y résoudre. Je tiens absolument à avoir l'air intelligent.

— Vous l'êtes. Elle aussi. Vous aurez envie de lui parler avec authenticité, et non de répéter ce que je vous ai enseigné.

— Mais c'était une élève hors pair, à Tuttle ! Elle a obtenu des tas de bourses, là où j'étais un cancre sauvé par l'argent de papa.

— Vous avez changé, depuis. Si ça peut vous rassurer, je vous promets de vous lancer quelques perches faciles, mais je doute que ce sera nécessaire. Vous êtes un élève doué, Adrian.

— Ben tiens ! Vous dites ça pour pouvoir retourner au lit.

— J'ai très envie de terminer ma nuit, oui, mais il ne s'agit pas que de ça.

Il a fait mine de refermer la porte.

— Vous savez, la sorcière m'a juré de vous rendre la vue si j'arrivais à briser la malédiction.

Il a interrompu son geste.

— Vous le lui avez demandé ?

— Oui. Je tenais à faire quelque chose de sympa pour vous, puisque vous avez été si gentil avec moi.

— Merci.

— Vous comprenez pourquoi il est tellement important que je brille en classe. Alors, vous acceptez de me filer des tuyaux ? Elle m'a dit que si je me révélais trop nul, elle exigerait que nous étudiions séparément. Ça vous ferait double travail.

Il avait déjà dû y réfléchir, car il a répondu :

— Très bien. Jetez un coup d'œil au sonnet cinquante-quatre. Il vous plaira, je pense.

— Merci.

— Mais, Adrian ? Ayez l'obligeance de la laisser être la plus maligne aussi, parfois.

Il m'a claqué le battant au nez.

J'ai placé mon fauteuil devant les portes-fenêtres donnant sur la roseraie avant qu'elle n'arrive. Il m'avait fallu un moment pour décider si j'aurais meilleure allure en contraste avec la beauté des fleurs ou si, au contraire, elles souligneraient ma laideur. J'avais fini par me dire qu'il fallait qu'une chose au moins dans la pièce soit belle – et ce ne serait évidemment pas moi. Bien qu'on soit en juillet, je portais une chemise à manches longues signée Ralph Lauren, un jean et des baskets. Le monstre bon élève. J'avais un volume des sonnets de Shakespeare à la main et je relisais pour la vingtième fois le cinquante-quatrième, cependant que *Les Quatre Saisons* de Vivaldi jouaient en sourdine.

Toute cette mise en scène s'est délitée quand elle a frappé. Will n'étant pas encore arrivé, j'ai été obligé de me lever, gâchant mes arrangements pittoresques – d'accord, soyons honnêtes : mes arrangements destinés à me rendre très légèrement moins repoussant. Ne pouvant cependant pas la laisser poireauter dans le couloir, je suis allé lui ouvrir. Lentement. Afin de ne pas l'affoler.

Dans la lumière du matin, plus encore que la veille au soir, j'ai senti les efforts qu'elle déployait pour ne pas me regarder. Était-ce parce que le spectacle était trop dur à supporter, pareil en ça à une scène de crime ? Ou essayait-elle seulement d'être courtoise ? Je pensais que sa haine s'était effacée au profit de la pitié. Comment parviendrais-je à transformer celle-ci en amour ?

— Merci d'être venue, ai-je dit en l'invitant du geste, sans la toucher, à pénétrer dans la pièce. Je nous ai installés près de la serre.

J'avais en effet disposé une table de bois sombre à côté de la porte-fenêtre. J'ai tiré un fauteuil pour qu'elle s'asseye. Avant, je n'avais jamais été aussi galant avec une fille. Cependant, elle avait gagné la fenêtre.

— C'est merveilleux ! a-t-elle soufflé. Puis-je sortir ?

— Naturellement, ai-je répondu en la rejoignant aussitôt pour ouvrir l'espagnolette. Je vous en prie. Vous êtes ma première visiteuse. Je n'ai encore partagé mon jardin avec personne, si ce n'est avec Will et Magda. J'espère que...

Je me suis interrompu ; elle était déjà dehors. À l'instant où elle entrait au milieu des roses, les notes du *Printemps* ont retenti.

— Magnifique ! s'est-elle exclamée. Humez ça ! Ces parfums ! Chez vous !

— La serre est également vôtre. N'hésitez pas à y venir quand vous le souhaiterez.

— J'adore les jardins. Après les cours, j'aimais me rendre à Strawberry Fields[1], dans Central Park. J'y restais des heures à lire. C'était mieux que rentrer à la maison.

— Je comprends. Dommage que je ne puisse m'y rendre. J'en ai vu des photos sur Internet.

J'étais passé devant des milliers de fois, avant, sans daigner y jeter un coup d'œil. À présent, je le regrettais amèrement.

— Ne sont-elles pas adorables ? a-t-elle commenté en s'agenouillant devant un parterre de roses naines.

1. Situé à l'ouest de Central Park, au niveau de la 72e rue, ce jardin mémorial a été inauguré en 1985 en mémoire de John Lennon et baptisé d'après le titre d'une chanson des Beatles.

— Les jeunes filles aiment les choses miniatures, j'imagine. Personnellement, je préfère les rosiers grimpants. Ils passent leur vie à chercher la lumière.

— Je les trouve splendides aussi.

À mon tour, je me suis mis à genoux. J'ai désigné un autre rosier nain, jaune pâle, que j'avais planté un peu plus d'une semaine auparavant.

— Cette rose-ci s'appelle Little Linda.

Lindy m'a jeté un regard curieux.

— Toutes vos fleurs ont-elles un nom ?

J'ai ri.

— Ce n'est pas moi qui l'ai baptisée. Lorsqu'ils développent une nouvelle variété de roses, les horticulteurs lui attribuent un nom. Il se trouve que celle-ci se nomme Little Linda.

— Elle est parfaite, si délicate.

Elle a tendu la main vers les fleurs, heurtant la mienne au passage, ce qui a déclenché une décharge électrique dans tout mon corps.

— Mais résistante, ai-je dit en m'écartant avant qu'elle ne soit dégoûtée. Certaines des espèces miniatures sont plus solides que les roses thé. Voulez-vous que je cueille quelques-unes de ces homonymes pour votre chambre ?

— Il serait dommage de les couper. Peut-être...

Elle s'est interrompue, une fleur entre les doigts.

— Oui ?

— Je reviendrai peut-être les admirer.

Elle a dit qu'elle reviendrait. Peut-être seulement.

Juste à ce moment, Will est arrivé.

— Devinez qui est là, Will ? ai-je lancé comme si je ne l'avais pas prévenu. Lindy !

— Merveilleux ! Bienvenue, Lindy. J'espère que vous rendrez nos cours plus vivants. Avec Adrian comme unique élève, ils sont plutôt rasoir.

— Il faut être deux pour s'ennuyer, ai-je protesté.

Puis, comme je m'y attendais, il a lâché :

— Nous allons nous intéresser aux sonnets de Shakespeare, aujourd'hui. Je pensais commencer par le numéro cinquante-quatre.

— Avez-vous apporté votre livre ? ai-je demandé à Linda.

Elle a secoué la tête.

— Bien, ai-je aussitôt enchaîné, nous attendrons que vous alliez le chercher, n'est-ce pas, Will ? Ou alors, vous pourriez partagez le mien ?

Elle continuait de contempler la roseraie.

— Oui, partageons. Je penserai à prendre le mien demain.

Elle l'avait dit. Demain.

— D'accord.

J'ai poussé le volume de façon à ce qu'il soit plus près de son siège que du mien. Pas question qu'elle ait l'impression que j'en profitais pour me rapprocher d'elle. Même si c'était la vérité. J'aurais pu facilement l'effleurer, tout en laissant croire qu'il s'agissait d'un pur hasard.

— Voulez-vous bien lire à voix haute, Adrian ? m'a demandé Will.

Une perche, comme promis. Les profs avaient toujours loué mes talents de lecteur. Et puis, j'avais parcouru ce poème à de nombreuses reprises.

— Avec plaisir, ai-je répondu.

O how much more doth beauty beauteous seem
By that sweet ornament which truth doth give !
The rose looks fair, but fairer we it deem
For that sweet odour which doth in it live.

Ça n'a pas manqué. La proximité de Lindy m'a amené à trébucher sur « *beauty beauteous seem* ». Je n'en ai pas moins poursuivi :

The canker blooms have full as deep a dye
As the perfumèd tincture of the roses,
Hang on such thorns, and play as wantonly
When summer's breath their maskèd buds discloses ;
But for their virtue only is their show
They live unwooed and unrespected fade,
Die to themselves. Sweet roses do not so ;
Of their sweet deaths are sweetest odours made :
And so of you, beauteous and lovely youth,
When that shall vade, by verse distills your truth[1].

1. *Ah ! combien la beauté nous paraît embellie*
De ce tendre ornement qu'y met la loyauté !
Si la rose est jolie, on la tient plus jolie
Du doux parfum qui vit, en son sein abrité.
L'églantine se teint de couleurs aussi vives
Que la rose embaumée, et pend à ces buissons
Épineux tout autant, et joue aussi lascive
Quand l'haleine d'été démasque ses boutons ;
Mais sa seule vertu dans son aspect repose ;
Elle vit sans amour, sans égards se fanant,
Meurt en vain : mais la mort odorante des roses
Fait naître des parfums encore plus odorants.
Quand ta belle jeunesse ainsi sera fanée,
Ta loyauté sera dans ces vers distillée.
Shakespeare, *Œuvres complètes*, Gallimard, 1959,
traduction de Jean Fuzier.

Ma lecture terminée, j'ai jeté un coup d'œil à Lindy. Laquelle regardait ailleurs, cependant. Elle fixait, au-delà de la porte-fenêtre, les roses. *Mes* roses. Leur beauté compensait-elle ma laideur ?

— Adrian ?

Will avait dit quelque chose, l'avait répété, peut-être.

— Pardon. Oui ?

— Je vous demandais ce que la rose symbolisait dans ce poème.

L'ayant lu vingt fois, je pensais avoir la réponse. Pourtant, j'ai reculé, me rendant alors compte que j'avais envie que ce soit ma voisine qui brille.

— Qu'en pensez-vous, Lindy ?

— À mon avis, elle incarne la vérité, la constance, la loyauté. Shakespeare stipule que le parfum de la rose l'embellit de l'intérieur. Et qu'il subsiste après la mort des fleurs.

— L'églantine, elle, n'a pas d'odeur, ai-je rebondi. Elle est aussi belle que la rose, mais pas aussi vraie, ou aussi constante, pour reprendre le mot de Lindy. Ce n'est pas parce qu'une chose est belle qu'elle est bonne. Je crois que c'est la thèse de Shakespeare, ici.

Lindy m'a dévisagé comme si j'étais intelligent, pas seulement laid.

— Un être doué de beauté intérieure vivra éternellement, comme l'odeur des roses, a-t-elle renchéri.

— Le parfum des roses dure-t-il éternellement ? a objecté Will.

Elle a haussé les épaules.

— Un jour, quelqu'un m'a donné une rose, a-t-elle répondu.

Je l'ai mise à sécher entre les pages d'un livre. Elle a fini par ne plus sentir.

Il n'était pas difficile de deviner de quelle fleur elle parlait.

La matinée s'est écoulée rapidement, et bien que je n'aie pas étudié les autres sujets du cours à l'avance, j'ai réussi à ne pas me ridiculiser, tout en laissant le beau rôle à Lindy. Ce qui n'a pas été très compliqué.

À midi et demi, Will a dit :

— Déjeunerez-vous avec nous, Lindy ?

J'ai été soulagé qu'il ait posé la question à ma place. J'ai retenu mon souffle. Lui aussi, je crois.

— Comme à la cafétéria du lycée ? a-t-elle plaisanté. D'accord, avec plaisir.

Qui songerait que je n'avais pas préparé Magda à cette éventualité se tromperait lourdement. Je l'avais elle aussi réveillée à six heures. Elle s'était montrée mieux disposée que Will, et nous avions discuté du menu, excluant les plats comme la soupe, la salade, toutes choses que je risquais de manger comme un cochon à cause de mes griffes. Mon animalité me forçait à me comporter comme une bête à table, ce que je détestais. Je suis heureux d'annoncer, cependant, que je suis parvenu à me comporter en convive bien élevé, et nous avons poursuivi nos cours dans l'après-midi également.

Ce soir-là, au lit, je me suis remémoré l'instant où sa main avait frôlé la mienne. Je me suis demandé à quoi cela ressemblerait si elle ne me touchait pas par accident, si, peut-être, elle m'autorisait à la toucher aussi.

M. Anderson : Merci d'être là. Cette semaine, nous allons évoquer la transformation et la nourriture.

Monsterkid : Mais je voulais vous parler d'une fille. J'en ai une. On est amis, mais je crois qu'on pourrait devenir plus.

GrizzlyGuy vient de se connecter.

Froggie : Salut, Grizz !

GrizzlyGuy : J'ai un scoop ! Je suis humain ! Je ne suis plus ours !

Monsterkid : Ah bon ?

Froggie : Félicitations.

Monsterkid : <– Suis très jaloux.

GrizzlyGuy : La fille qui s'appelle Blanche-Neige (pas la Blanche-Neige) m'a accompagné dans la forêt quand elle et sa sœur ont quitté leur résidence d'été. Elle a vu le méchant nain qui m'avait envoûté et m'a aidé à le tuer.

Froggie : Tu as tué un nain ?!

GrizzlyGuy : Méchant, le nain.

Froggie : Qd même...

GrizzlyGuy : Ce n'était pas un crime, car j'étais encore ours.

Mutique vient de se connecter.

Mutique : J'ai peur d'avoir de très mauvaises nouvelles.

Froggie : Grizz est redevenu humain !

Mutique : C'est formidable. Malheureusement, tout ne s'est pas aussi bien passé pour moi.

Monsterkid : Qu'est-il arrivé, Mutique ?

Mutique : Eh bien, je croyais que tout se passait comme sur des roulettes. Il m'a dit que je lui rappelais la fille qui lui avait sauvé la vie (évidemment, puisque c'était moi) et que, malgré ses parents qui voulaient qu'il en épouse une autre, riche, il préférait être avec moi.

GrizzlyGuy : Génial ! Je suis sûr que ça va marcher, vous 2.

Monsterkid : C sûr ! Il se fiche de l'autre.

Mutique : C'est bien le problème, justement. Il ne s'en fiche pas. Ses parents ont dit qu'elle, au moins, n'était pas muette. Ils ont organisé un rendez-vous. Et, accrochez-vous, maintenant il croit qu'elle est celle qui lui a sauvé la vie. Comme je ne peux pas parler, je ne suis pas en mesure de lui prouver le contraire.

M. Anderson : Je suis désolé, Mutique.

Mutique : Je les ai vus s'embrasser. J'ai échoué.

Monsterkid : #@*!

Monsterkid : Navré. N'as-tu pas d'autre moyen de briser le sortilège, Mutique ?

Mutique : Mes sœurs ont essayé d'aller voir la sorcière marine pour qu'elle me délivre de notre accord. Elles lui ont offert leurs cheveux et tout ce qu'elles avaient. Mais l'autre a dit que la seule façon de me délivrer de ma parole était de le tuer.

`Froggie : Tu vas le faire ?`

Monsterkid : Demande à GrizzlyGuy de t'aider. Lui et sa copine ont tué un nain.

GrizzlyGuy : Ce n'est pas drôle, Monster.

Monsterkid : Excuse, Grizz. Quand je suis bouleversé, je recours au sarcasme.

Mutique : Je te comprends, Monster. Tous, vous avez été des amis merveilleux.

Froggie : Avons été ? Alors tu vas pas le faire.

Mutique : C'est au-dessus de mes forces, Froggie. Je ne peux pas le tuer. Je l'aime trop. J'ai commis une erreur.

Monsterkid : 1 instant ! Es-tu en train de dire que tu vas finir en écume ?

Mutique : On m'a dit que dans 300 ans l'écume que je serai devenue monterait au ciel.

Froggie : 300 ? C rien.

GrizzlyGuy : Frog a raison. Ça passe aussi vite qu'1 ou 2 jours, tu verras.

Mutique : Je vais y aller. Merci pour tout. Au revoir.

Mutique s'est déconnectée.

Monsterkid : Je n'en reviens pas.

Froggie : Moi non +

GrizzlyGuy : Je ne suis plus d'humeur à chatter, aujourd'hui.

M. Anderson : Ajournons la séance, alors. À la prochaine.

CINQUIÈME PARTIE

INSTANTANÉS, AUTOMNE ET HIVER

1.

Derrière les fenêtres closes, les feuilles ont commencé à tomber. À l'intérieur, tout est resté immuable. Sauf Lindy et moi. Nous avons changé. À force d'étudier avec elle, j'ai découvert que si elle était brillante, je n'étais pas complètement nul. J'avais le sentiment que sa haine s'était effacée... peut-être. Qu'elle m'appréciait, même. Peut-être.

Une nuit, un orage s'est abattu sur la ville. Une véritable tempête, avec des éclairs vibrant comme des rideaux métalliques et des roulements de tonnerre bien trop proches. Le déluge a secoué le monde, a ébranlé mon lit et m'a réveillé. En titubant, je suis monté au salon. Je n'étais pas le seul.

— Adrian !

Lindy était assise sur le canapé, dans le noir. Loin de la fenêtre, elle contemplait la rue illuminée.

— J'ai eu peur. On aurait dit des coups de feu.

Je me suis demandé si, là où elle habitait autrefois, il lui était arrivé d'entendre des fusillades.

— Ce n'est que la foudre, l'ai-je rassurée. Cette vieille baraque est solide. Tu ne risques rien.

(Oui, nous étions passés au tutoiement depuis un petit moment. Après tout, nous avions le même âge.)

— Je n'ai pas toujours vécu dans des endroits sûrs.

— J'ai remarqué que tu avais choisi la place la plus éloignée de la fenêtre.

— Tu me trouves sotte, hein ?

— Pas du tout. Je suis monté moi aussi, non ? Le bruit m'a tiré du sommeil. Je comptais me faire du pop-corn et voir s'il y avait quelque chose à la télévision. Ça te tente ?

Prudemment, je me suis rendu dans la cuisine, estimant qu'il valait mieux que je m'éloigne, afin de ne pas l'affoler par ma proximité. C'était la première fois que nous nous retrouvions en tête à tête depuis sa visite de la roseraie. Will était toujours présent pendant les cours, et Magda nous rejoignait aux repas. Alors que tous deux dormaient, je voulais qu'elle comprenne que j'étais digne de sa confiance. Je refusais de mettre en péril le fragile équilibre auquel nous étions parvenus.

— Oui, merci, a-t-elle répondu. Tu peux préparer deux sachets ? J'adore le pop-corn.

— Pas de souci.

Pendant que je m'activais près du micro-ondes, elle a allumé la télé et zappé avant de tomber sur un vieux film, *The Princess Bride*.

— Il est excellent ! ai-je lancé depuis la cuisine.

— Je ne l'ai pas vu.

— Il te plaira, je pense. Il est tous publics. Les scènes de cape et d'épée pour moi, les princesses pour toi.

J'ai sorti le premier paquet du four.

— Désolé, ai-je enchaîné, ma remarque était sexiste.

— Ne t'inquiète pas, je suis une fille. Toutes les filles, quel que soit leur milieu, sont passées par le stade où elles s'imaginent princesses. Et j'aime l'idée du « Ils se marièrent et eurent beaucoup d'enfants. »

Elle a commencé à regarder le film, pendant que je contemplais la deuxième fournée de pop-corn exploser tout en me demandant comment le servir : dans un seul plat creux pour nous deux, comme l'aurait fait Magda autrefois quand j'avais des invitées, ou en laissant à chacun sa portion ?

— Je les mets dans un saladier ? ai-je fini par demander.

Je ne savais même pas où Magda les rangeait. Quel débile !

— Non, ne t'embête pas.

— Ça ne m'embête pas.

Néanmoins, j'ai renoncé à chercher un plat, j'ai ouvert les sachets et je les ai apportés dans le salon. Après tout, Lindy souhaitait sans doute éviter que nos doigts se frôlent, et ce n'est pas moi qui le lui reprocherais. Je me suis installé sur le canapé, à une cinquantaine de centimètres d'elle. On en était à la scène où Westley, un pirate, défie l'assassin Vizzini à un duel de l'esprit. *Tu viens de commettre une gaffe des plus classiques !* lançait le tueur à l'écran. *Apprends qu'il ne faut jamais provoquer un Sicilien, surtout quand la mort est en jeu !*

Le temps que Vizzini meure, j'avais terminé mon pop-corn et posé l'emballage par terre. J'en aurais bien mangé un deuxième. Apparemment, le monstre en moi n'était jamais rassasié. Si je retrouvais mon corps, serais-je devenu gras ?

— Tu veux du mien ? m'a proposé Lindy.

— Non, merci. Tu as dit que tu en raffolais.

— Certes, mais je peux partager.

Elle m'a tendu son paquet.

— D'accord.

Je me suis rapproché d'elle. Elle ne s'est pas mise à hurler, n'a pas fui. Je me suis octroyé une bonne poignée en espérant que mes griffes maladroites ne laisseraient rien tomber. À cet instant, un formidable coup de tonnerre a résonné, et Lindy a sursauté, répandant la moitié de ses réserves sur les coussins.

— Oh, désolée !

— Ce n'est pas grave, l'ai-je réconfortée en ramassant le plus gros des dégâts. On nettoiera ça demain matin.

— C'est juste que j'ai très peur de l'orage. Quand j'étais petite, mon père avait l'habitude de sortir après que j'étais endormie. Si un bruit me réveillait et que je ne le trouvais pas à la maison, j'étais terrifiée.

— Ça n'a pas dû être facile. Mes parents me disputaient quand je me levais la nuit à cause d'un cauchemar. Ils m'ordonnaient d'être courageux, bref, de leur fiche la paix.

Je lui ai rendu son sachet.

— Tiens, finis.

— Merci. Je…

— Oui ?

— Rien… merci pour le pop-corn.

Elle était si près de moi que je l'entendais respirer. J'avais envie de me rapprocher encore, mais je me le suis interdit. Assis dans la pénombre bleutée de la télévision, nous avons continué à regarder le film en silence. Ce n'est qu'à la fin que je me suis rendu compte qu'elle s'était assoupie. La tempête s'était calmée, et j'avais envie de rester là à contempler Lindy dans son sommeil, à l'admirer comme j'admirais mes roses. Sauf que, si elle se réveillait, elle trouverait mon comportement étrange. Elle me jugeait déjà assez bizarre pour que je n'en rajoute pas.

J'ai éteint la télévision, plongeant la pièce dans une obscurité intense. Prenant Lindy dans mes bras, je l'ai portée vers sa chambre. Elle a repris conscience à mi-chemin de l'escalier sombre.

— Qu'est-ce que...

— Tu t'es endormie, je te portais chez toi. Ne t'inquiète pas, je ne compte ni t'attaquer ni te laisser tomber.

Elle ne pesait presque rien. Le monstre était costaud.

— Je peux marcher, a-t-elle objecté.

— Si tu y tiens, d'accord. Tu n'es pas fatiguée ?

— Si, un peu.

— Aie confiance en moi.

— J'ai confiance. J'ai réfléchi, tu sais, et je me suis dit que si tu avais voulu m'agresser, tu l'aurais déjà fait.

Qu'elle ait envisagé cette éventualité a déclenché un frisson en moi.

— Loin de moi cette idée. Je ne peux pas t'expliquer pourquoi je te veux ici, mais je ne nourris aucune intention nuisible.

— Je comprends.

Elle s'est blottie dans mes bras, tête contre mon torse. Une fois devant sa porte, je me suis débattu avec la poignée, et elle l'a attrapée pour moi, en murmurant :

— Personne ne m'a jamais portée. Ou alors, je ne m'en souviens pas.

— Je suis très fort, ai-je répondu en resserrant mon étreinte.

Ensuite, elle n'a plus prononcé un mot. Elle avait replongé dans le sommeil. Confiante. À tâtons, j'ai gagné sa chambre. Ce devait être ainsi tout le temps, pour Will – être prudent, espérer ne pas tomber sur un obstacle. Quand j'ai atteint le lit, je l'ai couchée avant de ramener doucement la couette sur elle. Là dans le noir, j'ai eu envie de l'embrasser. Cela faisait si longtemps que je n'avais touché personne. Il aurait été cependant mal de profiter de son inconscience. Et puis, si je la réveillais, elle risquait de ne jamais me pardonner ce geste.

— Bonne nuit, Lindy, ai-je chuchoté.

J'ai tourné les talons. À la porte, sa voix m'a arrêté.

— Adrian ? Bonne nuit.

— Bonne nuit, Lindy. Et merci d'avoir passé du temps en ma compagnie. C'était très gentil.

— Gentil, a-t-elle répété en remuant sur le lit (peut-être pour se retourner). Étrange. Dans le noir, j'ai l'impression d'avoir déjà entendu tes intonations.

2.

Le temps est devenu froid et humide. J'arrive à pouvoir parler à Lindy sans m'inquiéter de chaque mot que je prononçais. Un jour, après un de nos cours, elle m'a demandé :

— Qu'y a-t-il, au dernier étage ?

— Quoi ?

J'avais parfaitement saisi sa question, mais j'essayais de gagner du temps, de trouver une réponse adéquate. Je n'étais pas monté là-haut depuis son arrivée. À mes yeux, le quatrième étage était synonyme de désespoir ; je me revoyais près de la fenêtre, plongé dans *Notre-Dame de Paris*, submergé par un sentiment de solitude aussi violent que celui qu'éprouvait Quasimodo. Je ne tenais pas à y retourner.

— Le dernier étage, a-t-elle insisté. Tu vis au rez-de-chaussée, la cuisine et le salon sont au premier, moi au deuxième, Will et Magda au troisième. Et au quatrième ?

— Il n'y a rien, ai-je lancé avec une feinte désinvolture. Juste des caisses, de vieux trucs mis au rebut.

— Voilà qui paraît intéressant. On peut aller jeter un coup d'œil ?

— Mais ce ne sont que des cartons, ça n'a aucun intérêt ! La poussière te fera éternuer.

— Sais-tu ce que contiennent ces cartons ?

J'ai secoué la tête.

— C'est ça qui est intéressant, a-t-elle poursuivi. Et si on trouvait un trésor ?

— À Brooklyn ?

— Bon, d'accord, peut-être pas un vrai trésor, mais des choses comme des lettres et des photos.

— Des vieilleries, quoi.

— Je peux y aller toute seule, tu sais ? Du moment que ces affaires ne t'appartiennent pas.

Je me suis résolu à l'accompagner, même si cet étage sous le toit me remplissait de crainte au point de me flanquer un mauvais goût dans la bouche. Mais je voulais passer du temps avec elle.

— Regarde ! s'est-elle exclamée. Il y a un canapé près de la fenêtre.

— Oui, ce n'est pas mal, de s'y asseoir pour observer le spectacle de la rue. Enfin, pour qui vivait là autrefois.

Elle s'est perchée sur le divan. *Mon* divan. J'en ai été ému. Le monde extérieur devait lui manquer.

— Tu as raison ! On voit jusqu'au métro. C'est quelle station ?

— On peut contempler les gens qui partent au travail le matin et en reviennent le soir.

Houps ! J'avais parlé trop vite. Quand elle m'a dévisagé d'un air interrogateur, je me suis dépêché de préciser :

— Non que ce me soit jamais arrivé.

— Tu as eu tort. Je l'aurais fait, à ta place. Je te parie que les anciens propriétaires passaient leur temps à ça. D'ici, on a une vue imprenable.

Elle s'est penchée pour mieux en profiter. Je l'ai fixée des yeux, m'arrêtant sur la façon dont sa tresse cuivrée tombait lourdement dans son dos et virait à l'or sous le soleil de l'après-midi, m'attardant sur les taches de rousseur qui piquetaient sa peau laiteuse. Ces taches apparaissaient-elles d'un seul coup ou peu à peu ? Récemment, j'avais remarqué l'expression de ses prunelles gris pâle qu'entouraient des cils très clairs. Je m'étais fait la réflexion qu'elles exprimaient la bonté. Mais un regard pouvait-il être assez bon pour pardonner ma monstruosité ?

— Alors, on les fouille, ces cartons ? ai-je suggéré en désignant les piles appuyées contre les murs.

— Oui, bien sûr, a-t-elle acquiescé, avec un brin de regret cependant.

— Le spectacle devient plus intéressant à partir de dix-sept heures, quand les gens rentrent du boulot, ai-je lancé. Oui, ai-je avoué devant son air interrogateur, il m'est arrivé de m'asseoir ici… à une ou deux reprises…

— Je vois.

Elle a ouvert un premier carton, rempli de livres. Elle avait beau en posséder des centaines, sa découverte l'a enthousiasmée.

— Vise un peu ! *Une petite princesse*, de Frances Hodgson Burnett ! C'était mon bouquin préféré, à dix ans !

Je l'ai rejointe pour jeter un coup d'œil. Pourquoi les filles s'excitaient-elles pour des trucs aussi nuls ? Peu après, elle a poussé un cri encore plus fort, et j'ai eu peur qu'elle ne se soit blessée. Pas du tout.

— *Jane Eyre* ! a-t-elle piaillé. Une de mes lectures d'élection depuis toujours !

Je me suis souvenu que c'était l'ouvrage dans lequel elle était plongée, la première fois que je l'avais épiée à travers le miroir.

— Décidément, tu as de nombreux favoris, ai-je plaisanté. Ne l'as-tu pas déjà assez lu ?

— Peut-être, mais celui-ci est différent.

Je me suis emparé du volume qu'elle me tendait. Il en émanait une odeur rappelant celle du métro. Daté de 1943, il comportait des illustrations en noir et blanc sur de pleines pages. Je me suis arrêté à un dessin représentant un couple en train de s'embrasser sous un arbre.

— Je n'avais encore jamais vu de livre illustré pour adultes, ai-je marmonné. Plutôt cool.

— J'adore ce roman, a-t-elle décrété en me le reprenant. J'adore sa façon de démontrer que, quand deux personnes sont destinées l'une à l'autre, elles seront réunies, quoi qu'il arrive, quels que soient les événements les ayant séparées. Qu'il y a quelque chose de magique dans l'amour.

J'ai songé à notre rencontre au bal de Tuttle, à ce que j'avais découvert d'elle à travers le miroir, à sa présence ici et maintenant. Était-ce de la magie ? Un tour de passe-passe à la Kendra ? Ou juste le hasard ? Bien que convaincu de l'existence de la magie, j'ignorais si elle fonctionnait pour tout.

— Parce que tu crois à la magie, toi ? ai-je demandé.

Son visage s'est renfrogné, comme si elle pensait à autre chose.

— Je ne sais pas.

— J'aime bien les illustrations, ai-je reconnu après un nouveau regard au livre.

— Ne rendent-elles pas merveilleusement bien l'atmosphère du roman ?

— Aucune idée, je ne l'ai pas lu. C'est un truc pour filles, non ?

— Tu ne l'as pas lu ? C'est une blague ?!

J'ai deviné ce qui allait suivre. Ça n'a pas raté.

— Eh bien, il faut absolument que tu t'y mettes. C'est la plus belle œuvre du monde. Un histoire d'amour. Je m'y replongeais chaque fois que nous avions une coupure d'électricité. C'est le bouquin idéal pour une lecture aux chandelles.

— Des coupures d'électricité ?

— Ça nous arrivait plus souvent qu'aux autres, j'imagine, a-t-elle éludé en haussant les épaules. Des fois, mon père avait d'autres soucis en tête que s'acquitter de ses factures.

Comme se bourrer le pif ou se piquer les veines. Tout le monde a ses priorités. Une fois encore, j'ai été frappé par ce qui nous unissait, elle et moi, par la ressemblance entre nos géniteurs, le mien entièrement voué au travail, le sien à la drogue. J'ai récupéré *Jane Eyre*, conscient que j'allais lui consacrer ma prochaine nuit.

Nous sommes passés à d'autres cartons. Le suivant était plein d'albums et d'articles de journaux consacrés à une actrice nommée Ida Dunleavy. Il y avait également des affiches (Ida Dunleavy jouant Portia dans *Le Marchand de Venise* de Shakespeare, Ida Dunleavy dans *L'École de la médisance*, de Sheridan) et des critiques.

— Écoute ça, m'a dit Lindy. « Ida Dunleavy restera dans nos

mémoires comme l'une des plus grandes actrices de théâtre de notre époque. »

— Il faut croire que non, ai-je répliqué, je n'en ai jamais entendu parler.

Le papier datait de 1924.

— Elle était ravissante, a poursuivi Lindy en me montrant une autre coupure de presse.

C'était la photo d'une belle brune vêtue d'une robe d'autrefois. L'entrefilet suivant mentionnait un mariage. « La comédienne Ida Dunleavy épouse le banquier de tout premier plan Stanford Williams. » Ensuite, les journalistes cessaient de parler de pièces pour annoncer des naissances. Eugene Dunleavy Williams en 1927, Wilbur Stanford Williams en 1929. Ces faire-part étaient adornés de lettres tarabiscotées et de mèches de cheveux dorés. Un entrefilet de 1930 disait : « Suicide du banquier Stanford Williams ».

— Il s'est tué, a murmuré Lindy. Il a sauté par la fenêtre. Pauvre Ida !

— Sûrement un de ces types ruinés par la crise de 1929.

— Penses-tu qu'ils habitaient dans cette maison ?

— Eux, ou leurs enfants et petits-enfants.

— C'est tellement triste.

Lindy a feuilleté l'album jusqu'au bout. Il y avait quelques notices supplémentaires sur Stanford, une photo de deux garçonnets de trois ou quatre ans, puis plus rien. Reposant le volume, elle a plongé les mains dans le carton. Elle en a sorti une grande boîte, l'a ouverte, en a tiré des poignées de papier de soie – lequel s'est aussitôt réduit en poussière. Elle a fini par mettre au jour une robe en satin, d'un vert hésitant entre la couleur de la menthe et celle des billets américains.

— Regarde ! s'est-elle écriée. C'est la tenue que porte Ida sur ce cliché !

Elle l'a tenue devant elle. La robe semblait à sa taille.

— Tu devrais l'essayer.

— Oh, elle ne m'ira jamais.

Cependant, elle n'arrivait pas à s'en détacher, tripotait la dentelle jaunie du col. Mis à part quelques perles qui pendaient au bout de fils tirés, le vêtement paraissait en plutôt bon état.

— Vas-y, l'ai-je encouragée. Tu n'as qu'à descendre, si ma présence t'embarrasse.

— Ce n'est pas ça.

N'empêche, elle a virevolté sur ses pieds et a disparu dans l'escalier. Je me suis approché de la pile de vieilles affaires, décidé à dénicher quelque chose de sympa à lui montrer quand elle remonterait. Dans un carton à chapeaux, j'ai trouvé un gibus. Je l'ai essayé, mais il ne tenait pas en place, sur ma grosse tête de monstre. Je l'ai caché derrière le canapé. J'ai également repêché un foulard de soirée et une paire de gants. Ces derniers m'allaient en tirant un peu dessus. Stanford devait avoir de grandes mains. Ouvrant un nouveau carton, j'ai découvert un gramophone Victrola à manivelle et des disques. Je m'apprêtais à les sortir quand Lindy a resurgi.

J'avais eu raison à propos de la robe, qui lui seyait comme si elle avait été cousue à même son corps. J'étais parti du principe que celui-ci n'avait rien d'extraordinaire, dans la mesure où elle le cachait d'ordinaire sous des pulls et des pantalons larges. À présent que chacune de ses courbes était moulée dans le satin et la dentelle, j'avais du mal à en détacher mon regard. Quant à ses yeux, que j'avais crus gris, ils étaient maintenant du même vert que celui du vêtement. C'était peut-être dû à la rareté de la gent féminine autour de moi ces derniers temps, mais je l'ai trouvée sexy. S'était-elle transformée autant que moi ou avait-elle toujours été ainsi sans que je m'en aperçoive ?

— Dénoue tes cheveux, lui ai-je lancé sans réfléchir.

N'était-ce pas un drôle d'ordre ? Quoi qu'il en soit, elle a obtempéré, tout en grimaçant cependant. Sa crinière rousse s'est répandue sur ses épaules, telle une cascade de feu. J'en suis resté ébahi.

— Mon Dieu ! ai-je soufflé. Que tu es belle, Lindy !

— C'est ça ! s'est-elle esclaffée. Tu me complimentes seulement parce que…

— Parce que je suis laid ? ai-je terminé à sa place.

— Non, ce n'est pas ce que je voulais dire.

Elle s'est empourprée, néanmoins.

— Ne te bile pas. Je sais que je suis hideux. Comment cela pourrait-il m'échapper ?

— Non, je te jure. Je signalais juste que tu me trouves jolie parce que tu ne connais pas d'autres filles, des filles vraiment belles.

— Tu es belle, ai-je répété.

Je me suis imaginé la touchant, j'ai imaginé les sensations que me procurerait le glissement de mes mains sur le satin froid enveloppant la chaleur de son corps. Stop ! Je devais me contrôler. Si elle se doutait de la violence de mon désir, elle risquait de s'affoler. Je lui ai tendu un miroir – le miroir de Kendra. Tandis qu'elle examinait son reflet, je l'ai détaillée des yeux, furtivement, m'attardant sur les boucles cuivrées qui tombaient dans son dos. Elle s'était maquillée, une touche de rouge à lèvres cerise et de blush rose. Une première. C'était en l'honneur de la robe, naturellement, pas de moi.

— Il y a un vieux Victrola dans un carton, ai-je annoncé. On pourrait voir s'il fonctionne ?

— Vraiment ? s'est-elle exclamée en tapant des mains. Ce serait chouette !

Je lui ai montré un petit disque épais, marqué d'une étiquette : *Le Beau Danube bleu*.

— Je crois que ça se met comme ça, ai-je marmonné en posant l'aiguille sur le microsillon. Ensuite, tu tournes la manivelle.

Malheureusement, l'engin n'a émis aucun son. D'abord déçue, Lindy a éclaté de rire.

— De toute façon, je ne sais pas valser.

— Moi si. Mon co...

Je me suis interrompu, sur le point de révéler que mon copain Trey m'avait traîné à un cours de danse de salon que sa mère l'avait obligé à suivre dans leur club de loisirs quand il avait onze ans. Par bonheur, je me suis retenu à temps.

— J'ai vu une leçon de danse, un jour à la télé. Je pourrais t'apprendre, ce n'est pas difficile.

— Pour toi.

— Pour toi aussi.

Enfiler les gants avait été une bonne idée. Si je désirais toucher Lindy, je ne voulais pas que mes pattes d'animal la dégoûtent.

— M'accorderez-vous cette danse ? ai-je lancé en tendant une main gantée.

— Je fais quoi, moi ? a-t-elle répondu, l'air perdu.

— Prends ma main.

Elle a obéi et, l'espace d'une seconde, je suis resté figé sur place, comme un imbécile.

— Et ma deuxième main, je la place où ? a-t-elle demandé.

— Euh… sur mon épaule. Quant à la mienne…

Je l'ai glissée sur sa taille, tout en évitant de regarder ma cavalière.

— Et maintenant, ai-je repris, reproduis mes mouvements. Un, deux, trois.

Elle a tenté de suivre, en vain.

— Attends.

Je l'ai serrée contre moi plus que nécessaire, de façon à ce que sa jambe soit collée à la mienne. Mes nerfs, mes muscles, tous sans exception, se sont tendus, et j'ai prié pour qu'elle ne s'aperçoive pas que les battements de mon cœur s'étaient accélérés. Je l'ai entraînée, guidant ses pas et, après quelques essais, elle a pigé le truc.

— Il n'y a pas de musique, s'est-elle plainte.

— Si, ai-je objecté.

Sur ce, j'en commencé à fredonner *Le Beau Danube bleu*, et nous avons évolué dans la pièce, nous éloignant peu à peu des cartons. Notre maladresse m'a forcé à me plaquer davantage à elle, ce qui ne m'a pas gêné le moins du monde. Elle s'était également parfumée. Entre son odeur et la chanson, j'étais comme étourdi. Je n'en ai pas moins continué à valser, je lui ai appris comment tourner sans perdre la cadence, regrettant de ne pas avoir mémorisé la mélodie dans son intégralité. Une fois à court de notes, il a bien fallu que je m'arrête.

— Vous dansez divinement, chère Ida, ai-je lancé.

Non mais quel crétin !

Riant, elle m'a lâché, sans s'éloigner de moi cependant.

— Je n'ai jamais rencontré quelqu'un qui te ressemblait, Adrian.

— J'imagine, en effet.

— Non, je veux dire que je n'ai jamais eu d'ami comme toi.

« Ami. » Elle avait prononcé le mot, qui valait mille fois mieux que ses termes précédents – « ravisseur », « geôlier ». Mais ça ne suffisait pas. Je voulais plus. Pas seulement à cause du sortilège, d'ailleurs. Je désirais tout d'elle. La seule raison expliquant que nous ne nous soyons pas embrassés à cet instant était ma monstruosité. Cela m'a-t-il perturbé ? Bien sûr. Mais si je poursuivais mes efforts, elle finirait peut-être par l'oublier et voir celui que j'étais en réalité. Le problème étant que je ne savais plus qui j'étais réellement. J'avais été transformé, non seulement dans mon corps mais dans tout mon être.

— Je t'ai détesté de m'avoir obligée à habiter ici, a-t-elle enchaîné.

— Je sais. Il le fallait. Il m'était impossible de vivre seul plus longtemps. C'est la seule…

— Crois-tu que je l'ai pas deviné ? Ta solitude a dû être épouvantable, je le sens.

— Vraiment ?

Elle a acquiescé, ce que j'ai regretté. Comme j'ai presque regretté de ne pas être en mesure de la libérer, et qu'elle proteste : « Non. Je reste. Pas parce que tu m'y contrains, ni parce que j'ai pitié de toi, mais parce que j'ai envie d'être ici avec toi. » J'étais conscient que je ne pouvais agir ainsi, ni elle s'exprimer ainsi. Je me suis demandé pourquoi elle ne me suppliait pas de la laisser partir. Était-ce parce qu'elle ne le souhaitait plus ? Parce qu'elle était heureuse ? Je n'osais l'espérer. Et pourtant, il y avait ce parfum, ce parfum qu'elle n'avait encore jamais mis. Alors, un jour peut-être...

— Adrian ? Pourquoi es-tu... comme ça ?

— Comme quoi ?

— Rien. Excuse-moi.

Elle s'est détournée.

— Je suis né ainsi, ai-je menti. Le spectacle est-il réellement intolérable ?

Un instant, elle n'a pas répondu, ne m'a pas regardé. L'espace d'une seconde, j'ai eu l'impression qu'elle comme moi cessions de respirer. Et que tout était fini. Gâché.

— Non, a-t-elle cependant fini par murmurer.

Nous avons recommencé à respirer.

— Ton allure m'indiffère, a-t-elle poursuivi. Je m'y suis habituée. Tu as été tellement bon avec moi, Adrian.

— Je suis ton ami.

Nous avons traîné au dernier étage tout l'après-midi, oubliant complètement nos devoirs.

— Je demanderai à Will de retarder le cours de demain, ai-je blagué. J'ai le bras long.

En fin de journée, Lindy a retiré la robe verte, l'a repliée et rangée dans sa boîte. Cette nuit-là, je suis remonté en douce là-haut, à la lueur de la lune, et j'ai redescendu la tenue au rez-de-chaussée. Je l'ai glissée sous mon oreiller. L'arôme ténu du parfum de Lindy était parfaitement accessible à mon nez bestial. Je me suis rappelé avoir lu quelque part que l'odorat était – parmi les sens – celui le plus relié à la mémoire. Le visage plaqué contre la robe, j'ai rêvé que je tenais Lindy dans mes bras, que je l'amenais à me désirer. C'était impossible. Elle avait dit que j'étais son ami.

Cependant, le lendemain matin au petit déjeuner, ses cheveux dénoués luisaient sur ses épaules, un soupçon de son parfum m'a titillé les narines.

Alors, je me suis pris à espérer.

3.

Lindy habitait deux étages au-dessus de moi. La savoir là-haut, dans la même maison, endormie seule, me rendait fébrile. La nuit, j'avais presque l'impression de sentir son corps se glisser entre les draps blancs et frais. Je souhaitais connaître la moindre de ses taches de rousseur. Ma propre literie était trop chaude, me démangeait, j'en transpirais parfois. Allongé sur ma couche, je l'imaginais sur la sienne, la désirais violemment. Je m'endormais en pensant à elle, me réveillais trempé de sueur, les couvertures entortillées autour de mes jambes. Je m'imaginais m'enrouler autour d'elle. J'avais envie de la caresser. J'avais perçu la douceur de sa peau le jour où elle avait essayé la robe. J'ignorais comment, mais je savais que cette infinie douceur compenserait mes propres défauts.

— Dommage que nous ne puissions pas aller au lycée

ensemble, a un jour lâché Lindy après nos cours. Mon ancien lycée, s'entend.

Certes, elle affirmait son désir de s'échapper d'ici, mais elle exprimait également que je sois avec elle.

— M'y serais-je plu ? ai-je demandé.

C'était la fin d'après-midi. J'avais impudemment ouvert les volets, et la lumière jouait dans ses cheveux, les colorant d'or. Bien que mourant d'envie de les effleurer, je me suis abstenu.

— Sans doute pas, a-t-elle répondu après un instant de réflexion. Les élèves sont tous de riches prétentieux. Je n'ai jamais réussi à m'intégrer.

Moi, si. Ce qui m'étonnait, à présent.

— Quelle serait la réaction de tes amis s'ils me voyaient ?

— Je n'avais pas d'amis. (Elle a souri.) En revanche, je suis à peu près sûre que tu poserais un problème aux parents d'élèves.

J'ai ri, rien qu'à l'idée. Cela allait de soi. Je savais très exactement à qui elle faisait allusion – à ces parents qui participaient à toutes les réunions, s'impliquaient, se portaient volontaires et se plaignaient de tout. Confrontés à ma présence, ils n'auraient pas manqué de protester. J'ai aidé Lindy à rassembler ses livres.

— Je devine ce qu'ils diraient lors d'un conseil d'administration : « Je ne veux pas d'un monstre dans l'établissement de mon enfant ! Votre lycée me coûte les yeux de la tête, alors merci de ne pas y accepter de tels phénomènes ! »

— Oui ! s'est-elle esclaffée.

Délaissant ses cahiers, elle a gagné la serre. Telle était notre routine quotidienne. Après les leçons du matin, nous déjeunions, puis lisions et discutions de nos lectures, l'équivalent des devoirs pour des personnes qui ne sortaient pas de chez elles. Ensuite, nous nous promenions dans la roseraie, et Lindy m'aidait à mes diverses tâches de jardinier.

— Nous pourrons travailler ici, maintenant qu'il fait moins chaud, ai-je proposé.

— J'adorerais ça.

— As-tu besoin de fleurs ?

Je lui posais la question tous les jours. Quand les bouquets de sa chambre avaient fané, nous en cueillions de nouveaux. C'était-là le seul présent que j'étais en mesure de lui offrir, et l'unique chose qu'elle acceptait de ma part. Il m'était arrivé de lui proposer d'autres cadeaux, elle avait toujours refusé.

— Oui, merci. Si tu es certain qu'elles ne te manqueront pas.

— Elles me manqueront, mais je suis heureux que tu en profites aussi. Il me plaît d'avoir quelqu'un avec qui les partager.

Nous étions devant un rosier thé blanc. Elle a souri.

— Je comprends, Adrian. La solitude m'est familière. J'en ai souffert toute ma vie. Jusqu'à ce que…

— Oui ?

— Non, rien. J'ai oublié ce que je voulais dire.

Ç'a été mon tour de sourire.

— OK. Quelle couleur te tente, aujourd'hui ? Tu as pris des rouges, la dernière fois, me semble-t-il. Malheureusement, elles ne durent pas.

Elle s'est penchée pour caresser un pétale immaculé.

— Tu sais, j'ai été très amoureuse d'un garçon, au lycée que je fréquentais.

— Ah bon ?

Ses mots m'ont semblé aussi menaçants qu'un pic à glace, et je me suis demandé si je connaissais le chanceux.

— À quoi ressemblait-il ?

— Il était parfait, a-t-elle murmuré en riant. Le tombeur habituel, j'imagine. Beau, populaire. Je le trouvais intelligent aussi, mais c'était peut-être simplement parce que je souhaitais qu'il le soit. Je me serais reprochée d'aimer quelqu'un rien que pour sa beauté. Tu sais ce que c'est.

Je me suis détourné, fuyant la vision de ma grosse patte sur les roses. Entre les fleurs et la mention de ce mec, je me sentais particulièrement hideux.

— C'est étrange, a-t-elle repris. Les gens attachent tant d'importance à l'apparence. N'empêche, au bout d'un moment, quand on connaît quelqu'un, on ne prête plus attention à son physique, n'est-ce pas ? La personne est ainsi, point barre.

— Tu crois ?

Je me suis rapproché, tenté par l'idée de promener une de mes griffes sur le pourtour de son oreille, de humer l'odeur de sa chevelure.

— Alors, comment s'appelait-il, ce bellâtre ?

— Kyle. Kyle Kingsbury. N'est-ce pas un nom merveilleux ? Son père travaillait pour une grosse chaîne de télévision. Parfois, je le regardais au JT, et il me faisait penser à Kyle. Ils se ressemblent comme deux gouttes d'eau.

J'ai croisé les bras sur ma poitrine, histoire de contenir une soudaine vague d'émotion.

— Ainsi, tu étais éprise de ce Kyle parce qu'il était beau, parce que son père était riche, et parce qu'il portait un nom fabuleux ?

Elle a ri, consciente que, présentée comme ça, la chose avait des accents superficiels.

— Non, a-t-elle protesté, il y avait plus que ça. Il avait une telle confiance en lui. Il était audacieux, contrairement à moi. Il ne craignait pas d'exprimer ses opinions. Il ignorait que j'existais, bien sûr. Sauf une fois… non, c'est idiot.

— Pas du tout. Raconte.

Il va de soi que j'avais deviné de quoi il s'agissait.

— J'étais de corvée à un bal. Je détestais ça. Ça me donnait l'impression d'être bête et pauvre, mais… l'administration t'y incitait fortement, dès lors que tu étais boursière. Bref, il était là, avec sa copine, une fille vraiment méchante appelée Sloane Hagen. Il lui avait acheté une broche, une splendide rose blanche. (Elle a dessiné la fleur dans l'air avec ses doigts.) Sloane piquait une crise parce que ce n'était pas une orchidée. Parce que ce n'était pas assez onéreux, j'imagine. Je me souviens m'être dit que, si un type comme Kyle Kingsbury me donnait une aussi jolie rose, cela suffirait à me rendre heureuse jusqu'à la fin de mes jours. Et, au même instant, il s'est approché de moi et me l'a tendue.

— Ah oui ? ai-je marmonné, à deux doigts d'être étouffé par mes sentiments.

— Oui. J'ai bien vu que, à ses yeux, ce n'était pas grand-chose. Mais personne ne m'avait offert de fleurs de toute ma vie. J'ai passé la soirée à la contempler, à admirer la façon dont son calice enveloppait le bouton, telle une main minuscule. Elle était plantée dans un petit tube d'eau pour éviter de faner trop vite. Quant à son parfum… Je l'ai rapportée chez moi, sans cesser de la humer dans le métro, et je l'ai mise à sécher entre deux pages d'un livre, afin de ne jamais l'oublier.

— Tu l'as conservée ?

— Oui, elle est là-haut. Je l'ai apportée avec moi. Ce lundi-là, j'ai cherché Kyle pour le remercier encore une fois, mais il n'était pas là. Il était tombé malade pendant le week-end et il est resté absent jusqu'à la fin de l'année scolaire. À la rentrée, il est parti en pension. Je ne l'ai jamais revu.

Elle semblait tellement triste. Songeant que, si elle était venue à moi ce lundi afin de me remercier pour cette vieille rose abîmée, je lui aurais ri au nez, j'ai été, une fois n'est pas coutume, content d'avoir été dans l'incapacité de retourner au bahut. Kendra avait protégé Lindy de ma méchanceté.

— On cueille quelques fleurs ? ai-je suggéré.

— J'adore celles que tu m'offres, Adrian.

— C'est vrai ?

— Oui. Je n'ai jamais possédé de belles choses. En même temps, ça me fend le cœur de les voir mourir. Les jaunes tiennent le coup plus longtemps que les autres, pas assez à mon goût, cependant.

— C'est pourquoi j'ai construit la serre. Pour en jouir toute l'année. Il a beau neiger dehors, à l'intérieur l'hiver ne pénètre jamais.

— Pourtant, j'aime l'hiver. C'est bientôt Noël. Je regrette de ne pouvoir sortir toucher la neige.

— Je suis désolé, Lindy. Je regrette de ne pas être en mesure d'accéder à ta requête.

J'étais sincère. Je m'étais tellement efforcé d'atteindre à la perfection, en lui apportant des roses, en lisant de la poésie. Tout ce que le craquant Kyle Kingsbury avait eu à faire pour qu'elle l'aime, lui, c'était de déambuler en affichant sa beauté. Si elle avait été retenue ici en sa compagnie, si elle avait su que c'était le cas, elle aurait été heureuse. Mais, prisonnière de moi, c'était à lui qu'elle pensait. Et pourtant, j'aurais refusé de redevenir celui que j'avais été, avec tout ce que ça comportait, même si j'en avais eu la possibilité, car j'aurais alors vécu comme mon père, qui n'avait rien dans l'existence, si ce n'est de l'argent et un physique avantageux ; j'aurais été malheureux sans jamais comprendre pourquoi. Sans la transformation, je ne me serais pas rendu compte de ce que je manquais. Désormais, je le savais. Quand bien même je serais obligé de rester monstrueux jusqu'à la fin de mes jours, ce serait préférable à ma vie d'avant.

Prenant un sécateur dans ma poche, j'ai coupé la plus belle des roses blanches et je l'ai tendue à Lindy. J'avais envie de tout lui donner, même sa liberté.

Je t'aime.

Je ne le lui ai pas dit, toutefois. Non que j'aie redouté son hilarité. Elle était bien trop bonne pour ça. Mes craintes étaient beaucoup plus vastes : j'avais peur qu'elle ne m'offre pas la réciproque.

— Elle ne m'aimera jamais, ai-je confié plus tard à Will, dans sa chambre.

— Pourquoi dites-vous ça ? Tout se passe à merveille. Les cours sont formidables, je sens qu'une alchimie s'opère entre vous deux.

— Une alchimie de la connaissance. Limitée aux leçons. Mais elle ne me désire pas. Elle désire un mec normal, un type capable de l'emmener pour de longues balades dans la neige, un type capable de sortir de chez lui. Je suis un monstre. Elle rêve d'un humain.

Will a caressé Pilote et lui a murmuré quelque chose à l'oreille. Le chien s'est approché de moi.

— Je vous assure que vous êtes plus humain que bien des hommes, Adrian, a-t-il enchaîné. Vous avez énormément changé.

— Ça ne suffit pas. Je n'ai pas l'air humain. Si je m'aventurais dehors, les passants se mettraient à hurler de terreur à ma seule vue. L'apparence compte, pour la plupart des gens. Telle est la réalité du monde.

— Pas du mien.

J'ai flatté Pilote.

— Votre monde me plaît, Will, mais il n'est pas très peuplé. Je vais lui rendre sa liberté.

— Vous croyez que c'est ce qu'elle veut ?

— Je crois qu'elle ne m'aimera jamais et que…

— Oui ?

— Savez-vous ce que c'est de mourir d'envie de toucher quelqu'un et de ne pas pouvoir le faire ? Puisque l'attente est vaine, à quoi bon me torturer ?

Il a soupiré.

— Quand comptez-vous le lui annoncer ?

— Je l'ignore.

Ma gorge était si douloureuse que j'avais du mal à parler. Il serait injuste de ma part de demander à Lindy de me rendre visite. Elle accepterait sûrement, par pitié. Mais j'avais eu l'occasion de l'amener à s'éprendre de moi et j'avais échoué. Tant pis pour moi.

— Bientôt, ai-je soufflé.

— J'ai l'intention de la laisser partir, ai-je révélé à Kendra dans le miroir.

— Quoi ? Tu es dingue ?

— Non. Qu'elle s'en aille.

— Pourquoi ?

— Il est immonde de la garder prisonnière. Elle n'a rien commis de mal. Elle devrait avoir le droit d'agir à sa guise, de mener sa propre vie, de se promener dans cette foutue neige de merde.

Une image m'est revenue, celle d'une affiche qu'une nana que j'avais fréquentée avait accrochée dans sa chambre, celle d'un papillon avec les mots : SI TU L'AIMES, LAISSE-LUI SA LIBERTE. Est-il utile de préciser que, à l'époque, j'avais trouvé ça super débile ?

— La neige ? a sourcillé Kendra. Il te suffirait de démolir la serre pour qu'il y en ait.

— Ben voyons ! Ce qui lui manque, c'est de sortir dans le monde réel.

— Ta vie est en jeu, Kyle. Elle est plus importante que…

— Pas Kyle, Adrian. Et rien n'est plus important à mes yeux que ce que Lindy souhaite. Je le lui dirai ce soir, à table.

Kendra a pris un air pensif.

— Cela signifie que tu ne rompras peut-être jamais le sortilège.

— J'en ai conscience. De toute façon, c'était voué à l'échec.

Ce soir-là, j'ai pris mon temps pour brosser mes poils et me préparer avant le repas. Magda m'a appelé à plusieurs reprises, mais j'ai retardé l'échéance. Je n'avais pas envie d'assister à ce dîner, qui risquait d'être le dernier avec Lindy. J'espérais qu'elle accepterait de rester une nuit de plus, de ne partir qu'au matin ou, mieux encore, de s'accorder quelques jours pour emballer ses affaires – les livres, les vêtements, les parfums que je lui avais offerts. Que ferais-je si elle décidait de les abandonner derrière elle ? Ces choses me rappelleraient sa présence, me donneraient le sentiment qu'elle était morte.

Naturellement, j'espérais de toutes mes forces qu'elle protesterait. Genre : « Oh non, Adrian ! Je ne saurais vivre sans toi. Je t'aime trop. Ta proposition est si généreuse que je vais t'embrasser. » Alors, nous échangerions un baiser, la malédiction s'achèverait, et je l'aurais à moi, pour toujours. Car c'était ce que je voulais, ne plus la quitter.

Il était inutile de se bercer d'illusions, cependant.

— Adrian !

Magda frappait à ma porte. J'avais cinq minutes de retard.

— Entrez.

Elle s'est ruée à l'intérieur.

— J'ai eu une idée, Adrian ! m'a-t-elle lancé, sur un ton qui m'a arraché un sourire. Vous n'êtes pas obligé de laisser Mlle Lindy partir. J'ai pensé à une façon de lui donner plus de liberté, de lui donner plus de ce qu'elle veut.

— Je ne peux pas sortir, ai-je répondu en songeant à mon éphémère cavalière de Halloween. Cela m'est impossible.

— Pas ici, d'accord, seulement j'ai réfléchi à un moyen.

— Merci, Magda, mais non.

— Vous l'aimez, n'est-ce pas ?

— Oui. Sauf que c'est sans espoir.

— Cette fille a besoin qu'on l'aime elle aussi. Je le vois.

D'un geste, elle m'a ordonné de m'asseoir.

— Écoutez-moi !

4.

Deux jours plus tard, vers quatre heures du matin, Magda a réveillé Lindy et l'a conduite à mes appartements. Il faisait encore nuit, la rue était déserte, et j'en profitais pour regarder par la fenêtre. Dehors, « la ville qui ne dort jamais » dormait pourtant. Il avait un peu neigé, et les trottoirs étaient couverts d'une blancheur immaculée. Même les camions-poubelles n'étaient pas encore passés.

— Où allons-nous ? a demandé Lindy en descendant les marches.

— Tu as confiance en moi ?

J'ai retenu mon souffle, guettant sa réponse. Elle n'avait aucune raison d'avoir confiance en moi. Même si j'aurais préféré mourir que toucher le moindre de ses cheveux. J'espérais que, après cinq mois de vie commune, elle en était consciente.

— Oui, a-t-elle dit, l'air aussi surprise que moi par cette question.

— Nous allons dans un endroit génial. Je crois que tu l'adoreras.

— Faut-il que je prenne mes affaires ?

— Non, j'ai déjà tout préparé.

Will est apparu à son tour, et j'ai entraîné Lindy dehors. Je la tenais par le poignet, sans la forcer cependant. Elle avait cessé d'être ma captive. Si elle s'enfuyait, je ne la pourchasserais pas.

Cela ne s'est pas produit. Mon cœur a voulu croire que c'était parce qu'elle n'en avait pas envie. Plus simplement, c'était sans doute parce qu'elle ignorait que je la laisserais faire. Elle m'a suivi jusqu'à la limousine qui nous attendait.

L'œuvre de mon père. Après avoir écouté Magda m'exposer son plan, je l'avais contacté par téléphone. Il avait fallu du temps pour le joindre, mais j'avais fini par entendre la célèbre voix, empreinte d'inquiétude toute paternelle.

— On m'attend à l'antenne, Kyle.

Il n'était que dix-sept heures quinze. Quarante-cinq minutes avant le JT.

— Ce sera rapide. J'ai besoin de toi. Tu me dois bien ça.

— Je te dois quelque chose, moi ?

— Tu m'as parfaitement compris. Voilà plus d'un an que tu m'as exilé à Brooklyn. Je ne me suis pas plaint, je ne suis pas non plus allé trouver les médias pour leur raconter l'histoire du rejeton monstrueux de Rob Kingsbury. Reconnais-le, tu as une dette envers moi.

— Qu'est-ce que tu veux ?

Je lui avais expliqué.

— Es-tu en train de me dire que tu vis avec une fille ? avait-il réagi, mon laïus achevé.

— Ce n'est pas comme si nous couchions ensemble.

— As-tu pensé à la responsabilité que cela suppose ?

Tu sais, papa, quand tu m'as largué ici avec la bonne, tu as perdu tout droit de me dicter ma conduite.

Je me suis mordu la langue, toutefois. Après tout, je voulais quelque chose de lui. J'ai réfléchi, imaginant ce que Will dirait à ma place. Will était particulièrement intelligent.

— Ne t'inquiète pas. Je ne la menace en rien. Après tout, tu tiens autant que moi à ce que je me libère de cette malédiction. Voilà pourquoi il est important que tu me donnes un coup de main. Plus tôt je redeviendrai moi-même, moins il y aura de chance que la chose soit éventée.

— Très bien, avait-il cédé. Je vais voir ce que je peux faire. Je file, maintenant.

Il s'était occupé de tout – l'endroit, le transport, etc. De tout, sauf d'embaucher quelqu'un pour soigner mes roses en mon absence. Ça, c'était moi qui m'en étais chargé.

À présent, Lindy somnolait, sa tête roulant tout près de mon épaule, tandis que la voiture traversait le pont de Manhattan. J'avais le sentiment d'être suspendu à une corde, au-dessus d'un précipice. Il y avait une maigre chance pour que mon projet – celui de Magda – réussisse. Dans le cas contraire, je tomberais, et la chute serait fatale.

Si Lindy avait cédé au sommeil, j'en étais incapable. J'ai contemplé la circulation, les premiers travailleurs gagnant la ville, dont les lumières s'estompaient derrière nous. Il ne faisait pas très froid. D'ici midi, la légère couche de neige serait réduite en bouillasse. Bientôt cependant, les vrais frimas arriveraient et, avec eux, Noël et ses nombreuses attentes. Installés face à nous, Magda et Will dormaient également. Lorsqu'il avait vu Pilote, le chauffeur avait râlé.

— C'est un chien d'aveugle, avait plaidé Will.

— Ne risque-t-il pas de salir mes banquettes ?

J'avais réprimé un rire. Une fois encore, je m'étais déguisé en bédouin. Abrité par la vitre de séparation, je me suis débarrassé de mes vêtements et j'ai caressé les cheveux de Lindy.

— Vas-tu enfin me révéler notre destination ? a-t-elle demandé au moment où nous quittions le Holland Tunnel.

Tressaillant, j'ai aussitôt retiré ma patte de sa tête.

— Je ne m'étais pas rendu compte que tu t'étais réveillée.

— Ce n'est pas grave, c'était agréable.

Se doute-t-elle que je l'aime ?

— As-tu déjà assisté au lever du soleil ?

J'ai tendu le doigt vers l'est, où des rayures rouges se frayaient un chemin au-dessus des immeubles.

— C'est beau, a-t-elle convenu. Nous quittons New York ?

— Oui.

Oui, mon amour.

— C'est une première, pour moi. Incroyable, non ?

Sans plus insister sur notre destination, elle s'est blottie contre l'oreiller que j'avais apporté exprès pour elle et s'est rendormie. Je l'ai observée dans la lumière ténue. Nous roulions vers le nord. Lentement mais, pour autant, elle ne descendrait pas de la voiture en route. Elle ne souhaitait pas me quitter. Au niveau du pont George Washington, j'ai à mon tour cédé au sommeil.

Lorsque j'ai repris conscience, il était presque neuf heures. Des pics blancs étaient visibles, à l'horizon. Lindy regardait par la fenêtre.

— Désolé que nous ne puissions nous arrêter pour un petit

déjeuner, me suis-je excusé. Je ne tiens pas à déclencher une émeute. Magda a apporté du pain et d'autres bricoles.

— Non, merci. Tu as vu ces montagnes ? On dirait le film *La Mélodie du bonheur.*

— Nous allons nous en rapprocher.

— Ah bon ? Sommes-nous encore aux États-Unis ?

— Oui, ai-je rigolé. Dans l'État de New York. Je t'emmène à la neige, Lindy. La vraie, pas la gadoue à moitié fondue et grise qui s'entasse sur les trottoirs. Et là-bas, nous pourrons sortir et nous rouler dedans.

Sans répondre, elle a continué à observer le paysage. Tous les deux ou trois kilomètres, nous croisions une ferme, avec quelquefois un cheval ou des vaches.

— Des gens habitent ici ? a-t-elle demandé un peu plus tard.

— Bien sûr.

— Wouah ! Ils en ont de la chance, d'avoir autant d'espace !

J'ai senti la morsure du regret, pour l'avoir confinée à la maison durant tous ces mois. J'allais me rattraper, cependant.

— Tu vas voir, Lindy, ça va être super.

Au bout d'une heure, nous avons quitté la route pour gagner une demeure magnifique entourée de pins qui croulaient sous des masses blanches.

— Nous y sommes.

— Où ?

— Notre villégiature.

Elle est restée bouche bée devant le toit enneigé et les volets rouges. Au-delà de la colline qui s'élevait derrière la maison, il y avait un lac, gelé en cette saison.

— C'est à toi ?

— À mon père. Nous venions régulièrement, quand j'étais petit. Avant qu'il ne se mette à croire qu'il serait remplacé s'il manquait ne serait-ce qu'un jour de travail. Après, j'ai commencé à partir au ski avec des amis pendant les vacances de Noël.

Je me suis tu, horrifié d'avoir mentionné ce détail. Les monstres ne skiaient pas. Les monstres n'avaient pas d'amis. Mon imprudence risquait d'amener des questions, beaucoup de questions. C'était étrange : j'avais l'impression de pouvoir tout raconter à Lindy, y compris des choses que je n'avais jamais réussi à confier à personne, dont moi-même. Or, cela m'était impossible.

Par bonheur, elle a semblé ne pas relever. Elle était déjà sortie de la voiture et remontait le sentier fraîchement déneigé en robe de chambre rose et pantoufles à frous-frous.

— Comment peut-on cesser de venir dans cet… ce pays merveilleux ?

Riant, je suis descendu à mon tour, suivi par Magda et par Will. Pilote paraissait excité, comme s'il avait envie de courir dans tous les sens en aboyant après les congères.

— Tu ne dois pas te balader dans cette tenue, Lindy ! Il fait trop froid.

— Je n'ai pas froid.

— Parce que tu étais dans la voiture. Il gèle.

— Ah bon ? s'est-elle exclamée en virevoltant sur elle-même, point rose sur le paysage blanc. Alors, j'imagine que ce serait une mauvaise idée de se rouler sur ce tapis moelleux ?

— Une très mauvaise idée.

J'ai pataugé dans sa direction. Moi non plus, je n'avais pas froid. Et ça ne risquait pas d'arriver, mon épais manteau me protégeait.

— Le tapis moelleux ne va pas tarder à se transformer en mare glacée. Si tu tombes malade, nous ne pourrons pas nous amuser dehors.

Mais je pourrais te réchauffer.

— J'ai apporté des vêtements appropriés.

— C'est-à-dire ?

— De longs dessous en laine.

Voyant que le chauffeur tirait nos affaires du coffre, j'ai ramené ma capuche sur ma tête.

— Voici ta valise, ai-je poursuivi en désignant un bagage rouge. Je vais la monter dans ta chambre.

— Elle est énorme ! Combien de temps allons-nous rester ?

— Tout l'hiver si tu le souhaites. Nous n'avons pas de boulots, nous n'allons pas au lycée. Cet endroit est fréquenté l'été, en général. Il y a parfois des skieurs le week-end, mais sinon, c'est désert. Personne ne me verra si je m'aventure dehors. Nous ne risquons rien.

Elle m'a jeté un coup d'œil, comme si elle avait oublié avec qui elle se trouvait – était-ce seulement possible ? Puis elle s'est remise à tourner sur elle-même.

— Oh, Adrian ! Tout l'hiver ? Regarde les stalactites qui sont accrochées aux arbres ! Elles ressemblent à des bijoux.

S'arrêtant, elle a ramassé une poignée de neige, en a fait une boule et l'a envoyée de toutes ses forces.

— Je te conseille de ne pas déclencher une bagarre où tu auras le dessous, ma petite.

— Oh, mais je pourrais gagner !

— En robe de chambre ?

— Serais-tu en train de me lancer un défi ?

— Il est trop tôt pour les défis, est intervenu Will en suivant

Pilote vers la maison. Rangeons d'abord les valises, habillons-nous de manière décente et prenons notre petit déjeuner.

Je me suis emparé de la valise de Lindy, qui m'a regardé avec des yeux ronds. « De manière décente ? », a-t-elle dit de ses seules lèvres. « De longs dessous en laine », ai-je répondu. Un même éclat de rire nous a secoués.

Mon père avait tout organisé comme je l'en avais prié. La maison était propre : les boiseries luisaient, et une forte odeur d'encaustique régnait. Un feu crépitait dans la cheminée.

— Qu'il fait bon ! s'est écriée Lindy.

— Ainsi, mademoiselle avait froid ? me suis-je moqué.

Sa chambre lui a arraché de nouveaux cris et sautillements de joie, car elle possédait sa propre cheminée, un dessus-de-lit brodé, sans parler du bow-window qui donnait sur l'étang, plus bas.

— C'est si beau, et il n'y a personne à des kilomètres à la ronde.

— Hmm.

Avait-elle espéré du monde ? Un moyen de s'enfuir ? Comme pour répondre à ma question informulée, elle a repris :

— Ici, je pourrais être heureuse jusqu'à la fin de mes jours.

— Je veux que tu sois heureuse.

— Je le suis.

Le petit déjeuner avalé, nous avons enfilé anoraks et bottes, et sommes ressortis.

— J'ai averti Will que nous étudierions le week-end, quand les touristes débarquent, ai-je expliqué. Bon, toujours partante pour une bataille de boules de neige ?

— Oui. Mais on peut faire autre chose, d'abord ?

— Ce que tu voudras. Je suis à tes ordres.

— Je n'ai jamais eu personne avec qui construire un bonhomme de neige. Tu veux bien m'apprendre ?

— Je ne m'y suis pas collé depuis un bon moment moi non plus.

C'était la vérité. J'avais du mal à me souvenir de l'époque où j'avais eu des amis, pour peu que j'en aie eu.

— D'abord, il nous faut une grosse boule de neige et, ce qui est le plus dur, tu dois te retenir de me la lancer dessus.

— Entendu.

Elle a ramassé une poignée de neige, l'a tassée et... m'a visé à la tête.

— Houps ! Désolée, ça m'a échappé.

— Je t'avais dit que ce serait le plus difficile.

— Tu avais raison. Je vais réessayer.

De nouveau, elle m'a bombardé.

— Excuse-moi !

— Tu veux la guerre ? Tu vas l'avoir.

Contrairement à Lindy, je n'avais pas besoin de moufles, et mes pattes étaient très habiles à fabriquer des boules de neige.

— Je suis le champion du lancer de boules de neige !

Sur ce, je l'ai atteinte en plein dans le mille. Tout cela s'est fini en une bagarre en bonne et due forme que j'ai gagnée. À la fin, elle m'a tendu une grosse sphère blanche destinée à constituer les pieds du bonhomme.

— Extra, ai-je dit. Nous serons devenus des experts en sculpture d'ici la fin de l'hiver.

Au lieu de prononcer les mots qui me tenaient à cœur – « Je t'aime. »

— Maintenant, tu la roules sur le sol pour en augmenter la taille. Quand tu estimes que ça suffit, elle sert de base.

Sous l'effort, le visage de Lindy rosissait, et le vert de ses yeux prenait un éclat plus vif, renforcé par la couleur de l'anorak que j'avais choisi exprès pour elle.

— Comme ça ?

— Oui. Mais change de direction de temps en temps, sinon elle ne sera pas bien ronde.

Entamant à peine l'épais tapis de poudreuse, elle a continué à pousser sa boule. Quand celle-ci a atteint la taille d'un ballon de plage, je l'ai rejointe afin de l'aider, épaule contre épaule.

— On est efficaces, à deux, a-t-elle soufflé.

— Oui, ai-je acquiescé avec un grand sourire.

Nous avons poursuivi comme ça, jusqu'à obtenir une base assez grosse.

— La boule du milieu est plus délicate, ai-je dit ensuite. Il faut qu'elle soit suffisamment importante, mais pas trop, de façon à ce que nous puissions la soulever pour la poser sur la première.

Nous avons construit le bonhomme de neige idéal, puis un deuxième, une bonne femme cette fois, car personne ne devrait être seul au monde. Nous avons demandé des carottes à Magda. Quand Lindy a enfoncé la sienne pour former le nez de son personnage, elle m'a lancé :

— Adrian ?

— Oui.

— Merci de m'avoir amenée ici.

— C'est la moindre des choses.

En vérité, j'avais envie de dire : « Reste. Tu n'es pas ma captive. Tu peux partir quand tu veux, mais reste avec moi parce que tu m'aimes. »

Ce soir-là, je n'ai pas verrouillé la maison. Je ne l'ai pas signalé à Lindy – à elle de s'en rendre compte si elle le désirait. Je me suis couché tôt. Allongé dans mon lit, j'ai tendu l'oreille au bruit de ses pas, sachant que si elle approchait de la porte, que si elle l'ouvrait, je ne la poursuivrais pas. Je voulais qu'elle soit mienne, mais parce qu'elle l'aurait choisi, pas parce que je l'y avais forcée. J'ai veillé, les yeux rivés sur le réveil digital, comptant les minutes qui s'égrenaient. Minuit. Une heure du matin. Pas un son. À deux heures, je me suis glissé aussi silencieusement qu'un animal dans le couloir et me suis dirigé vers sa chambre. J'ai tourné la poignée de sa porte, conscient que, si elle me surprenait, je n'aurais aucune excuse valable à lui fournir. Je m'attendais à ce qu'elle se soit claquemurée. Au début de son séjour à Brooklyn, elle n'avait pas manqué de tourner la clé de ses appartements à grand bruit, des fois que je tente d'entrer et de m'adonner à ce qu'elle appelait « des actes indicibles ». Par la suite, elle avait abandonné cette ostentation, mais je partais du principe qu'elle continuait de s'enfermer à double tour.

Cette nuit-là, j'ai constaté qu'elle n'avait pas verrouillé sa porte. J'ai aussitôt conclu qu'elle s'était enfuie, et le désespoir m'a submergé. Elle avait dû s'éclipser à un moment où le sommeil m'avait gagné. Si j'ouvrais ce battant, je découvrirais une pièce vide. Ma vie serait terminée.

Néanmoins, je suis entré. Dans le silence neigeux des environs, où ne vivait aucun autre humain, j'ai perçu le souffle d'une respiration. La sienne. Elle dormait. Je me suis figé, partagé entre ma crainte de bouger et de la réveiller et mon envie de l'observer. Elle n'était pas partie, alors qu'elle en avait eu l'occasion. Je lui faisais confiance, comme elle me faisait confiance. Elle a remué, mon sang s'est glacé dans mes veines. Avait-elle entendu la porte s'ouvrir ? Quelque part, je désirais qu'elle me voie la contempler. Ça ne s'est pas produit. Un de ses bras a ramené la couette sur elle. Elle avait froid. Regagnant le couloir, j'ai ouvert le placard où étaient rangées les couvertures. J'en ai pris une, suis retourné dans la chambre et l'ai étendue avec soin sur son corps endormi. Sa seule réaction a été de se blottir dessous. Longtemps, je l'ai regardée. La lueur de la lune inondait ses cheveux roux.

Je suis reparti me coucher, sombrant dans ce sommeil d'une profondeur unique que procure un lit chaud lors d'une nuit froide. Au matin, Lindy était là. Elle est sortie de sa chambre en tenant la couverture que j'avais ajoutée, l'air surpris, mais sans poser de question.

À compter de ce jour, j'ai complètement cessé de fermer la porte à clé. Toutes les nuits, je m'angoissais ; tous les matins, je respirais en découvrant que Lindy ne s'était pas sauvée.

5.

Nous étions sur place depuis une semaine quand nous avons trouvé la luge. C'est Lindy qui, un matin, l'a découverte sur l'étagère supérieure d'un placard. Elle a poussé un tel cri que Will, Magda et moi nous sommes précipités hors de nos chambres, affolés à l'idée qu'un animal l'ait attaquée. Au lieu de quoi, nous l'avons vue radieuse, le doigt tendu vers l'objet.

— Regardez !

J'ai obtempéré.

— Oui, une luge, ai-je dit froidement.

— Je sais de quoi il s'agit. Je n'en ai jamais eu ! J'en ai seulement croisé dans les livres !

Elle s'est mise à sautiller sur place, jusqu'à ce que je descende l'engin de son étagère. C'était une grosse luge en bois poli dont les patins en métal étaient à peine usés. Les mots « FUSÉE VOLANTE » était peints dessus.

— Fusée volante ! Quand on dévale une pente, on doit vraiment avoir l'impression de décoller !

J'ai souri. Ces derniers jours, nous avions construit une armée de bonshommes de neige et, la veille encore, je m'étais levé tôt pour déneiger une partie de l'étang afin d'y patiner. Des heures plus tard, Lindy m'avait surpris la pelle à la main – c'était une sacrée entreprise que de dégager un lac gelé. Mais l'effort en avait valu la peine quand elle s'était exclamée :

— Patiner sur un étang ! J'ai l'impression d'être Jo March !

Elle m'avait contraint à lire *Les Quatre Filles du docteur March* – encore un de ses bouquins préférés – alors que c'était un livre sans intérêt pour un mec.

J'ai contemplé la luge, assailli par les souvenirs. Mon père me l'avait achetée lorsque j'étais tout gosse, cinq ou six ans, peut-être. C'était un bel engin, capable d'accueillir plusieurs personnes à la fois. Perché en haut d'une colline qui me semblait infinie, j'avais eu peur de m'élancer seul. C'était un week-end et, par conséquent, d'autres garçons étaient là, dévalant sans crainte la pente. Ils étaient plus vieux que moi, cependant. Il y avait un père et son fils. Le père se mettait derrière, enveloppait son rejeton dans ses bras, et ils partaient comme le vent.

— Tu veux bien descendre avec moi ? avais-je demandé à papa.

— Voyons, Kyle, ce n'est pas si terrible. Des tas d'autres garçons se débrouillent très bien.

— Ils sont grands, avais-je objecté, surpris qu'il m'ait offert une luge, puisqu'il n'avait pas envie d'en faire avec moi.

— Tu vaux mieux qu'eux. Tu es plus fort. Tu es capable d'exploits qu'ils n'accompliront jamais.

Il m'avait assis de force sur l'engin, j'avais fondu en larmes, sous le regard curieux des autres mômes. Mon père m'avait dit que c'était parce que je me comportais comme un bébé, mais j'avais deviné, en dépit de ma jeunesse, que c'était par pure pitié. Je m'étais entêté, cependant, refusant d'y aller seul. Finalement, mon père avait offert cinq dollars au garçon le plus âgé pour qu'il se tape la corvée. Une seule descente avait suffi à me rassurer. N'empêche, je n'étais pas monté sur une luge depuis des années.

— Va t'habiller, ai-je dit à Lindy. On va bien s'amuser.

— Tu me montreras ?

— Évidemment. J'en serai ravi, même.

« J'en serai ravi. » Depuis que Lindy vivait avec moi, j'avais remarqué ma propension à m'exprimer différemment, de manière précieuse, presque prétentieuse, à l'instar des personnages de roman qu'elle aimait. Ou de Will. Mais c'était si vrai – rien n'aurait pu me faire plus plaisir que grimper au sommet d'une colline enneigée avec elle, l'aider à s'installer sur la luge et, si elle l'acceptait, dévaler la pente en sa compagnie.

Elle a essuyé les patins avec la ceinture de sa robe de chambre en chenille rose.

— Va te préparer, lui ai-je lancé.

Une heure après, nous étions en haut de la même butte que celle où mon père m'avait emmené le jour de l'inauguration de la luge. J'ai invité Lindy à s'allonger dessus, tête vers la pente, parce que c'était plus drôle ainsi.

— Mais ça fiche la frousse ! a-t-elle protesté.

— Tu veux que je vienne avec toi ?

J'ai retenu mon souffle. Si elle répondait oui, il faudrait qu'elle m'autorise à l'enlacer. C'était la seule façon de tenir à deux sur l'engin.

— Oui. Merci.

Son haleine a formé un nuage dans l'air froid.

— D'accord, ai-je soufflé.

Positionnant la luge à l'extrême bord de la déclivité, je me suis assis dessus avant d'indiquer à Lindy de se mettre devant moi. J'ai enroulé mes bras autour de sa taille, guettant l'instant où elle allait hurler. Rien de tel ne s'est produit. Au contraire, elle s'est blottie contre moi. À cet instant, j'ai eu le sentiment que je pourrais presque l'embrasser, et qu'elle me laisserait faire. Je me suis retenu.

— Tu es devant, c'est toi qui conduis, ai-je dit à la place.

La douceur de ses cheveux, l'odeur de son shampooing et de son parfum me caressaient le nez. À travers son anorak, je percevais les battements de son cœur. Qu'elle soit vivante, réelle, ici, m'a rendu heureux.

— Prête ?

— Oui.

Sa chamade s'est accélérée.

J'ai resserré mon étreinte et, d'un coup de talon, j'ai donné le départ. Nous avons filé en riant comme des fous.

Ce soir-là, j'ai fait du feu, une des nombreuses choses que j'avais apprises depuis que j'étais un monstre. J'avais choisi du pin en guise de petit bois, que j'ai placé sur des feuilles de journal roulées en boule, puis j'ai posé une bûche dessus avant d'enflammer une allumette. J'ai vérifié que le feu prenait, puis je me suis assis près de Lindy, sur le canapé. La veille encore, j'aurais préféré un fauteuil à l'écart ; depuis, je l'avais tenue dans mes bras. Néanmoins, j'ai pris soin de rester à plusieurs centimètres d'elle, ne voulant pas qu'elle me reproche d'envahir son espace vital.

— C'est beau, a-t-elle dit. L'hiver, la neige, un feu qui crépite. Avant de te rencontrer, je n'avais jamais eu droit à un véritable feu de cheminée.

— Je l'ai allumé tout exprès pour vous, milady.

Elle a souri.

— Où sont Will et Magda ?

— Ils étaient fatigués, ils sont allés se coucher tôt.

En vérité, je les avais priés de rester dans leurs chambres respectives. J'avais envie d'être seul avec Lindy. Ce soir, ce soir peut-être, serait le bon moment.

— Hmm, a-t-elle marmonné. Il règne un tel silence. Ça aussi, c'est une première. Et l'obscurité, a-t-elle ajouté en regardant par la fenêtre. Je te parie qu'on distingue toutes les étoiles de l'univers. Tu vois ?

Me tournant également vers le carreau, j'en ai profité pour me rapprocher d'elle.

— C'est magnifique, en effet, ai-je acquiescé. J'ai l'impression que je pourrais vivre ici toute ma vie sans regretter la ville. Lindy ?

— Hmm ?

— Tu ne me détestes plus, n'est-ce pas ?

— À ton avis ? a-t-elle éludé en continuant de contempler les astres.

— Je crois que non. Mais serait-ce le bonheur, de rester ici avec moi toute ta vie ?

— Dans un sens, je suis plus heureuse aujourd'hui que je ne l'ai été de toute mon existence. Avant, ma vie était une lutte permanente. Mon père ne s'est jamais occupé de moi. D'aussi loin que je me souvienne, l'argent a manqué. J'ai grandi, et l'une de mes institutrices m'a révélé que j'étais douée, que l'instruction pouvait représenter une issue. Alors, j'ai bossé dur pour y parvenir.

— Tu es très talentueuse, Lindy.

Il m'était difficile de parler tout en retenant mon souffle.

— Toi, a-t-elle enchaîné, tu as été le premier à m'offrir la chance de pouvoir m'amuser.

J'ai souri. Dans la cheminée, les flammes léchaient harmonieusement la bûche.

— Donc, tu es heureuse ?

— Très. Sauf que...

— Oui ? Si tu souhaites quelque chose, tu sais que tu n'as qu'à demander, et je te le procurerai.

Ses yeux se sont perdus dans le lointain.

— Mon père, a-t-elle murmuré. Je m'inquiète pour lui. À cause de ce qui pourrait lui arriver si je ne suis pas là pour gérer la situation. Il est malade, Adrian. C'est moi qui m'occupais de lui. Il me manque. J'imagine que tu trouves idiot de se soucier d'un homme aussi méchant, qui m'a abandonnée sans se retourner.

— Non. Je comprends. Les parents, ce sont les parents, quoi qu'ils fassent. Même s'ils ne nous aiment pas, nous n'avons qu'eux.

— Exactement.

Délaissant le spectacle de la fenêtre, elle s'est de nouveau focalisée sur le feu. Je l'ai imitée.

— Je suis heureuse ici, Adrian, a-t-elle repris. Seulement... si je pouvais savoir comment il va.

Tout cela relevait-il d'un stratagème ? Avait-elle été bonne envers moi rien que pour me demander ça ? Je l'ai revue sur la luge, blottie contre moi. Il était impossible que son attitude n'ait été que du chiqué. Pourtant, le sang me battait aux tempes, ma tête donnait l'impression d'être sur le point d'exploser.

— Si je pouvais le voir, ne serait-ce qu'un moment...

— Et après, tu resterais avec moi ?

— Oui. J'en ai envie. Mais je voudrais...

— C'est possible. Attends. Je reviens tout de suite.

Je me suis levé sous son regard ahuri. Encore une fois, la maison n'était pas fermée à clé. Elle l'avait forcément remarqué. Elle était en mesure de s'enfuir dans la nuit sans que je l'en empêche. Elle ne le ferait pas, cependant. Elle avait assuré être heureuse. Heureuse de vivre avec moi, à la seule condition de pouvoir vérifier comment allait son père. Quand elle aurait constaté qu'il continuait de s'éclater avec ses drogués de potes, elle se calmerait. J'étais bien placé pour le savoir, ayant regardé mon père à la télé plus souvent que j'étais prêt à l'admettre. Elle aussi avait le droit de voir le sien.

Lorsque je suis revenu, elle n'avait pas bougé. Je lui ai tendu le miroir.

— Qu'est-ce que c'est ? a-t-elle demandé en l'examinant.

— Un objet magique. Il suffit de regarder dedans pour observer qui on veut, partout sur terre.

— N'importe quoi !

— Si, si.

Lui reprenant la glace, j'ai exigé de voir Will. En un clin d'œil, le reflet de mon visage monstrueux a laissé place à l'image du jeune homme en train de lire dans sa chambre, seulement éclairée par la lune. J'ai repassé le miroir à Lindy, qui s'est mise à rire.

— Ça marche vraiment ? s'est-elle étonnée. Et je peux demander à espionner n'importe qui ?

J'ai hoché la tête.

— Alors, je veux voir… Sloane Hagen.

Devant mon air surpris, elle a lâché :

— Une des snobs de mon lycée.

Sloane est apparue. Assise à sa coiffeuse, elle se perçait un bouton, bien gros, plein de pus blanc.

— Beurk ! me suis-je esclaffé.

Lindy a ri elle aussi.

— C'est drôle ! s'est-elle écriée. Je peux regarder quelqu'un d'autre ?

J'allais acquiescer quand je me suis souvenu du béguin qu'elle avait assuré avoir eu pour moi. Que se passerait-il si elle ordonnait au miroir de lui montrer Kyle Kingsbury ? La pièce où nous nous tenions s'afficherait-elle ?

— Occupons-nous d'abord de ton père. On s'amusera après. Tu sais que tu peux épier le Président ? Je l'ai vu, un jour, dans les toilettes du Bureau ovale.

— Hé bien, tu es une vraie menace pour la sécurité nationale. On fera ça, d'accord. Mais avant, miroir, joli miroir, montre-moi mon père.

Un recoin de rue s'est dessiné, sombre et sale. Un junkie était avachi par terre, impossible à distinguer de tout autre SDF de New York. L'image s'est peu à peu précisée – le type toussait et tremblait, l'air malade.

— Mon Dieu ! s'est exclamée Lindy en se mettant à pleurer. Que lui est-il arrivé ? C'est ma faute.

Elle était secouée par de gros sanglots. J'ai mis mon bras autour de ses épaules, mais elle m'a repoussé. Normal. Elle m'en voulait. C'était moi qui l'avais obligée à rester.

— Tu devrais aller le retrouver, ai-je dit.

Aussitôt, j'ai eu envie de ravaler mes paroles. Impossible, bien sûr. Mais j'aurais donné n'importe quoi pour qu'elle cesse de pleurer, pour qu'elle ne soit plus en colère contre moi. Même la libérer. J'étais sincère.

— Le retrouver ? a-t-elle sursauté en levant les yeux sur moi.

— Oui. Demain matin. Je te donnerai de l'argent, tu prendras le premier car.

— Mais...

Ses larmes s'étaient brusquement taries.

— Tu n'es pas ma prisonnière. Je ne veux pas que tu restes avec moi parce que tu te sens prisonnière. Juste parce que...

J'ai contemplé le feu, qui brûlait avec vigueur.

— Je souhaite que tu t'en ailles, ai-je chuchoté.

— Pardon ?

— Va voir ton père. Tu reviendras quand tu le voudras. En amie, pas comme captive.

C'était à mon tour de pleurer, et je parlais tout bas afin que ma voix ne trahisse pas mon chagrin. Sous la seule lueur des flammes, elle ne pouvait distinguer mes larmes.

— Je refuse de te retenir contre ta volonté. Si tu désirais t'en aller, il te suffisait de le demander. C'est fait.

— Mais toi ?

Bonne question. À laquelle je n'avais pas de réponse. Pourtant, il fallait bien dire quelque chose.

— Ne t'inquiète pas pour moi. Je vais passer l'hiver ici.

J'apprécie de pouvoir sortir sans attirer l'attention des autres. Au printemps, je regagnerai Brooklyn et mes roses. Vers avril, je pense. Viendras-tu me rendre visite, alors ?

Elle a paru hésiter, puis s'est décidée.

— Tu as raison, je vais partir. Mais je reviendrai. Tu me manqueras, Adrian. Ainsi que les moments que nous avons partagés, tous ces mois… Tu es le meilleur ami que j'aie eu.

« Ami. » Le terme m'a paru aussi tranchant que la hachette avec laquelle j'avais coupé le petit bois destiné au feu. Des amis, nous ne pouvions être rien de plus l'un pour l'autre. Par conséquent, il était juste que je la libère. Une simple amitié ne romprait pas le sortilège. D'ailleurs, une amitié, n'était-ce pas mieux que rien ?

— Il faut que tu rejoignes ton père. Demain, je commanderai un taxi qui t'emmènera à la gare routière. Tu seras chez toi dans la soirée. Juste une chose…

— Oui ?

— Ne me demande pas d'être là pour nos adieux. Si je descends te dire au revoir, je risque de me raviser.

Elle a regardé les flammes apaisantes, puis moi.

— Si ça doit te rendre triste, mieux vaut que je ne parte pas.

— Si. Te garder pour moi était égoïste. Va voir ton père.

— Ce n'était pas égoïste. Tu as été gentil avec moi, comme personne avant.

Elle s'est emparée de ma main, de ma répugnante patte velue et griffue. Ses yeux étaient gonflés de larmes.

— Alors, sois gentille à ton tour et pars vite. Pour moi.

Doucement, j'ai dégagé mes doigts de son emprise. Son regard a croisé le mien, elle a tenté de dire quelque chose, a changé d'avis et, hochant la tête, s'est enfuie de la pièce.

Je suis sorti dans la neige. Je ne portais qu'un jean et un teeshirt, la température était glaciale, si glaciale qu'elle m'a transi les os presque instantanément, en dépit de mon pelage protecteur. Ça m'était égal. Avoir froid, c'était au moins éprouver quelque chose d'autre que ce brusque sentiment de perte et de vide. J'ai levé les yeux, guettant la lumière dans la chambre de Lindy. Lorsqu'elle a allumé, sa silhouette s'est dessinée derrière les rideaux. Sa fenêtre était le seul point lumineux dans la nuit noire et gelée. J'ai cherché la lune. Les arbres la dissimulaient, mais des étoiles brillaient, des milliers, des millions, des milliards d'étoiles, plus nombreuses que les lumières de New York. Cette abondance, cette beauté m'ont été insupportables. Je ne désirais que la lune solitaire. Lindy a fini par éteindre. J'ai attendu qu'elle s'endorme. Je me suis interdit de m'imaginer endormi à son côté – cette image m'était désormais inaccessible. M'arrachant à la contemplation de sa fenêtre, j'ai enfin réussi à voir la lune, au-delà des branches. Je me suis accroupi, j'ai rejeté la tête en arrière, et j'ai hurlé à la lune, hurlé comme la bête que j'étais, comme le monstre que je serais toujours.

6.

Le lendemain était un samedi, jour de cours normalement. Au lieu de quoi, ç'a été le jour où Lindy m'a quitté. Après avoir réservé un taxi et consulté les horaires des cars, je me suis claquemuré dans ma chambre afin de la regarder à travers le miroir. L'idée m'avait traversé de le lui offrir, afin qu'elle me voie et ne m'oublie pas. Mais j'avais fini par me dire qu'il serait trop dur de m'en séparer : puisque je ne pouvais garder Lindy, qu'au moins j'aie la possibilité de l'observer. Et puis, lui confier la glace ne signifiait pas qu'elle s'en servirait pour penser à moi, une éventualité intolérable.

Bref, je l'ai espionnée tandis qu'elle emballait ses affaires. Elle a emporté les ouvrages que nous avions lus ensemble ainsi qu'une photo de notre premier bonhomme de neige. Elle ne possédait pas de photo de moi bien entendu. Au bout d'un moment, j'ai cessé de m'apitoyer sur mon sort et suis descendu prendre mon petit déjeuner. Quand je suis remonté dans ma chambre, Will m'y attendait, un livre à la main.

— Je viens de passer chez Lindy, et elle m'a annoncé une étrange nouvelle.

— Qu'elle partait ?

— Oui.

— C'est moi qui le lui ai conseillé. Du coup, on va pouvoir s'intéresser à quelque chose d'un peu plus gai que *Les Misérables*, hein ?

— Tout se passait si bien, Adrian. Je croyais que...

— Elle a exprimé le désir de retourner à New York. Je l'aime trop pour ne pas lui accorder cela. Elle a promis de revenir au printemps.

Will a paru vouloir protester, a fini par brandir le roman qu'il tenait.

— Alors, que pensez-vous de l'inspecteur Javert ?

— Qu'il ferait un merveilleux personnage de comédie musicale à Broadway, ai-je plaisanté alors que je n'étais vraiment pas d'humeur à ça.

J'ai consulté le réveil. Le taxi serait là d'une minute à l'autre. Le car partait dans une heure. Aurions-nous été dans un de ces films romantiques, quelque scène dramatique n'aurait pas manqué de se produire – moi courant jusqu'à la gare routière pour supplier Lindy de rester, elle comprenant enfin ce qu'elle éprouvait pour moi, m'embrassant, me rendant ma forme initiale. Nous nous serions mariés et aurions eu beaucoup d'enfants.

La réalité étant ce qu'elle est, Will m'a interrogé sur les idées politiques exposées par Hugo dans *Les Misérables*, je lui ai répondu. Si je n'ai conservé aucun souvenir de la teneur de mes réponses, je sais à quelle heure (9 h 42) le taxi s'est garé dans l'allée pour emmener Lindy, j'ai senti à quelle heure (10 h 27) elle était arrivée à la gare routière, j'ai su à quelle heure (11 h 05) elle était partie pour New York. Je n'ai pas vérifié ces éléments dans le miroir, c'était inutile. Notre histoire n'a pas eu de dénouement heureux. Juste une fin.

Cet hiver-là, je ne suis pas retourné à Brooklyn une seule fois, préférant faire de longues promenades quotidiennes dans la campagne, où je ne croisais que mes égaux, les bêtes sauvages. Peu à peu, j'ai appris à reconnaître le vol des oiseaux, à identifier les cachettes des écureuils et des lièvres. Je me suis dit que cette routine pourrait devenir celle de tous mes hivers à venir. Il était bon d'être dehors. Était-ce ainsi que l'abominable homme des neiges était né ? Autrefois, ces légendes m'avaient laissé de marbre. Aujourd'hui, j'étais convaincu de leur véracité.

J'avoue avoir espionné Lindy. Ces séances ont progressivement pris la place qu'avaient occupée mes roses auparavant, devenant ma vie, mon obsession.

Pour ma défense, je précise que je ne m'autorisais qu'une heure d'observation par jour. J'ai ainsi découvert qu'elle avait retrouvé son père, qu'ils avaient déménagé dans un appartement encore plus minable que le précédent et un quartier encore plus dangereux, qu'elle fréquentait un lycée dur. Cela par ma faute, puisqu'elle avait perdu sa bourse à Tuttle quand je l'avais obligée à vivre avec moi. Je l'ai regardée s'y rendre, longeant des immeubles délabrés et couverts de graffitis, dépassant des épaves de voiture, croisant des enfants sans avenir ; je l'ai regardée parcourir les couloirs étroits de l'établissement aux casiers fermés par des planches en contreplaqué, aux murs décorés d'affiches affirmant que le succès était possible pour tous. J'ai songé qu'elle devait me haïr.

En mars, j'ai arrêté de l'épier le jour. Sauf que l'épier le soir s'est révélé encore pire, parce que rien n'indiquait que je lui manquais ou qu'elle pensait seulement à moi. Elle lisait, étudiait, comme avant notre rencontre.

J'ai fini par ne plus l'observer que la nuit, quand elle dormait. Je demandais à la voir tous les soirs à minuit. Je pouvais alors fantasmer sur l'idée qu'elle rêvait de moi. Moi, je rêvais d'elle tout le temps. Quand, en avril, elle n'est pas revenue, j'ai compris que c'était bel et bien fini.

La neige avait commencé à fondre et ne formait plus que des plaques éparses, l'étang avait dégelé, et des icebergs miniatures flottaient à sa surface, réveillant les grenouilles. Les montagnes s'étaient couvertes de cascades. Bientôt, la saison touristique, avec rafting et autres plaisirs, démarrerait.

— Avez-vous envisagé de rentrer à la maison ? m'a lancé Will un soir, au dîner.

C'était un samedi. Je ne me promenais plus dehors et j'avais passé ma journée à regarder par la fenêtre, me cachant dès que des voitures empruntaient notre petite route.

— Quelle maison ? ai-je répondu. La maison, c'est là où l'on a sa famille. Je n'ai pas de famille. Ou alors, je suis déjà à la maison.

J'ai contemplé Magda, assise en face de moi. Ces derniers mois, elle avait plus ou moins cessé d'être la domestique.

— Je vous prie de m'excuser, ai-je continué. Je sais que vous ne voyez jamais votre famille. Vous devez me prendre pour un ingrat qui...

— Non, m'a-t-elle interrompu. En deux ans, je vous ai vu énormément changer.

Je me suis raidi en entendant « deux ans ». Nous n'y étions pas encore, pas tout à fait, mais mon délai était presque écoulé. D'ailleurs, vu que je n'avais plus aucune chance de briser la malédiction, c'était tout comme.

— Avant, a enchaîné Magda, vous étiez un adolescent cruel qui ne vivait que pour blesser les autres. Aujourd'hui, vous êtes à leur écoute et bon envers eux.

— Pour ce que ça me rapporte, ai-je soupiré.

— Si la justice existait, cet horrible sortilège serait levé, et vous n'auriez pas à remplir cette condition irréaliste.

— Elle n'était pas irréaliste, ai-je objecté en jouant avec ma cuiller à soupe (mes griffes ne me gênaient plus autant qu'autrefois, j'avais fait des progrès), c'est seulement moi qui ai échoué. Pour répondre à votre question, ai-je ajouté en me tournant vers Will, je pensais rester. Ici ou en ville, je suis de toute façon obligé de me cantonner entre ces murs. Retourner à Brooklyn ne ferait que me rappeler ce que j'ai perdu.

— Mais Adrian…

— Elle ne viendra pas, Will, je le sais.

Ne lui ayant jamais parlé du miroir, je ne pouvais pas lui expliquer pourquoi j'étais aussi sûr que Lindy m'avait oublié.

— Je n'ai pas la force de repartir là-bas et d'espérer, encore et encore, qu'elle viendra, alors que ça ne se produira pas, ai-je conclu.

Ce soir-là, quand je me suis emparé de la glace sur ma table de nuit, j'ai convoqué Kendra au lieu d'observer Lindy dans son sommeil.

— Alors, m'a-t-elle lancé, tu rentres quand à New York ?

— Pourquoi tout le monde me pose cette question ? Je me plais bien, ici. Rien de mieux ne m'attend, en ville.

— Il y a Lindy.

— Je te répète que rien ne m'attend en ville.

— Il te reste un mois.

— Non, c'est fini. J'ai échoué. Je suis condamné à être un monstre.

— L'aimais-tu, Adrian ?

C'était la première fois qu'elle utilisait ce prénom. J'ai fixé ses étranges yeux verts.

— As-tu changé de coiffure ? ai-je éludé. Des mèches, peut-être ? Ça te va bien.

— Kyle Kingsbury n'aurait jamais prêté attention à mes cheveux, s'est-elle esclaffée.

— Oh que si ! Il s'en serait moqué. Mais je ne suis plus Kyle Kingsbury. Plus du tout, même.

— Je sais. Voilà pourquoi je suis triste que tu portes le fardeau qui lui revient.

J'ai sursauté. C'était, grosso modo, ce qu'avait dit Magda au dîner.

— Ce qui me ramène à ma question, a poursuivi Kendra. Celle que tu as si habilement éludée. L'aimais-tu ?

— En quel honneur te répondrais-je ?

— Tu n'as personne d'autre à qui te confier. Tu as le cœur en miettes, et pas un être à qui en parler.

— Et c'est sur toi qu'il faudrait que je déverse ma peine ? Sur toi qui as gâché ma vie. Cela ne te suffit pas, tu exiges aussi mon âme ? D'accord. Oui, je l'ai aimée. Je l'aime encore. Elle est la seule à m'avoir vraiment adressé la parole, la seule à m'avoir connu au-delà de ma belle apparence et de mon célèbre père, la seule à avoir eu de la tendresse pour moi, alors que j'étais un monstre. Mais elle ne m'a pas aimé.

Je ne regardais plus le miroir. En dépit de leur ironie sous-jacente, mes mots sonnaient vrai.

— Sans elle, je n'ai plus d'espoir, plus de vie. Je suis condamné au chagrin et à la solitude.

— Adrian…

— Je n'ai pas fini.

— Je crois que si.

— Oui, tu as raison, je *suis* fini. Si au moins j'avais l'air normal, pas aussi beau qu'autrefois, juste normal, j'aurais pu tenter le coup. Mais c'est beaucoup demander à une fille que de s'intéresser à un être qui n'est même pas humain. C'est carrément malsain.

— Tu es humain, Adrian. Tu as encore un mois. Ne veux-tu pas revenir, juste pour ce petit mois ? As-tu si peu confiance en elle ?

J'ai hésité.

— Je préfère rester. Ici, je me sens moins monstrueux.

— Un mois. Qu'as-tu à perdre ?

J'ai réfléchi. J'avais déjà renoncé, j'avais accepté mon sort. Retourner à New York, nourrir de nouveau des espoirs, ne serait-ce qu'un mois, me serait difficile. Mais sans trop d'espoir, je n'avais rien. Rien d'autre qu'être un monstre prisonnier d'une maison pour le restant de mes jours, la maison en pierre de taille financée par mon père, où je mettrais de l'engrais sur mes roses afin de les embellir, où je lirais tous les livres de la bibliothèque municipale de New York. En attendant la mort.

— D'accord, un mois, ai-je soupiré.

7.

Je suis rentré à New York. Le type que j'avais chargé d'entretenir mes fleurs avait salement merdé. La moitié des plants étaient morts, les survivants avaient besoin d'être taillés et ne portaient que quelques pauvres boutons.

— Un monstre autre que moi boufferait ce type, ai-je confié à Will.

Mais, en vérité, je n'étais pas traumatisé. C'était à moi et à personne d'autre de veiller sur ces roses. Leur état catastrophique prouvait seulement à quel point elles avaient besoin de moi, et il était bon de se sentir utile. J'ai songé à prendre un animal domestique. Un chat, peut-être. Les chats n'exigent pas d'être promenés. J'allais peut-être terminé comme un de ces vieillards fous qui vivent entourés d'une nuée de félins. Puis un jour, les voisins se plaindraient de l'odeur, et l'on découvrirait que j'étais mort, mangé par mes chats.

N'empêche. Un chat serait sympa. Du moment qu'il ne se soulageait pas dans ma roseraie.

En attendant, j'ai décidé de démonter la serre. Dorénavant, je passerais mes hivers dans le Nord et je reviendrais profiter du printemps et du soleil dans mon jardin clos de Brooklyn.

Je commençais à planifier à long terme ma vie de monstre.

Pourtant, toutes les nuits, je sortais le miroir et je regardais Lindy dormir, me demandant si elle rêvait, et si elle rêvait de moi comme je rêvais d'elle.

Will devait s'interroger lui aussi, puisqu'il a fini, un matin, par lancer :

— Avez-vous eu des nouvelles de Lindy depuis notre retour ?

Nous étions le 4 mai, veille de la date fatidique. Presque un mois s'était écoulé depuis que j'avais quitté la campagne. J'étais au jardin. Nous venions de terminer *Jane Eyre*. Il ignorait que je l'avais lu des mois plus tôt, juste après ce fameux après-midi – une journée parfaite, une journée où j'avais cru possible qu'elle s'éprenne de moi – que Lindy et moi avions passé au dernier étage de la maison. Je repensais souvent à cette journée, bien que la robe verte que j'avais cachée sous mon oreiller ait perdu depuis longtemps son parfum.

— Je n'aurais jamais imaginé pouvoir apprécier un roman intitulé *Jane Eyre*, ai-je répondu à Will, histoire de changer de sujet. D'autant qu'il raconte le destin d'une gouvernante anglaise pleine de cran, un sujet qui ne m'intéresse guère.

— Il arrive que nous nous surprenions nous-mêmes. Qu'avez-vous aimé, dans cet ouvrage ?

— Je préfère vous dire ce qui m'a déplu. Jane est trop bonne. Elle aime Rochester, elle n'a rien au monde, ni famille, ni amis, ni argent. À mon avis, elle aurait mieux fait de s'accrocher à Rochester dès le départ.

— Mais il a enfermé son épouse démente au grenier.

— Ce que nul ne sait. Par ailleurs, il est le grand amour de Jane. Lorsqu'on aime avec autant d'intensité, rien ne devrait vous retenir.

— Parfois, on a des priorités plus urgentes. J'ignorais que vous étiez un tel romantique, Adrian.

— Non que j'aie de quelconques raisons de l'être.

Will a retourné son exemplaire de *Jane Eyre* sur ses genoux. Il a attendu.

— La réponse est non, ai-je fini par craquer. Je n'ai pas de nouvelles de Lindy.

— J'en suis désolé, Adrian.

— Ce qui m'amène à ce que j'aime dans ce livre, ai-je enchaîné en m'approchant de mes rosiers miniatures. J'ai apprécié que, lorsque Rochester et Jane se séparent, il coure à la fenêtre et l'appelle. Elle l'entend, elle lui répond même. Voilà ce que devrait être le grand amour : l'autre est une part de vous, de votre âme, et vous savez ce qu'il ou elle ressent tout le temps.

Cueillant une fleur, je l'ai portée à ma joue. Je mourais d'envie d'observer Lindy dans le miroir, même si cela devait mettre un terme à ma conversation avec Will, même si elle ne m'aimait pas, même si je ne lui manquais pas. Mais pleurer sur mon sort, souffrir de son absence ne menait à rien. J'ai regardé Will.

— Bon, à quoi allons-nous nous attaquer, maintenant ? À un livre de guerre, j'espère. Ou à *Moby Dick*.

— Je suis navré, Adrian.

— Oui, moi aussi.

Nuit suivante. 5 mai. Vingt-deux heures trente. Plus qu'une heure et demie. Ces deux dernières années, j'avais perdu tous mes copains, une fille dont j'avais cru qu'elle m'aimait, et mon père. Mais j'avais trouvé de véritables amis en Will et Magda. J'avais aussi trouvé un passe-temps. Et le grand amour, même si l'objet de mon affection ne m'aimait pas en retour.

Pourtant, mon visage, mon visage aux traits horribles était resté exactement identique. C'était injuste. Tellement injuste !

C'était une nuit de pleine lune, comme celle où, des mois plus tôt, j'avais dit à Lindy de partir. Nous étions en ville, cependant, et il n'y avait pas d'étoiles au-dessus des étoiles. Je me suis approché de la fenêtre et je l'ai ouverte avec l'intention de crier à la lune. Mais cette fois, c'est son nom qui m'a échappé.

— Lindy !

J'ai guetté une réponse. En vain.

J'ai regardé ma montre. Presque vingt-trois heures. Bien que je sois conscient qu'il n'y avait plus d'espoir, je n'ai pu m'empêcher d'aller chercher le miroir. Plus tôt que d'ordinaire.

— Je veux voir Lindy.

Quasiment avant que son image apparaisse, un hurlement a déchiré la nuit.

Sa voix. Je l'aurais reconnue, quand bien même cent ans se seraient écoulés. Moi qui avais cru ne plus jamais l'entendre. Si proche. Je me suis rué au carreau, la cherchant fébrilement des yeux.

C'est alors que j'ai compris que le cri provenait de la glace.

Ramassant celle-ci, j'ai collé mon visage dessus. Il faisait sombre, très sombre, si bien que j'avais du mal à distinguer les alentours et celle qui avait appelé – je m'en rendais compte maintenant – mon nom.

— À l'aide ! Je vous en supplie, à l'aide ! Adrian !

Au fur et à mesure que mes yeux s'habituaient à l'obscurité, j'ai discerné des formes, des immeubles. Je connaissais ce quartier, guère éloigné. Que faisait-elle à y errer la nuit ? J'ai constaté alors qu'elle n'était pas seule. Une silhouette noire, celle d'un homme, l'accompagnait. La tenant par le bras, il l'a contrainte à grimper une volée de marches, dans un bâtiment en brique désaffecté.

Je courais, à présent. Sans réfléchir, je m'étais précipité dehors. Pas un taxi à l'horizon. De toute façon, aucun ne m'aurait pris. J'ai foncé vers la station de métro que j'avais si souvent observée du quatrième étage, dans laquelle je n'étais pas entré depuis un an et demi. La rue était éclairée par la lune et les réverbères. En dépit de l'heure tardive, j'ai dû me frayer un passage au milieu de la foule qui, sur le trottoir, venait de la direction opposée.

— Qu'est-ce que c'était que ça ? a piaillé quelqu'un en se retournant pour me suivre des yeux.

J'étais déjà une ombre au loin, cependant. Je courais, courais, vers cette voix unique, vers la seule personne au monde qui avait crié mon nom pour que je puisse l'entendre.

Je ne m'étais pas soucié d'enfiler un manteau, rien ne me dissimulait sinon mon jean et un tee-shirt. Un monstre dans le vaste monde. On penserait peut-être qu'il s'agissait d'un déguisement. Des choses plus étranges hantaient New York. Cela ne m'a pas empêché de constater, tandis que je galopais, qu'on hurlait, qu'on tendait le doigt. J'ai poursuivi mon chemin avant, enfin, de disparaître sous terre.

Les heures de pointe étaient depuis longtemps dépassées, et le métro n'était généralement pas bondé, dans le coin, les nuits d'été. J'ai sauté par-dessus le tourniquet. La chance m'a souri, un convoi était en gare. Il aurait dû être vide. Ce n'était pas le cas : des fans des Mets rentraient à Manhattan, après avoir assisté à un match de leur équipe préférée au Shea Stadium.

Je me suis engouffré dans un wagon. Une foule de gens, une *meute* de gens occupaient les sièges, parents avec des enfants sur les genoux, voyageurs accrochés aux barres métalliques ou aux dossiers des fauteuils. J'ai espéré me cacher dans tout ce monde. J'ai essayé de me fondre au milieu des autres.

Soudain, un braillement :

— Un monstre !

Un petit garçon, les traits paralysés de terreur.

— Tâche de dormir, chéri, l'a rassuré sa mère en lui tapotant le dos.

— Mais non, maman ! C'est un monstre.

— Ne dis pas de bêtises, chéri. Les monstres, ça n'existe…

Elle a relevé la tête, s'est figée.

Brusquement, une dizaine, une centaine d'yeux se sont braqués sur moi.

— C'est sûrement un masque, a murmuré la mère.

Par derrière, quelqu'un a agrippé mon visage, a tiré. Je n'ai pas eu le choix. J'ai sorti mes griffes, me suis retourné.

C'est alors que la panique s'est déclenchée.

— Un monstre !

— Une bête sauvage !

— Un fauve dans le métro !

— Contactez les secours !

— Appelez la police !

Bientôt, tout s'est confondu en un unique hurlement, le hurlement que je m'étais efforcé d'éviter durant deux ans. Autour de moi, les corps se bousculaient, qui pour m'attraper, qui pour me fuir. Je tenais les agressifs à distance en montrant mes griffes et mes crocs. Allais-je être arrêté ? Emmené en prison ? Au zoo ?

Ce n'était pas possible. Il fallait que je trouve Lindy.

Lindy.

Elle avait besoin de moi. Dans le métro, la clameur ne diminuait en rien. Des poings se sont abattus dans mon dos. J'ai fixé le miroir en essayant de mémoriser l'immeuble, la rue, l'adresse où elle était. Je me suis approché des portes. Nouveaux cris, nouvelle bousculade, chaleur de cette nuit de mai.

— Ne me mangez pas !

— Ils arrivent, les flics ?

— Je ne les ai pas eus. Il y a trop d'appels.

— Empêchez-le de sortir ! a ordonné un homme hystérique.

— Vous rigolez ? Qu'on le flanque dehors avant qu'il bouffe quelqu'un.

Tétanisé par la peur, je demeurais immobile. Ma vie ne pouvait pas s'achever de cette manière. Je ne pouvais pas mourir aussi près de la revoir, sans la sauver. Elle m'avait appelé au secours. Je l'avais entendue, aussi fou que cela paraisse. Je devais la localiser. Après, que je vive ou que je meure, ça n'avait aucune importance.

J'avais une mission à accomplir.

Quand le métro s'est arrêté en bringuebalant à la station suivante, je me suis rué vers le quai. Un homme a tenté de me bloquer le chemin. J'ai cherché une arme, n'en ai trouvé qu'une, celle que je tenais. Le miroir. Je l'ai écrasé sur son crâne, dans un grand bruit de casse – la glace, sa tête ou les deux.

Des éclats de miroir ont volé dans le wagon, les gens se sont mis à courir dans tous les sens en hurlant de plus belle, si fort que j'en ai oublié le silence qui avait constitué l'essentiel de mon existence pendant tant de mois. J'ai lâché le miroir, qui est tombé par terre, conscient que, sans lui, toutes mes chances de revoir Lindy s'étaient évaporées. Toutes sauf une, ici et maintenant.

J'ai plongé dans la foule en poussant un feulement assez puissant pour disperser les voyageurs. Je me suis mis à quatre pattes, la position qui me permettait d'être plus rapide, plus féroce, et j'ai couru vers la sortie.

— Jetez-le sur les rails !

— Oui ! Poussez le monstre sur la voie !

Des corps se pressant contre moi, leur chaleur, leur odeur. Les portes se sont refermées, le convoi a commencé à s'éloigné. Sur le quai, les gens ne renonçaient pas à me pousser, encore et encore. Une fois le train parti, ils réussiraient à me balancer sur les rails, à m'y retenir, peut-être, jusqu'à l'arrivée de la police. Ou du prochain métro.

Cela ne m'aurait pas gêné, s'il n'y avait eu Lindy.

Toutes les nuits que j'avais consacrées à tenter de contrôler mes colères bestiales, à rengainer mes griffes et à cacher mes crocs s'étaient envolées. À présent, je montrais les dents, je brandissais mes griffes, je n'étais pas un homme mais un lion, un ours, un loup. J'étais une bête sauvage. Mes rugissements ont ébranlé les murs de la station, submergeant les autres bruits, métro et badauds. Mes griffes se sont plantées dans des chairs, les voyageurs ont déguerpi. S'ils m'attrapaient, ils me tueraient. J'ai foncé droit devant, courant, non, bondissant, oui, bondissant comme un animal sur mes quatre pattes, et j'ai fini par débouler dans les escaliers, soudain déserts, qui menaient à la rue.

Dehors, le silence régnait. Ça ne durerait pas. J'ai déguerpi. Quelques passants traînaient encore dehors, mais même les bandes de durs se sont écartées devant moi.

Je n'avais plus de miroir pour me guider, juste ma mémoire, ma mémoire et mon instinct animal. Je me souvenais de l'endroit où j'avais aperçu Lindy. De ses cris, qui résonnaient encore dans mon crâne. Je les ai suivis. Un pâté de maisons. L'impression d'être pourchassé par une meute effrayée ne me quittait pas. Aucune importance, on ne me rattraperait pas. J'ai tourné dans une ruelle, puis une rue latérale, me suis engouffré dans une entrée d'immeuble, un escalier, une pièce.

Alors seulement, je me suis arrêté.

8.

Je les ai fixés. L'homme la retenait par le bras.

— Pas de fric, hein ? a-t-il grondé. Ton père a dit que tu paierais. Si tu n'as pas d'argent, je me rembourserai autrement.

— Non ! Lâchez-moi !

— Lindy ?

Bourreau et victime se sont retournés. C'était bien elle. Mes instincts, aussi sauvages aient-ils été, ne m'avaient pas trompé. L'homme, le monstre, lui agrippait les cheveux, un pistolet appuyé contre sa tempe.

— Lindy !

J'ai avancé d'un pas.

— Adrian !

— Ne bouge pas, sinon je tire ! a aboyé l'agresseur.

Il tenait Lindy en joue. Il ne pouvait pas la blesser. Je n'avais pas fait tout ça pour qu'il la blesse. Sans réfléchir, j'ai laissé échapper un feulement mauvais, celui d'un fauve prêt à attaquer.

— Je suis sérieux, s'est-il entêté. Ne...

Il s'est interrompu. Ses yeux de bête ont croisé mes yeux de bête, et l'animal que j'étais a flairé sa peur.

— Qu'est-ce que...

— Si tu tentes quoi que ce soit contre elle, ai-je grogné, je te tue.

— Ne me mange pas ! a-t-il couiné.

L'arme a quitté Lindy pour se focaliser sur moi. Je n'avais besoin de rien d'autre. J'ai plongé. Mes dents se sont plantées dans un bras, mes griffes dans un cou. Il y a eu un coup de feu. Mes crocs sont remontés vers sa gorge. Soudain, il a cessé de se débattre. Je l'ai rejeté, il s'est écroulé par terre.

Je saignais. Je n'étais pas censé saigner. J'ai détourné le regard. Pour autant, l'hémorragie ne s'est pas tarie. Ma peau n'était peut-être pas en mesure de cicatriser quand la blessure avait été provoquée par une balle. Logique. Dieu que ça faisait mal !

Lindy s'est précipitée sur moi en trébuchant sur le corps de son tourmenteur.

— Adrian ! Tu es venu.

— Je suis venu, ai-je acquiescé.

Le monde devenait flou, flou et sombre, propre et odorant comme une rose.

— Mais comment as-tu su ? Comment m'as-tu localisée ?

— J'ai su... (Mon ventre était douloureux, là où la balle avait pénétré.) J'ai su grâce à... *(La magie. L'amour. L'instinct. Comme Jane sait, pour Rochester.)* J'ai su, c'est tout...

J'ai tendu la main vers elle.

— Je vais prévenir la police, une ambulance !

Elle a voulu s'éloigner. J'ai repensé à la foule en colère du métro ; un flic surgirait et m'embarquerait, je mourrais dans une voiture de patrouille, seul, je perdrais de nouveau Lindy alors que je venais seulement de la retrouver. Je l'ai retenue par le bras.

— S'il te plaît, reste avec moi. Je t'en supplie, ne t'en va pas.

— Je ne voulais pas partir, a-t-elle répondu en pleurant. Tu m'avais dit de revenir au printemps, et je le désirais vraiment. Mon père était dans un sale état, comme d'habitude. Il avait promis de se faire désintoxiquer, de trouver un boulot. Ç'a duré une semaine, puis il a démissionné. Il refusait de bosser parce que je le lui ordonnais, il estimait ne pas avoir à m'obéir. Rien de neuf sous le soleil, bien sûr, mais cette fois, c'était différent.

— Pourquoi ?

Je m'efforçais de m'exprimer d'une voix normale. Si elle prenait la mesure de la gravité de ma blessure, elle me quitterait, elle irait chercher la police. J'avais tellement mal. Comme si la vie s'écoulait de moi, suintait à travers ma peau. Je me suis retenu de baisser les yeux sur le fouillis sanglant que devait être mon ventre.

— Parce que j'avais vécu avec toi. Avant, je ne savais qu'être sa fille, vivre au jour le jour et attendre que ça passe. Toi, tu m'as appris ce que c'était d'avoir quelqu'un qui me parle, qui s'occupe de moi... qui soit avec moi... et...

— Qui t'aime ?

Rien qu'un souffle. Du coin de l'œil, j'ai vu l'aiguille de ma montre bouger. Minuit moins une. C'était fini. Mais j'étais avec Lindy, cela me suffisait.

— Pourquoi n'es-tu pas revenue ?

— J'ai perdu l'adresse. Mon père m'avait traînée à Brooklyn de force et il refusait de me dire où se trouvait la maison. Soit il me mentait, soit il assurait avoir oublié. Je me suis souvenue que, de chez toi, on apercevait une station de métro. Je te l'avais dit, tu te rappelles ?

J'ai hoché la tête.

— Alors, j'ai décidé de faire toutes les stations de Brooklyn et de chercher une maison avec une serre. Une station par jour, après le lycée. Mais c'était trop lent. Ce soir, je m'étais juré de te retrouver, quitte à arpenter chaque mètre carré de Brooklyn en t'appelant.

— Pourquoi en m'appelant ?

— Comme dans *Jane Eyre*. Je l'ai relu la semaine dernière, j'ai songé à toi, aux amoureux séparés et...

— Les amoureux ?

J'avais beaucoup de mal à garder les paupières ouvertes. Maintenant qu'elle était près de moi, il ne me serait pas difficile d'en finir.

— Je vais chercher une ambulance ! Tu es blessé, et...

Douloureusement, j'ai redressé la tête.

— Je t'aime, Lindy.

Minuit. C'en était terminé. Je resterais un monstre toute ma vie. Qu'importe, Lindy m'était rendue. Elle était là.

— Je sais que je suis trop laid pour que tu m'aimes, ai-je poursuivi, n'empêche, je...

— Je t'aime aussi, Adrian. S'il te plaît, laisse-moi...

— Alors, embrasse-moi. Offre-moi le souvenir de ton baiser, même si je dois mourir.

Il était trop tard. Trop tard. Pourtant, elle s'est penchée et m'a embrassé – mes yeux, mes joues et ma bouche dénuée de lèvres.

J'avais beau m'enfoncer, j'ai connu la joie de goûter son haleine, d'en sentir la caresse. Je n'exigeais rien de plus. À présent, je pouvais mourir, heureux.

Une ombre a bougé, tout à coup.

— Attention, Lindy ! ai-je réussi à crier, avec un soudain regain de force. Derrière toi !

J'ai essayé de me relever et de m'interposer entre elle et l'homme. Malheureusement, mon corps était engourdi, traversé de picotements, lourd, à croire que j'étais déjà mort. Lindy a plongé à terre pour s'emparer de l'arme avant le type. Ils se sont battus. Il y a eu un nouveau coup de feu, le fracas du verre qui explose. Puis la silhouette a filé vers la porte.

Lindy s'est tournée vers moi, le pistolet fumant à la main.

— Adrian ?

Elle scrutait la pénombre comme si j'étais invisible. Le monde était noir, il tanguait. L'air était chargé du parfum des roses. Sous mes doigts, j'ai brusquement senti quelque chose. Des pétales. Il y en avait partout, sous mes mains, sur mon corps, dans les cheveux de Lindy, même. D'où avaient-ils surgi ?

— Je suis là, mon amour, ai-je murmuré.

Venais-je de dire « mon amour » ? Moi ? Je me sentais si bien, maintenant, comme si plus rien ne pourrait plus jamais m'atteindre. Je ne souffrais plus. Etais-je mort ?

Lindy continuait à me dévisager d'un air étrange.

— Kyle Kingsbury ? a-t-elle fini par chuchoter. Mais… où est Adrian ?

J'avais dû entendre de travers.

— Je suis ici. Comment m'as-tu appelé ?

— Kyle Kingsbury, n'est-ce pas ? De Tuttle. Tu ne te souviens sans doute pas de moi, mais tu m'as offert une rose, un jour.

Elle s'est interrompue, regardant à droite et à gauche.

— Une rose… a-t-elle repris. Adrian !

— Lindy…

J'ai porté ma main à mes yeux. C'était une main parfaitement humaine, comme le bras auquel elle était attachée. J'ai touché mon visage. Il était humain lui aussi.

— C'est bien moi, Lindy.

— Je ne comprends pas. Où est passé le garçon qui était là à l'instant ? Il s'appelle Adrian et il est…

— Laid ? Hideux ?

— Non ! Il était blessé. Il faut que je le retrouve !

Elle a commencé à foncer vers la porte.

— Lindy ! ai-je crié.

Je me suis remis debout. Les forces me revenaient. Quand j'ai inspecté le plancher, je n'ai pas vu de sang. Il s'était évaporé, comme ma douleur. J'étais guéri, à tous les sens du terme. Je me suis précipité derrière Lindy. J'étais vivant, en bonne santé.

— S'il te plaît, attends ! ai-je dit en l'attrapant par le bras.

— Ce n'est pas possible, Kyle. Tu ne piges donc pas ? Il y avait un garçon, il était…

— Moi. C'était moi.

Je me suis emparé de sa deuxième main.

— Non ! a-t-elle protesté en se débattant. Il n'était pas toi.

— Je t'en prie.

Je l'ai attirée à moi. J'étais plus grand que l'ancien Kyle, plus fort aussi. Je l'ai emprisonnée dans mon étreinte, cependant qu'elle luttait pour se libérer à coups de pied et de poing.

— Je t'en supplie, Lindy, ferme les yeux, et tu sauras que je dis la vérité.

Un bras autour de sa taille, j'ai placé ma paume sur ses paupières. Elle s'est calmée.

— Une nuit, il y a eu une tempête. Tu es descendue de ta chambre effrayée, nous avons mangé du pop-corn en regardant *The Princess Bride*. (Elle s'est figée.) Reconnais-tu ma voix, Lindy ? Le film terminé, tu t'étais endormie, alors je t'ai portée jusqu'à ton lit.

Elle s'appuyait contre moi, maintenant, comme si, sans soutien, elle risquait de s'effondrer.

— Tu t'es réveillée dans le noir, ai-je enchaîné. Tu m'as parlé. Mes intonations t'étaient familières. Normal, j'étais Kyle. Lui, Adrian... nous ne faisons qu'un. Je n'oublierai jamais ce soir-là, car c'est la première fois que j'ai eu un peu d'espoir, la première fois que je t'ai adressé la parole sans craindre que tu remarques ma laideur, ma monstruosité. La première fois que je me suis dit que, peut-être, un jour, tu m'aimerais.

— Adrian ? a-t-elle soufflé. Mais... comment...

— La magie. Une sorcière m'a jeté un sort. Je le qualifierais de cruel s'il ne m'avait mené à toi.

— Et comment le sortilège a-t-il été rompu ?

— Par la magie aussi. La magie de l'amour. Je t'aime, Lindy.

Je l'ai embrassée, elle m'a rendu mon baiser.

— Adrian !

— Oui.

J'ai éclaté de rire, ç'a été plus fort que moi.

— Tu veux bien me ramener à la maison ? a-t-elle demandé. *Ta* maison ?

— Oui. Nous allons prendre le métro.

J'ai jeté un coup d'œil sur mes vêtements trop larges.

— Je sais que j'ai l'air bizarre, mais personne ne s'en rendra compte, non ?

M. Anderson : Bienvenue sur le forum.

GrizzlyGuy : Salut tout le monde ! J'aimerais vous présenter des amies.

Blanche-Neige : Salut, je m'appelle Blanche-Neige. Mais pas la Blanche-Neige.

Rose-Rouge : Tu dis toujours ça. C'est débile.

Blanche-Neige : La ferme ! Tu es jalouse parce que c'est avec moi qu'il est.

M. Anderson : Mesdemoiselles ! Mesdemoiselles !

GrizzlyGuy : Blanche-Neige et moi sommes fiancés.

Monsterkid : Salut à tous ! Moi aussi, j'aimerais vous présenter quelqu'un. Voici Lindy. Elle a brisé la malédiction, je ne suis plus un monstre !!!

Lindarose : Bonsoir à tous. Ravie de vous rencontrer.

Blanche-Neige : Félicitations.

Rose-Rouge : Oui, c'est super.

M. Anderson : Je voulais justement te parler, Monster. J'ai eu vent de rumeurs à propos d'une bête sauvage qui hantait le métro. C'était toi ?

Monsterkid : Bien sûr que non.

Lindarose : Rien que le fruit d'imaginations débordantes ;-)

Monsterkid : Même si nous sommes ensemble depuis ce jour-là.

Lindarose : Tirez-en les conclusions que vous voudrez.

Froggie : Moi aussi, ai news.

Monsterkid : Lesquelles, Froggie ?

Froggie : Ai rencontré princesse.

GrizzlyGuy : Vraiment ? T'a-t-elle embrassé ? A-t-elle fait ce qu'il fallait pour te libérer de ta malédiction ?

Froggie : Pas encore mais a promis.

Monsterkid : Super ! Comment l'as-tu connue ?

Froggie : Jouait GameBoy, l'a laissée tomber dans étang. L'ai repêchée, elle a promis de m'embrasser.

M. Anderson : C'est fabuleux, Froggie !

Froggie : Reste prudent, princesses tendance changer d'avis.

M. Anderson : Voilà qui est intéressant, en tout cas. Tout le monde semble avoir trouvé le grand amour.

Monsterkid : Non, pas tout le monde.

GrizzlyGuy : Il veut parler de Mutique. C'est très triste.

M. Anderson : Comme je le soulignais...

Froggie : Bon sang ! Ma princesse ! Souhaitez bonne chance.

Froggie s'est déconnecté.

M. Anderson : Bon, eh bien, nous allons peut-être arrêter là pour ce soir. Félicitations aux heureux couples. On peut s'attendre à des mariages ?

Blanche-Neige : Absolument. Après tout, quand une fille aide un type à tuer un nain, le moins qu'il puisse faire ensuite, c'est de l'épouser.

Rose-Rouge : Elle a toujours été comme ça, à exiger des choses.

Monsterkid : Pas nous. Pour l'instant. Nous sommes encore au lycée. Mais un jour, peut-être...

Lindarose : Un jour, oui...

Monsterkid : Bonne nuit. Et merci pour votre soutien.

Monsterkid s'est déconnecté.

SIXIÈME PARTIE

ILS SE MARIÈRENT
ET
EURENT BEAUCOUP
D'ENFANTS

I.

À l'instant où nous sommes sortis de l'immeuble, nous avons été cernés par des voitures de patrouille. Une foule de badauds et de journalistes, dont une de la chaîne pour laquelle bossait mon père, envahissait le coin. Il y avait aussi l'agresseur de Lindy, qui s'adressait à tous ces gens.

— C'est lui ! a-t-il hurlé quand il m'a vu. Le monstre qui m'a attaqué !

Ces mots ont provoqué une clameur dans l'assemblée, clameur renforcée quand on a pu constater que j'étais humain.

— Un monstre, ça ? s'est exclamée la journaliste travaillant sur la même chaîne que mon père.

— Il a changé. Il avait des crocs, des griffes et des poils partout.

L'envoyée spéciale s'est tournée vers Lindy, l'air d'espérer en tirer quelque chose justifiant le déplacement.

— Avez-vous aperçu un monstre, mademoiselle ?

— Bien sûr que non, a répondu Lindy en caressant mes cheveux. Ce type, en revanche, a-t-elle ajouté en désignant la brute, m'a menacée d'une arme. Il m'aurait tuée si ce jeune homme n'était pas venu à mon secours.

— Mais puisque je vous dis que c'était un monstre, une bête ! s'est défendu l'autre. Il s'est transformé par magie !

— La magie ! s'est écriée Lindy avec un petit rire forcé, repris par la foule. La magie et les monstres n'existent que dans les contes de fées ! Ou les hallucinations déclenchées par la drogue. En revanche, les héros et les méchants sont bien réels.

— Avez-vous vu un monstre ? a aboyé la journaliste en me fourrant son micro sous le nez.

— Non.

Je me suis emparé du micro avec autorité, comme l'aurait fait mon père, et j'ai poursuivi :

— Mais si monstre il y a, il s'agit sans doute d'un gars normal ayant un problème de peau ou je ne sais quoi. Il n'a peut-être besoin que d'un peu de tolérance. Nous n'avons que trop tendance à juger les gens sur leur apparence, parce que c'est plus simple que de voir ce qui compte vraiment.

L'envoyée spéciale m'a repris le micro.

— Quelle jolie leçon de morale ! a-t-elle ricané avant de s'adresser à la caméra. Aucune piste dans la mystérieuse affaire du monstre qui a terrorisé des passagers du métro à Brooklyn ce soir. À vous l'antenne.

Les badauds ont commencé à se disperser. Un flic a saisi l'agresseur de Lindy au collet.

— Pas si vite, mon pote. J'ai vérifié ton identité, et il semble que tu aies un avis de recherche aux fesses. Par ailleurs, nous avons retrouvé le pistolet dont a parlé cette jeune fille.

Il s'est adressé à Lindy et à moi :

— Vous acceptez de nous accompagner au poste ? Pour une déposition ?

— Naturellement, ai-je répondu en songeant à quel point mon père allait être furax.

Sans parler de la frousse qu'avait dû lui inspirer cette histoire de monstre en liberté dans les rues de Brooklyn. Laquelle avait été diffusée sur sa propre chaîne. À cette heure, il était sûrement en train de m'attendre dans mon salon.

— Je suis prête à aller où vous voudrez, a lancé Lindy, du moment que Kyle est avec moi.

— Des mômes amoureux, a soupiré le flic en levant les yeux au ciel. C'est le bouquet !

Il a peut-être ajouté quelque chose, mais nous ne l'avons pas entendu, trop occupés que nous étions à nous embrasser.

2.

Nous ne sommes rentrés à la maison que des heures plus tard. À notre arrivée, nous avons trouvé, comme prévu, mon père devant le JT du matin, les yeux fixés sur une image qui montrait une espèce de créature lupine avec comme titre : UNE BÊTE DANS LE MÉTRO ? Il avait retiré sa cravate, paraissait lessivé.

— Tu es au courant de quelque chose à ce sujet, Kyle ? m'a-t-il demandé, l'air de ne pas s'apercevoir de ma transformation.

— Non, pourquoi devrais-je ? Il est clair que je ne suis pas un monstre.

Il a relevé la tête.

— Non, en effet. Quand cela s'est-il produit ?

Je ne me suis pas donné la peine de lui répondre.

— Je te présente Lindy, papa.

— Ravi de te rencontrer, Lindy, a-t-il lancé avec son sourire de présentateur.

Il n'a pas manqué de remarquer le tee-shirt Jane Austen qu'elle portait, ses vieilles baskets, son jean banal, oubliant complètement de regarder ses traits. Typique. Cela l'aurait-il tué de croiser son regard ?

— Eh bien, a-t-il repris, il faut fêter ça. Je t'emmène petit-déjeuner dehors ?

Ça aussi, c'était typique. Maintenant que j'étais normal, il était prêt à me consacrer un minimum de temps. J'ai jeté un coup d'œil à Lindy, qui a froncé le nez.

— Non merci, ai-je lâché. Il faut que je m'entretienne avec Will et Magda. Après tout, ils m'ont soutenu pendant deux ans, eux. Ensuite, j'irai me coucher. Je suis épuisé.

J'ai goûté à sa juste valeur la contrariété qui s'est dessinée sur son visage quand il m'a entendu l'envoyer bouler.

— Mais bon, ai-je précisé, nous pourrons déjeuner ensemble très bientôt.

D'ici un an ou deux, genre.

Après son départ, je suis monté trouver Will. Comme il était à peine cinq heures du matin, il dormait. J'ai frappé, encore et encore.

— Ça ne peut pas attendre, Adrian ? m'a dit Lindy. Will dort. Et puis, j'ai des idées pour tuer le temps. Tu m'as tellement manqué.

— Toi aussi, tu m'as manqué.

Je l'ai embrassée. L'image de l'hiver m'est venue à l'esprit. J'avais été aussi mort que mes roses, même si je n'avais pas voulu l'admettre.

— Mais il est vital que je parle à Will là tout de suite, ai-je repris. Tu vas comprendre. Lui aussi.

Je me suis remis à cogner au battant.

— Ouvrez, espèce de marmotte !

— Quelle heure est-il ? a marmonné une voix ensommeillée.

— Celle de se lever. Ouvrez !

— Pilote vous bouffera tout cru.

— C'est un chien d'aveugle, pas un chien d'attaque. Ouvrez cette porte !

D'abord, il n'y a pas eu de bruit, et j'ai cru qu'il s'était rendormi. J'allais frapper une fois encore quand j'ai perçu des pas. Puis Will s'est encadré sur le seuil. La lumière l'a ébloui.

— Qu'est-ce que…

Il a regardé à gauche puis à droite, et ses prunelles se sont posées sur moi comme jamais avant.

— Mais… qui êtes-vous ?

— C'est moi, Adrian. Et voici Lindy. Vous nous voyez ?

— Oui. Enfin, il me semble. Je rêve sûrement. Vous m'avez fait croire que vous étiez un monstre hideux.

— Et vous m'avez fait croire que vous étiez aveugle. Les choses changent, parfois.

Il s'est mis à rire, à danser de joie.

— Oui ! Les choses changent ! Je n'en reviens pas ! Et vous, Lindy ? C'est bien vous ? Vous avez donc décidé de revenir vers Adrian ?

— Oui. Je ne comprends pas encore toute l'histoire, mais je suis heureuse. Tellement heureuse.

Elle a embrassé Will, puis Pilote qui, d'ordinaire si bien dressé, avait dû deviner que ses services en tant que chien d'aveugle n'étaient plus nécessaires, car il bondissait partout en aboyant et en léchant les mains de tout le monde.

— Où est Magda ? ai-je demandé quand nous nous sommes un peu calmés.

Si Kendra avait tenu parole, il était arrivé quelque chose à Magda également. Elle devait avoir retrouvé sa famille. En même temps, je ne voulais pas qu'elle soit partie. J'avais besoin d'elle, je souhaitais qu'elle reste. J'ai couru jusqu'à sa chambre, suivi par Lindy. J'ai tambouriné à la porte. Pas de réponse.

J'ai ouvert. La pièce était vide.

— Non ! ai-je hurlé en manquant d'écraser les doigts de Lindy dans ma paume.

Elle m'a regardé d'un air surpris, et je me suis rappelé quel jour merveilleux c'était.

— Je n'ai pas pu lui dire au revoir, ai-je murmuré. Elle est partie sans un mot.

— Je suis désolée, Adrian.

Juste avant de tourner les talons, j'ai aperçu un éclat sur le lit. Je m'en suis approché. C'était un miroir d'argent, identique à celui que j'avais brisé sur le crâne d'un passager la veille au soir dans le métro. Celui-ci était intact, cependant, et me renvoyait le reflet de mes traits, aussi parfaits que dans mon souvenir – cheveux blonds et raides, yeux bleus, et même un léger hâle. Quand j'ai ouvert la bouche, des lèvres sensuelles ont remué au-dessus de dents sans défaut. Et, à mon côté, se tenait une fille parfaite elle aussi, la fille idéale.

— Je veux voir Magda.

Aussitôt, Kendra est apparue.

3.

— Où est Magda ? ai-je demandé à la sorcière.

— Retrouve-moi sur le toit, a-t-elle répondu. Le soleil va se lever.

Nous sommes montés au quatrième étage, où je n'étais pas venu depuis longtemps. La présence de Lindy a ravivé le souvenir de tous les jours de solitude que j'avais passés ici, sur le canapé, et celui de l'après-midi où nous avions fouillé les cartons. C'était merveilleux, quand la vie vous accordait une seconde chance. Ouvrant la fenêtre, je me suis hissé sur le toit avant d'aider Lindy à me rejoindre.

Le toit était plat, ceint d'une corniche sur laquelle il était possible de marcher. Le soleil est apparu. New York à cette heure est l'un des plus beaux spectacles qui soient au monde. On vante souvent la ligne des gratte-ciel, mais ce n'est rien, comparé au premières lueurs roses qui surgissent entre les immeubles, surtout quand vous tenez la main de celle que vous aimez.

— Regarde, ai-je murmuré en embrassant cette main. N'est-ce pas un matin extraordinaire ?

Toutefois, Lindy ne s'intéressait ni au lever du soleil ni à moi. Suivant la direction de ses yeux, j'ai compris pourquoi : Kendra était là. C'était la première fois que je la revoyais en chair et en os depuis la nuit où elle m'avait lancé le sortilège. Elle était magnifique, avec sa robe noire et ses cheveux aux mèches mauves, vertes et brunes qui flottaient librement autour de son visage. Derrière elle, des corbeaux s'alignaient sur la corniche du toit, avec des reflets noirs, verts et mauves sous les rayons du soleil.

— Tu m'as l'air en forme, Kyle.

— Adrian. Je préfère Adrian.

— Moi aussi, au passage. Ça te correspond mieux.

Elle a avancé vers Lindy. Ou plutôt, elle a volé jusqu'à elle.

— Et voici Lindy. Ravie de te rencontrer, je m'appelle Kendra.

— Kendra la...

J'avais expliqué toute l'histoire à Lindy pendant que nous patientions au commissariat.

— Tu peux le dire, a souri Kendra. La sorcière. Je ne nie pas ce que je suis. Certains iraient jusqu'à me traiter de Carabosse. Je suis responsable de la malédiction qui a frappé Adrian.

— Et vous êtes fière de vous ?

— Un peu, oui. Il a meilleur fond qu'au départ, non ?

Si Lindy n'en paraissait pas convaincue, j'ai hoché la tête, absolument d'accord.

— J'avoue, a repris Kendra, que mes précédents sortilèges n'ont pas été couronnés d'un tel succès. Jeune, j'avais tendance à être impulsive, à transformer quelqu'un en grenouille et à ne poser de questions qu'après. Mes collègues me l'ont reproché, m'accusant d'utiliser mes pouvoirs trop souvent, ce qui risquait d'attirer l'attention sur la sorcellerie et de déclencher une vague de répression aussi dramatique que cette triste affaire de Salem. Elles m'ont punie. J'ai été envoyée à New York afin d'y travailler comme domestique. Avec interdiction de recourir à mes pouvoirs.

— Sauf que tu as désobéi, ai-je deviné.

— Oui. J'avais été placée au service d'un adolescent si horrible et insensible que je me suis sentie obligée de lui donner une leçon. Je lui ai jeté un mauvais sort.

— Merci du cadeau.

Lindy a serré ma main.

— Les autres sorcières n'en sont pas revenues. Je m'étais permis de lancer un sortilège énorme, tout sauf discret, susceptible de se terminer avec... eh bien, avec l'échappée d'un monstre dans le métro de la ville. Les inquiétait surtout que j'aie choisi le rejeton d'une personnalité des médias comme victime.

— Oui, ça n'a pas été très cool pour moi, ai-je confirmé.

— Bref, a-t-elle enchaîné en levant les yeux au ciel, j'ai été condamnée à rester avec lui pour toujours, en tant que bonne de la maisonnée.

— Magda ? ai-je sursauté. Magda n'existe pas ?

— Si.

D'un simple geste, Kendra s'est transformée en Magda.

— Tu vois, elle existe. Elle est moi.

— La vache ! C'est... je pensais que... Magda était mon amie.

— Mais je suis ton amie, mon chéri, a rétorqué Kendra. Je

me suis occupé de toi depuis le début, je voulais que tu sois heureux. La tristesse de ton regard indiquait que tu passais à côté de la beauté de l'existence. Voilà pourquoi j'ai agi comme j'ai agi.

— Et Will ? Est-il lui aussi un mage ?

— Non. J'avais entendu parler de lui, je me suis dit qu'il serait bon avec toi et qu'il t'enseignerait ce que tu avais besoin de savoir. En humble servante, j'ai suggéré à ton père qu'il recrute un aveugle. Will avait besoin d'argent. À présent, grâce à ton vœu altruiste, il a recouvré la vue.

— Mon vœu comprenait un second volet, ai-je objecté. Je voulais que tu… que Magda retrouve les siens.

— Je te rassure, cela a bien eu lieu. Hier à minuit.

— Je ne pige pas.

— Je te souhaite bonne chance, Adrian.

Elle a placé ses mains sur nos épaules, et j'ai senti un courant électrique me traverser. Je me suis demandé si Kendra nous lançait un nouveau sort. Je me suis tourné vers Lindy, des fois qu'elle se transforme en hyène, ou autre chose. Mais non, elle semblait normale.

— De la chance ? ai-je répété.

— Même si tu n'en auras pas besoin. Tu mérites l'amour que tu vis bien plus que la majorité des couples de ton âge. Contrairement aux autres, toi et Lindy vous connaissez bien et avez des attentions l'un envers l'autre. Quand tu as libéré Lindy pour qu'elle retourne chez son père, j'ai deviné que ça marcherait, entre vous.

— Tu aurais pu me prévenir.

— Désormais, grâce à ton vœu concernant Magda, j'ai retrouvé les miens.

— Comment ça ?

— Désolée, ils m'attendent.

Elle a agité le bras, s'est volatilisée. Enfin, c'est ce que j'ai cru, mais Lindy a tendu le bras, et j'ai découvert un corbeau à l'endroit exact où s'était tenue Magda-Kendra. Un oiseau somptueux au plumage luisant et aux ailes noires dotées de reflets verts et mauves. En sautillant, il a rejoint ses congénères et, l'un après l'autre, ils ont décollé en direction de l'est et de la lumière naissante.

— Wouah ! a soufflé Lindy quand nous les avons perdus de vue. C'est nul.

— Quoi donc ?

— J'attendais poliment qu'elle se taise. Si j'avais su que cette charmante dame allait se transformer en corbeau, j'aurais formulé ma requête plus tôt.

— Quelle requête ?

— Eh bien, je suis naturellement ravie que nous soyons ensemble. Sauf que je t'aimais tel que tu étais avant. Je trouvais Kyle Kingsbury mignon et tout, mais c'est d'Adrian que je me suis éprise. Au bout d'un moment, je ne te voyais plus comme un monstre, juste comme un être unique, spécial. Je crois que je t'ai aimé tout de suite, même si je ne m'en suis pas rendu compte.

— Alors, tu voudrais que je redevienne un monstre ?

— Ce ne serait pas très pratique, non ? Il est quand même plus facile d'aller au cinéma avec son petit copain quand il n'est pas... un sujet aussi médiatique.

— Et plus facile aussi d'aller au lycée.

— Oui.

— Alors, où est le problème ? Je suis le même, quelle que soit mon apparence.

— J'imagine que oui. Il n'empêche, je me disais qu'elle pourrait éventuellement changer un ou deux détails chez toi, puisqu'elle est sorcière.

— Changer quoi ?

— Grosso modo, tu es grand, blond, parfait.

— Je ne suis pas certain d'être d'accord, pour ce qui concerne le dernier adjectif.

— Sur dix lycéennes superficielles, il n'y en aurait pas une pour décider que tu n'es pas parfait.

— Bien, ai-je concédé en songeant à Sloane. Et alors ?

— Et alors, je souhaiterais qu'on te modifie un peu.

— Dans quel sens ?

— Je ne sais pas trop. Un nez bosselé, voire une verrue. Dix kilos de trop ou un gros bouton sur le front.

— Ah. Je vois. Et en quel honneur ?

— Pour contrer ta perfection. Dont je suis si loin. Les garçons très beaux ne sortent pas avec les filles banales. Adrian m'aimait peut-être, mais Kyle Kingsbury acceptera-t-il de me garder alors qu'il pourrait trouver mieux ?

La prenant dans mes bras, je l'ai serrée très fort.

— Mieux ? Lindy, tu m'as aimé alors que je n'étais même pas humain. Tu m'as embrassé alors que je n'avais pas de lèvres. Tu as eu accès à ce qu'il y avait de plus profond en moi. Fais-moi confiance, je ne trouverai jamais une fille mieux que toi. À mes yeux, tu es la perfection incarnée.

— Si tu le dis, a-t-elle répondu, l'air peu convaincu.

Elle souriait, cependant.

— Je l'affirme haut et fort. Et j'adopterai l'allure que tu exigeras de moi. Mais penses-tu que ce que nous avons vécu arrive à n'importe qui ? Être changé en monstre, puis récupérer son ancien corps grâce au grand amour ? La plupart des gens refuseraient de croire à la magie. Nous allons terminer nos études, décrocher des boulots, manger et regarder la télévision, comme tout le monde. La différence, c'est que nous saurons que la magie existe, quand bien même nous ne la verrons pas. Que tu le veuilles ou non, notre histoire est celle du grand amour, comme dans les contes de fées.

Je l'ai embrassée, elle m'a embrassé, et nous avons continué ainsi jusqu'à ce que le soleil soit haut dans le ciel, et que la ville se soit éveillée.

Puis nous sommes descendus préparer notre petit déjeuner.

ÉPILOGUE

TUTTLE

— Hé, ton nom est là-dessus !

Le ton de Lindy est moqueur, tandis qu'elle me passe la liste des candidats aux titres de prince et princesse du bal de fin d'études de Tuttle.

Oui, Lindy et moi sommes retournés à Tuttle. Il a fallu que mon père tire quelques ficelles pour que nous soyons réintégrés en dernière année, mais nos anciens camarades nous ont accueillis chaleureusement – pour peu que les ragots assurant que j'avais été renvoyé de mon pensionnat pour mauvais résultats, que j'avais été mêlé à un scandale impliquant la fille du directeur, que j'avais souffert d'une dépression nerveuse, soient considérés comme un accueil chaleureux. Aux yeux de la populace de Tuttle, c'était sans doute le cas.

— Il a forcément fait une dépression, a commenté un jour Sloane Hagen alors que Lindy et moi la croisions dans le couloir.

Ou alors, il a pris un coup sur la tête. Autrement, il ne sortirait pas avec une pareille nulle.

Apparemment, elle avait été sérieuse, la fois où elle s'était enfuie de chez moi en me demandant de l'appeler si jamais je redevenais normal. À plusieurs reprises, elle avait mentionné qu'elle attendait un coup de fil de ma part. Pour ce qui me concernait, elle pouvait attendre.

Je baisse les yeux. Effectivement, mon nom figure sur la liste.

— Sûrement une erreur de frappe.

— Ben tiens !

— Je n'ai pas vu ces gens depuis deux ans. Pourquoi me choisiraient-ils ?

— Aucune idée. Mais certainement pas à cause de ta belle apparence, n'est-ce pas ?

— Pff ! De toute façon, on s'en fiche.

Roulant le papier en boule, je le balance dans la corbeille. Ayant raté mon coup, je m'approche pour le ramasser, mais le prof le récupère en premier.

— J'imagine que ceci vous appartient, monsieur Kingsbury ? Sachez que, à l'avenir, je ne tolérerai pas qu'on joue au basket dans mes cours de littérature.

— Oui, monsieur.

— Ici, le favoritisme n'est pas de mise, Kyle.

— Oui, monsieur.

J'adresse un salut militaire dérisoire à l'enseignant et réintègre ma place.

— Quel con ! je chuchote à Lindy.

Laquelle regarde le prof.

— Kyle tient à s'excuser et promet que ça ne se reproduira pas.

Alentour, les élèves rigolent. Très peu remplissent leur bulletin de vote. Trois boules en papier attendent de subir le même sort que la mienne sitôt que le prof aura tourné les yeux. Il y a également deux avions, un origami, et c'est sans compter ceux qui n'ont même pas touché la liste, trop occupés qu'ils sont à envoyer des textos.

— D'ailleurs, me murmure Lindy, nous ne sommes pas obligés d'aller à ce bal. Qui n'a aucun intérêt.

L'enseignant doit avoir décidé que nous avons suffisamment perdu de temps à ne pas voter, car il entame son cours, et nous voici partis pour une heure de littérature que, grâce à Will, Lindy et moi connaissons déjà sur le bout des doigts. À la fin, je coince le prof derrière son bureau.

— Très sympa de votre part de vous en prendre à moi, je lui lance.

M. Fratalli hausse les épaules.

— Vous ne voudriez pas que les autres pensent que je vous privilégie parce que nous vivons sous le même toit, non ?

— Bah, ça ne me dérangerait pas !

Mais je plaisante. Je lui en serre cinq.

— À plus tard, Will.

— Très tard, répond Will Fratalli. J'ai cours, ce soir. Je n'ai pas envie d'enseigner toute ma vie à des morveux de votre acabit.

Will a repris ses études afin de devenir prof d'université. En attendant, je me suis arrangé pour que mon père le recommande à l'administration de Tuttle.

— OK. Nous vous garderons de la pizza au four.

— Et moi qui espérais que vous bosseriez trop dur pour avoir le temps de commander une pizza !

— Vaines espérances, alors. Ce cours est facile, comparé à ce que nous faisions.

D'habitude, en fin de journée, Lindy et moi prenons le métro jusqu'à Brooklyn, où nous continuons d'habiter. Mon père m'a proposé de réintégrer l'appartement de Manhattan, mais j'ai décliné, à notre soulagement à tous deux, je crois. Je tenais à ce que Lindy ait un endroit où vivre.

— Veux-tu aller à Strawberry Fields ? je propose à Lindy.

Il nous arrive de nous offrir cette escapade, histoire d'admirer le jardin. Aujourd'hui, elle secoue la tête.

— Non, je veux rentrer à la maison pour vérifier quelque chose.

J'acquiesce. Le mot « maison » continue d'avoir des résonances à la fois étranges et merveilleuses pour moi ; avoir une maison où rentrer, d'où sortir, un endroit où logent des gens qui m'aiment.

Une fois là-bas, Lindy disparaît dans les étages. Elle a conservé sa chambre du deuxième, je l'entends s'affairer. Je m'empare du miroir, que nous gardons à une place d'honneur dans le salon. Il s'agit du miroir réparé que Kendra a rapporté le jour où le sortilège a été levé.

— Montre-moi Lindy.

Comme je m'en doutais, je ne vois que mon seul reflet. La magie a disparu, même si ses effets dureront toujours. Car notre réunion, à Lindy et à moi, tient de la magie.

Peu après, Lindy descend.

— Où est-elle ? me demande-t-elle.

— Où est quoi ?

Je suis en train d'engloutir une boîte de biscuits tout en buvant un verre de lait. Je sais maintenant où sont rangées les choses dans la cuisine.

— La robe d'Ida. Je veux la porter au bal de fin d'études.

— Pardon ?

— Ben quoi ? Tu as quelque chose à y redire ?

— Non.

— Tu ne l'aimes pas parce qu'elle n'est pas neuve ?

Je secoue la tête. Je n'ai pas oublié la phrase lancée à Kendra il y a deux ans. « Par ici, les gens s'achètent des tenues neuves pour un bal. » J'ai envie de flanquer des baffes au crétin qui a pu avoir ces mots. Sauf que le crétin, c'est moi.

— Non, ce n'est pas ça. Seulement que... je ne suis pas sûr de souhaiter que les autres voient... sachent que... aucune importance, ça ira très bien.

— Serais-tu inquiet de ne pas partager la vedette avec la reine du bal ?

— C'est ça. Non, non. Arrête de poser des questions idiotes. C'est très bien ainsi.

Elle sourit.

— Où est la robe, alors ?

Je détourne la tête.

— Dans ma chambre. Sous mon matelas.

— Quel drôle d'endroit ! répond-elle en m'adressant un regard bizarre. La mettrais-tu de temps en temps ? Est-ce la raison pour laquelle tu ne tiens pas à ce que je la porte ?

Elle blague, mais...

— Non.

Je descends au rez-de-chaussée afin d'aller lui chercher la tenue. Elle m'emboîte le pas. Une fois dans mes appartements, je traverse les pièces, passe devant le jardin, soulève le matelas et sort la robe en satin vert, qui est coincée dans le sommier. Je me rappelle les jours où je la humais, même si je préférerais me pendre plutôt que de l'avouer à Lindy. Je me souviens aussi du premier jour où j'ai vu cette robe, où j'ai vu Lindy dedans, effrayé de la toucher, mais nourrissant l'espoir qu'elle finirait par m'aimer.

— Tiens. Enfile-la.

Elle l'examine.

— Il y a des fils tirés. Tu as peut-être raison. Il vaudrait peut-être mieux que je me risque pas à la porter pour le bal.

— Ça se répare. Porte-la chez le teinturier. Mais d'abord, essaye-la.

Soudain, j'ai très envie de la revoir dedans.

Un instant plus tard, c'est fait, et le spectacle est exactement tel que dans mon souvenir, avec ce satin froid qui tranche sur la pâleur chaude de sa peau.

— Tu es splendide !

Elle s'inspecte dans le miroir.

— Tu as raison, dit-elle, je suis superbe.

— Et tellement modeste. Et maintenant, j'ai une requête à formuler.

— Laquelle ?

Je lui tends mon bras.

— M'accorderez-vous cette danse ?

CE ROMAN VOUS A PLU ?

DONNEZ VOTRE AVIS ET
RETROUVEZ L'AGENDA BLACK MOON
SUR LE SITE

www.Lecture-Academy.com

Composition MCP - *Groupe JOUVE* - 45770 Saran
N° 379248W

« Pour l'éditeur, le principe est d'utiliser des papiers composés de fibres naturelles, renouvelables, recyclables et fabriquées à partir de bois issus de forêts qui adoptent un système d'aménagement durable. En outre, l'éditeur attend de ses fournisseurs de papier qu'ils s'inscrivent dans une démarche de certification environnementale reconnue. »

Imprimé en Espagne par Rodesa
Dépôt légal : juin 2011
20.2376.0/01 - ISBN 978-2-01-202376-5

Loi n° 49-956 du 16 juillet 1949
sur les publications destinées à la jeunesse.